믿고 존중하고

장진순 · 이조일
혼인 40 주년 기념 편지 글 모음

신세림출판사

믿고 존중하고

장진순 · 이조일 혼인 40주년 기념 편지 글 모음

머리말

저희가 걷는 삶의 길에서 앞으로도 작은 행복을 많이 만들며 살고 싶습니다. 올해는 저희 부부가 결혼한 지 40주년이 되는 해입니다.

작년 1월 21일 루시아 ME 대표님이 저희 부부에게 39주년 결혼기념일을 축하한다면서, 내년엔 40주년 결혼 기념 파티하자고 ME 그룹채팅방에서 인사를 시작하였습니다. ME 가족에게 화려한 인사를 받고 다음과 같이 답장을 보냈습니다.

"공개되는 그룹 방에서 과찬의 말씀이 좀 민망합니다. 칭찬과 축하 말씀대로 살기 위해 더 노력하라는 뜻으로 생각됩니다. 개별로 또는 그룹으로 축하와 행복을 빌어주는 ME 가족의 정성으로 기쁨과 참평화를 실감했습니다. ME 가족 모두에게서 기쁨과 평화의 에너지를 많이 받고 더욱 행복한 모습 가꾸도록 노력하겠습니다. 기도하는 가운데 자주 뵐 수 있기를 바랍니다. 내년 40주년에는 파티해야 되겠네요. 주님의 은총을 체험하는 축복 속에서 오늘도 행복하게 지내시기 바랍니다."

혼인 40주년을 맞이하여, 부모, 부부, 아들, 며느리, 손자, 종손, 조카, 형제(시동생, 시누이), 제수(동서), 제자, 친구, 이웃 등 사랑하는 사람들과 주고받은 편지를 모아 책으로 내기로 하였습니다. 가족과 친지와 이웃과 그 때 그 자리에 다시 서 있는 느낌이 다가와 더 큰 감사를 드립니다.

　작은 개별적 기억의 조각이며, 평범한 삶의 일상생활을 통해 사랑을 주고받으며, 감사와, 행복을 나누며 지내왔던, 저희 가족과 관계 맺은 분들에게 선물을 드리는 마음의 표현으로 받아 주시기 바랍니다. 인생은 삶의 흔적이라는 말이 있는 것처럼, 저희들의 인생을 들여다보며, 각자의 소중한 인생의 보물을 발견할 수 있으리라 생각됩니다.

　축하하는 글을 주신 최종고 교수님에게 이 자리를 통해 감사의 뜻을 전합니다. 또한 원고와 사진으로, 책을 더욱 아름답게 출간할 수 있게 협력해주신 많은 분에게도 감사드립니다. 예쁜 책이 나오게 하신 신세림출판사 이혜숙 사장님께도 깊이 감사드립니다. 좋은 책이 나올 수 있게 해주신 주님께 모든 영광을 돌립니다.

　부디 건강하고 행복하며, 많이 웃으면서, 큰 축복을 받으시기를 기원합니다. 오늘도 행복합니다. 사랑합니다. 감사합니다.

2016년 1월 11일

장진순 이조일

문집 발간을 축하합니다

청리(靑里) **최종고**(崔鍾庫)
(서울법대 명예교수, 한국인물전기학회 회장)

이 책에 몇 번 언급되는 청리(靑里)중학교는 경북 상주 청리면에 있는 남녀공학 학교입니다. 장진순과 나는 1960년 4월부터 63년 2월까지 이 신설학교에서 공부하였습니다. 진순은 외남초등학교에서 어린이 글짓기를 하였고, 나도 이웃 학교인 청동초등학교에서 글짓기를 하여 서로 만나지는 못하면서도 이름을 잘 알고 있었습니다. 외남에는 김종상 선생님이 지도하시고, 청동에는 신현득 선생님이 계셔서 두 분의 우정으로 더욱 가깝기도 하였습니다. 그러다가 중학교에서 만나보니 진순은 역시 탁월하였습니다. 중학교에서는 글짓기가 없어 못했지만, 진순은 주산에서 발군의 실력을 발휘하여, 경상북도를 휩쓸며 수상하여 학교의 영예를 높여주었습니다. 그러니 내가 얼마나 부러워하고 좋아하였는지는 상상할 수 있을 것입니다. 나는 부급장으로 장진순 급장(현재 학급 회장)을 도왔습니다. 진순은 등하굣길에서도 늘 책을 읽으며 걷기 때문에 누구도 말을 건넬 수 없었습니다. 졸업을 하고 우리는 대구에서 고등학교를 다니면서 어쩌다 길에서 만나면 눈인사만 할 뿐, 말 한 마디도 나누지 못하였습니다. 정말 '범생'으로 서로 공부에 바빴습니다.

1970년대 후반에, 서울에 사는 청리중학교 동창생들이 동창회를 만들었는데, 진순은 중학교 국어교사라고 하였습니다. 나중에 부부 함께 만났는데, 고등학교 교사인 부군 이조일 선생은 헌칠한 키에 인품이 좋아 보였습니다. 두 분은 동창생 모임뿐만 아니라, 내가 하는 한국인물전기학회 모임에도 참석하여 다시 인생의 이웃이 되었습니다. 그러는 동안 두 분이 큰 수술을 두 번씩이나 받는 시련을 겪고도, 신앙으로 극복하여 더욱 즐겁고 행복하게 사는 모습을 지켜볼 수 있었습니다. 학회 모임 때는 이조일 선생이 익혀 오신 체조법으로 몸 푸는 운동을 해서 도움을 받기도 하였습니다. 참으로 훌륭하고 존경할만한 모습으로, 나는 어릴 적부터 장진순을 능히 그럴 인물이라고 알고 있었습니다. 왕년의 급장 실력으로 지금도 청리중학교 동창회장을 맡아 모임을 잘 이끌어가고 있습니다.

두 분이 결혼 40주년을 맞아 출간할 문집의 원고를 읽고, 많이 배우고 생각하고 느꼈습니다. 세상을 떠나신 부모님과 현세를 사는 형제들과 아름다운 관계를 유지하며, 부부의 애정과 행복, 가톨릭 신앙으로 감사와 봉사 정신이 진솔하게 담겨 있습니다. 자식과 손자들을 정으로 보살피는 모습이 참으로 인생의 스승답습니다. 이렇게 살기가 쉬운 일이 아닌데, 나는 오랜 친구로서 진심으로 존경과 축하를 표하는 바입니다.

나는 이 책의 원고를 읽으며 장진순이 어릴 적부터 문학과 수학을 동시에 잘 하던 그 천재성이 묻어있는 것을 느낍니다. 어릴 적에 먹던 갱시기를 유엔탕이라 한다든지 군데군데 유머와 예지가 넘칩니다. 이런 정신과 삶의 스타일의 영향으로 두 아들도 능력 있고 반듯하게 자란 것을 알 수 있습니다. 많은 사람들과의 관계를 편지로 남긴 것은 점점 사라져가는 편지문화를 소중히 지키는 귀한 교훈이자 문화유산이라 생각됩니다. 이런 점에서도 이 책은 참으로 귀중한 가치를 지닌 책이라 생각합니다.

거듭 두 분의 결혼 40주년을 축하드리고 앞으로도 계속 건강하고 행복하게 사시기를 축원합니다. 물론 이런 연애편지를 계속 쓰시면서.

2015년 10월 10일

인생의 친구 청리(靑里) 최종고(崔鍾庫)

청리(靑里) **최종고**(崔鍾庫)
서울대학교 법과대학 및 대학원을 졸업하고 독일 프라이부르크대학에서 박사학위를 받았다. 1981~2013년 서울대학교 법과대학 교수였으며 현재 서울대학교 명예교수로 있다. 2000년부터 한국인물전기학회 회장으로 활동하고 있다. '괴테와 다산, 통하다' 등, 저서 60여 권이 있다.

차례 ···

- ● 머리말　　　　이조일/장진순 ● 5
- ● 문집 발간 축사　　청리(靑里) 최종고(崔鍾庫) ● 7

1부 가정생활

부부 편지 : 아내에게 -2007.10. 이조일 ● 17

부부 편지 : 남편에게 -2007.10. 장진순 ● 21

회갑 모임 후 큰며느리에게 보낸 편지 -2007.10.13. 장진순 ● 24

회갑 모임 후 큰며느리에게서 받은 편지 -2007.10.13. 강유선 ● 27

예비 며느리에게 보낸 편지 -2001.1.24. 설날 이조일/장진순 ● 30

큰아들에게 보낸 편지 -2001.1.24. 설날 이조일/장진순 ● 32

부부 편지 : 남편에게 -2008.6.23. 장진순 ● 34

큰아들에게 보낸 편지 -2001.2. 이조일/장진순 ● 38

부부 편지: 남편에게 -2008.6.26. 장진순 ● 40

예비 사돈에게 보낸 편지 -2001.9.15. 이조일/장진순 ● 43

예비 사돈에게서 받은 편지 -2001.9.16. 강창덕/오숙방 ● 45

조카에게 보낸 편지 -1992.10.8. 장진순 ● 47

셋째동서에게 보낸 편지 -1992.10.8. 장진순 ● 49

부부편지 : 남편에게 -2008.6.24. 장진순 ● 51

셋째시동생에게 보낸 편지 -1992.10.8. 장진순 ● 54

큰며느리에게 보낸 편지 -2001.9.22. 이조일/장진순 ● 56

조카딸에게 보낸 편지 -2000. 설날. 이조일/장진순 ● 58

부부 편지 : 남편에게 -2008.6.28. 장진순 ● 60

큰며느리에게 보낸 편지 -2001.10.9. 이조일/장진순 ● 63

넷째동서에게서 받은 편지 -2015.11.2. 최재순 ● 65

부부 편지: 남편에게 -2008.7.14. 장진순 ● 70

큰며느리에게 보낸 편지 -2002.2.12. 설날. 이조일/장진순 ● 73

부부 편지 : 남편에게 -2008.7.19. 장진순 ● 75

군인 큰아들에게 아버지가 쓴 편지 -2003.2.8. 이조일 ● 78

부부 편지 : 남편에게 -2008.7.30. 장진순 ● 81

셋째시동생에게서 받은 편지 -2015.11.7. 이조성 ● 84

군인 큰아들에게 어머니가 쓴 편지 -2003.2.9. 장진순 ● 87

부부 편지: 남편에게 -2008.8.4. 장진순 ● 90

100일 맞는 손자에게 -2004.10.9. 이조일/장진순 ● 93

부부 편지: 남편에게 -2008.7.28. 장진순 ● 96

어버이날 어머니께 드린 편지 -2005.5.8. 이조일/장진순 ● 100

부부 편지: 남편에게 -2008.6.27. 장진순 ● 103

어머니 추도의 글 -2005.5.25. 이조일 ● 106

첫돌 맞이하는 손자에게 -2005.7. 이조일/장진순 ● 113

작은 아들 결혼식 인사 -2005.9.3. 이조일 ● 116

부부 편지: 남편에게 -2008.7.25. 장진순 ● 121

조상 추모의 글 -2006.10.6. 추석. 이정호 ● 124

부부 편지: 남편에게 -2008.8.13. 장진순 ● 128

큰아들에게 쓴 편지 -2008.2. 이조일/장진순 ● 130

부부 편지: 남편에게 -2008.8.2. 장진순 ● 133

조카딸 대학입학 축하 편지 -2008.2.17. 이조일/장진순 ● 136

손녀 첫돌 축하 편지 -2008.4. 이조일/장진순 ● 138

조카딸 결혼 축하 편지 -2008.5.3. 이조일/장진순 ● 141

어머니 3주기 추모하는 글 -2008년 음력 4월 보름. 이조일/장진순 ● 143

부부 편지 : 남편에게 -2008.7.3. 장진순 ● 147

작은며느리에게 쓴 편지 -2008.7.2. 이조일/장진순 ● 150

손녀에게 쓴 편지 -2010.1.17. 이조일/장진순 ● 153

부부 편지 : 남편에게 -2008.8.19. 장진순 ● 156

설날 조상 추모의 글 -2011.2.3. 이조일/장진순 ● 159

사부인에게 드리는 편지 -2011.3. 이조일/장진순 ● 162

차례 ·······························

손자 첫돌 축하 편지 -2011.3. 이조일/장진순 ● 165

어머니 추모의 글 -2011년 음력 4월 보름. 이조일/장진순 ● 169

조카딸 결혼 축하 편지 -2011.12.10. 이조일/장진순 ● 172

설날 종손녀에게 보낸 편지 -2012.1.22. 이조일/장진순 ● 175

부모님 추모하는 글 -2012년 음력 4월 보름. 이조일 ● 178

작은아들에게 쓴 편지 -2013.1. 이조일/장진순 ● 181

작은며느리에게 보낸 편지 -2013.2. 이조일/장진순 ● 186

부부 편지 : 아내에게 -2015.3.16. 이조일 ● 189

사돈에게 보낸 편지 -2013.12.23. 이조일/장진순 ● 192

부모가 작은아들에게 쓴 편지 -2014.1. 이조일/장진순 ● 195

작은며느리에게 쓴 편지 -2014.2. 이조일/장진순 ● 198

손자에게 보낸 편지 -2014.3. 이조일/장진순 ● 201

큰손자에게 쓴 편지 -2015.5.5. 이조일/장진순 ● 205

부모님 추모의 글 -2015년 음력 4월 보름. 이조일/장진순 ● 208

부부 편지: 아내에게 -2015.6.15. 이조일 ● 211

첫돌 맞는 손자에게 -2015.7. 이조일/장진순 ● 214

오빠가 동생에게서 받은 편지 -2015.10.10. 이숙자 ● 216

조카딸에게서 받은 편지 -2015.11.11. 최현정 ● 218

둘째동생의 축하 편지 -2015.11.13. 이조차 ● 220

큰며느리에게서 받은 편지 -2015.11.25. 강유선 ● 222

막내시동생에게서 받은 편지 -2015.11.19. 이조천 ● 225

작은며느리에게서 받은 편지 -2015.12.1. 이명아 ● 227

작은아들에게서 받은 편지 -2015.12.5. 이정석 ● 231

큰아들에게서 받은 편지 -2015.12.7. 이정호 ● 233

큰손자에게서 받은 편지 -2015.12.21. 이시원 ● 235

사돈에게서 받은 편지 -2015.12.30. 강창덕/오숙방 ● 237

둘째사돈에게서 받은 편지 -2015.12.31. 정석분 ● 240

2부 학교생활

제자에게 쓴 편지 -2009.4.17. 장진순 ● 247

제자에게서 받은 편지 -2009.4.19. 최형진 ● 250

전직 교사에게서 받은 편지 -2015.11.12. 아! 네모네~ 이현숙 ● 254

제자에게서 받은 편지 -2009.4.19. 강진권 ● 258

학교를 떠나면서 교직 생활 회고 -2006.8.28. 장진순 ● 263

친구 추도사 -2008.6.12. 이조일 ● 268

친구에게서 받은 편지 -2015.12.2. 이명암 ● 272

3부 종교생활

소공동체 활성화 우수사례 대상 수상작 -장진순 ● 277

성가대 지휘자에게 쓴 편지 -2011.11.27. 장진순 ● 289

성당 구역 이야기 -2012.9. 장진순 ● 293

사목회 소공동체협의회 회장에게 쓴 편지 -2013.10.11. 장진순 ● 296

성가대 단원에게 쓴 편지 -2013.10.29. 장진순 ● 300

셋째시동생 내외에게 쓴 편지 -2013.12.22. 이조일/장진순 ● 303

호스피스 봉사자에게서 받은 편지 -2015.11.26. 조영희 ● 307

● 맺음말 -이조일/장진순 ● 310

이조천과 최재순 결혼식 후 폐백, 왼쪽 첫번째 이조일과 오른쪽 끝 어머니 (1989.1)

1

가정생활

신랑 이조일, 신부 장진순과 양가가족 (1976.1)

회갑을 맞이하는 소중한 당신에게

따뜻한 햇살과 산들바람에 행복의 노래를 부르고 싶은 마음으로 당신의 회갑을 맞이하게 되었네요. 매섭게 춥던 대한 날 결혼식하고, 31년이란 세월이 훌쩍 지나가는 것도 모르고 살았네요.

그런데 당신의 회갑을 축하해 주어야 함에도, 회갑이라는 낱말 자체를 당신에게 붙여 쓰고 싶지가 않네요. 결혼할 때 빨간 치마 입고 환한 미소를 머금은 당신 모습이 내 가슴 안쪽에 엊그제 모습으로 남아 있어요. 그 때 입었던 한복 치마를 개조하여 집에서 입고 있는 모습을 가끔 보면, 신혼 때 새색시 모습 그대로인데 회갑이라는 나이는 어울리지 않지요.

자상하지 못한 나로 말미암아 속상한 때도 많았을 것을 돌이켜 생각해보니 마음이 아프네요. 학교를 조금 일찍 나왔다고, 사회생활을 조금 더 했다고… 이런저런 이유를 붙여 항상 동생들에게 양보하고, 희생을 자원하는 당신을 고맙게만 생각했을 뿐이네요.

경제적으로 어려웠던 지난 날, 크고 작은 어려운 일이 수없이 많았지요. 제대로 쉬지도 못하고, 먹지도 못하고, 직장에 매달려 애쓰는 당신에게 미안해하는 나를 당신은 오히려 위로하곤 했지요. 우리의 살림살이 가운데 30여년 지난 것도 있고, 어렸을 때 두 아들이 쓰던 것을 그대로 사용하는 것도 있지요. 그래도 나의 마음은 어떤 부자도 부럽지 않다오.

당신을 아내로 맞은 나는 세상에서 더없는 행복을 얻은 사람임에 틀림없지요. 착하고 능력 있는 두 아들에다, 두 며느리에다, 손자와 손녀까지, 더 부러울 것이 없으니, 당신의 덕택으로, 나는 거저 모든 것을 얻은 것 같아 송구스러울 때가 많다오. 지금 근심 걱정 없이 살고 있는 것도 모두가 당신의 덕분이라 생각하면 감사할 뿐이네요.

결혼 후 7년차에 죽음의 문턱까지 갔다가, 당신의 지극정성으로 다시 살아난 은공을 평생 다 갚을 수 없을 것 같네요. 지금 이 순간도 마음 뿐, 행동으로 당신께 더 잘해주지 못하는 자신이 부끄럽네요.

작년에 당신이 유방암 절제 수술하고, 재건수술을 동시에 받았지요. 걱정하는 나를 위로하느라 웃음을 잃지 않았던 당신은 천사임에 틀림없어요. 배는 쏙 들어가고, S라인이 되었다는 등, 위문 온 사람들에게까지 웃게 해 주었지요. 위문 왔던 사람들이 오히려 큰 위로를 받았다며 훌륭한 삶의 자세라고 감탄했지요.

당신은 나에게뿐만 아니라, 동생들 내외와 조카들에게도 훌륭한 모습을 보여줬지요. 글을 모르는 시절부터 어린 조카들에게도 명절 때마다 칭찬하는 편지와 함께 선물을 주었지요. 조카들의 입학이나 졸업 때마다 축하금과 편지를 주어서 조카들을 자랑스럽게 했지요. 세상을 떠나기 전 부모님께서 늘 우리 큰며느리가 우리 집의 업이라고 자랑하셨지요.

이제 어려운 시기 다 지나갔네요. 당신의 지혜롭고 착한 심성 덕분에 복을 받았다는 생각과 함께, 당신이 더할 수 없이 고맙고 소중하게 생각되네요. 아들 며느리들 손자들에게도 자랑스럽고 고맙네요. 감격하고 고마워하면, 자연적으로 분비되는 면역세포의 증가로, 건강하고 행복한 생활을 하게 된다고 들었어요. 감사하는 마음, 감격하는 마음으로 심신의 건강을 지키도록 같이 노력하지요.

　결혼 전에 약속한 것처럼, 평생 연애하는 마음으로 사랑하고 존중하며 살도록 합시다. 그리하여 우리 사랑의 열매인 2세들이, 덜 부끄러운 우리의 삶을 닮아가게 해주도록 노력합시다.

　가을이 깊어지면 근교에 나들이 한번 가야지요.

　거듭거듭 감사 감사해요. 그리고 사랑해요. 행복해요.

2007. 10.

만년 소녀를 사랑하는 요한

미국 백악관앞에서 교직원들과, 오른쪽 첫번째 이조일 장진순 (2004.8)

한 시간 한 시간이 소중하고, 하루하루, 한 해 한 해가 다 소중하지만 인생 60년을 지내면서 감회가 다를 수밖에 없습니다. 4년 전에는 남편(이조일) 회갑을 기념하기 위한 여행이 의미 있다고 생각하던 차에 2003년 1월 겨울 방학 때 청리중학교 동창회에서 하와이 여행을 가게 되어 남녀 동창 부부 20여 명이 하와이에서 즐기고 왔습니다. 미국 동부에 사는 친구 이용희 부부도 참석하여 남편 회갑 기념과 글로벌 동창회를 겸하였습니다. 남편은 하루하루를 의미 있게 잘 지내면 되지, 회갑이라고 특별할 것이 무엇이 있겠느냐고 하였습니다. 특별한 행사로 기념할 필요는 없겠다는 생각에 동감이었습니다.

남편 회갑인 2003년 10월 0일을 전후하여 2주일간은, 본인 회갑이나 배우자 회갑에 7일간 휴가를 주는 공무원 근무 규정에 따라 우리 부부는 중간고사 기간을 포함하여 휴가를 각각 내고, 병원에 계신 시어머니를 간병했습니다. 대전에 있는 병원에 입원하신 어머니는 여러 가지 검사하는 중에 폐결핵 진단으로 격리되어, 병실에는 아무도 출입할 수 없다고 하였습니다. 남편과 저만 1주일씩 24시간 병실에서 간병을 하였습니다. 큰아들 부부의 감염에 대해서까지 병원 책임은 아니었나 봅니다. 2주일간 폐결핵 치료 후 감염 염려가 없다고 할 때까지 남편 회갑 휴가 기간을 이용할 수 있어서, 회갑 휴가는 가장 효율적으로 이용했다고 우리 부부는 대단히 만족하였습니다. 아버지 회갑보다 '할머님 병환'을 중시하며 회임 소식을 전해준 큰며느리에게도 부담 갖지 말라고 하였습니다. 직장에 폐를 끼치지 않고, 어머니와 1주일을 온전히 한 방에서 지낼 수 있어서 평생에 아주 귀한 시간이었는데, 바로 그 기간에 큰며느리의 회임 소식을 들었으니 남편은 세상에서 가장 값진 회갑 선물을 2가지나 받았다고 기뻐하였습니다. '청춘은 60부터'라는 말이 언제부터 있었는지, 회갑 축하나 선물은 받기에도 주기에도 어색하다는 분위기였습니다.

회갑을 맞이하며 사랑하는 오한에게

풍요로운 가을의 따뜻한 햇살이 은총으로 다가와 더욱더 감사하는 마음으로 회갑을 맞이하게 되었네요.

결혼 후 31년을 보내면서, 크고 작은 일, 기쁘고 슬픈 일도 많이 겪었지만, 오늘은 그 어떤 날보다 자랑스러운 날이네요.

시동생 시누이 내외들이 다 모여서, 나의 회갑을 축하해 주니, 우리 부부의 일생에 이런 감동은 처음이네요. 아들 며느리들 손자들에게도 자랑스럽고 고맙지요. 우리의 건강과 행복한 생활을 위해 동생 내외들과 아들 내외들, 손자들이 물심양면으로 정성을 다하는데 우리는 저절로 행복하고 건강한 생활을 하게 되겠네요.

지난 30여 년간 집안의 여러 가지 일을 겪었을 때, 생각이 못 미치거나 형편이 여의치 않아서 소홀히 했던 적이 참 많았다고 생각되네요. 그러나 당신이 해결해야 하는 책임감으로 그 때 그 때 원만하게 일을 잘 해결하고, 나의 허물은 사랑하는 마음으로 덮어 주었지요. 우리는 기쁨과 사랑이 가득 찬 가정을 꾸며 보자고 가끔 다짐도 했지요.

이제 우리 두 아들 내외, 조카들, 손자들에게도 가문의 자랑스러운 역사를 하나 더 늘였다는 생각이 들어 참으로 감격스럽네요.

회갑을 맞이하는 것이 인생의 큰 전환점이 될 수 있다는 것을 생각하게 되네요. 우리 집안이 더욱 자랑스럽게 생각되고, 내가 당신과 결혼한 것이 가장 큰 축복이었다는 생각이 드네요. 웃으면 복이 온다는 말도 있으니 웃으면서 복을 지어서 복을 나누는 삶을 살도록 하지요. 스스로 우리 자신의 삶을 만들어내는 '삶을 디자인하는 인생의 첫걸음'으로 회갑의 의미를 두고 싶어요.

당신과 동생내외들, 아들내외들, 조카들, 손자들 모두의 건강과 행복을 위해 기도해요. 거듭 감사드려요.

2007. 10.

요한을 사랑하고 존경하는 헬레나

장진순과 이조일

　제가 학생 때는 고향의 부모와 형제에게 편지만이 소식을 전하는 수단이었습니다. 서울에서 지내는 여러 가지 소식을 수시로 전해도 우편배달은 1주일 걸렸습니다. 교직에 있을 때는 방학 때 학급담임 반 전체학생에게 편지를 보낸 적이 있습니다. 성적표의 가정에 보내는 통신란이 부족하여, 성적표 보낼 때마다 따로 편지를 한 장씩 동봉한 적이 있습니다. 손 글씨로 보내는 글에는 온기와 정성도 전달되었습니다.

　요즘 편지 쓰는 기회는 거의 없어져가고 있습니다. 실시간으로 화상 통화, 카카오톡, 문자메시지, 휴대폰, 이메일 등 서로간의 안부를 전하는 방법이 다양해졌습니다. 사랑을 표현하든지, 경조사를 알리든지, 손에 든 전화기로 길에서든 가정에서든 시간이나 공간의 제약 없이 편리한 방법이 많아졌습니다. 편지(便紙)는 '소식(便)을 전하거나 용건을 종이(紙)에 적어서 보내는 글'이라는 뜻이 있습니다. 서찰, 서간, 서신, 서한이라는 편지와 같은 단어도 결국은 종이에 쓰는[書] 것을 전제로 쓰이는 단어입니다. 말로 전할 수 없는 처지에 얼굴과 눈을 마주 대하듯이 글로 써서 전달해야 하기 때문에 격식도 지켜야 하고, 편지지나 편지 봉투 쓰는 방법도 각별히 유의하면서 썼습니다.

　2015년 5월에 청리중학교 동창생들과 함께 상주박물관에 기획 전시된, 조선 시대에 개인끼리 주고받은 편지를 본 적이 있습니다. 축하할 사연은 큰 글씨로 힘 있게 쓰고, 조위를 표하는 편지는, 편지지 윗부분은 비워두고, 아랫부분에 일반 편지보다 작은 글씨로 쓰고, 초서가 아닌 정서를 썼습니다. 슬픈 사연일 때는 서두에 격식과 예의를 생략한다는 뜻의 생식(省式)이나 생례(省禮)를 썼습니다. 보통 편지는 상대편 본인이나 부모나 형제의 안부 등을 자세히 묻고, 쓰는 사람의 안부는 간단하게 적었습니다. 요즈음 자신에 대한 내용을 많이 쓰는 경향과 비교가 됩니다.

시원엄마에게

　청명한 가을 하늘을 바라보며 감사한 마음을 누구에게라도 전하고 싶은 마음으로 회갑을 맞이하게 되었어.

　출생 후 60년을 보내면서, 크고 작은 일, 기쁘고 슬픈 일도 많이 겪었지만, 오늘은 그 어떤 날보다 성격이 다른 자랑스러운 날이야.

　시동생 내외, 시누이 내외, 아들 내외, 손자들이 다 모여서, 나의 회갑을 축하해 주고, 선물도 준비했으니 일생에 이런 감동은 처음이야. 고마울 따름이지. 우리의 건강과 행복한 생활을 위해 물심양면으로 정성을 다하니 우리는 저절로 행복하고 건강한 생활을 하게 되겠어.

　시원 엄마와 한 가족이 된 후 6년 동안 참 많은 일을 겪었지. 시원엄마의 정성으로 그 때 그 때 원만하게 일을 잘 해결하게 되어 늘 고맙게 생각하고 있어. 집안일 있을 때마다 가족 모두를 위해 시원엄마가 앞장서서 어려운 일을 맡으니 진심으로 고마워하고 있어. 세상을 떠나시기 전 할머님과 관련하여 미진한 일이 있었는데, 이번 회갑을 맞이하면서 새로운 가족 문화를 이루는 계기로 시원엄마의 공을 기억하겠어.

　회갑을 맞이하여 가족 모두의 정성을 받아들이면서, 우리들 모두의 사랑을 결속하는 기회가 되어 오히려 큰 감사를 드리게 되었어. 우리 집안이 더욱 자랑스럽고, 두 아들, 두 며느리, 조카들, 형제내외들이 더할 수 없이 훌륭하게 생각되어, 내가 우리 집안의 한 식구가 된 것이 가장 큰 축복이었다는 생각이 들어. 주위 사람들이 나에게 며느리와 손자 칭찬을 하면 어린이처럼 뽐내고 싶은 마음을 참기 어려웠어. 항상 밝은 표정으로 우리를 만나는 사람들에게 기쁨을 선사하는 사람이 되도록, 나부터 희망을 얘기하고, 남을 좋게 보는 모습을 가꾸어 가야겠다는 생각이 들어.

거듭 고마운 마음으로 시원엄마, 시원아빠, 시원, 하원이와 모두의 건강과 행복을 위해 늘 기도할게. 고맙다는 표현 몇 번을 해도 부족하네. 고마워. 고마워. 고마워….

2007. 10. 13.
시원엄마를 사랑하는 어머니

왼쪽부터 강유선 이정호 이시원 장진순 이조일

25

　회갑 모임이 끝나고, 모임에 참석한 시누이와 동서 등 모든 가족에게 편지를 보냈습니다. 지금까지의 지내온 생활 가운데 감사한 일만 기억이 많이 났습니다.

　삶의 모습을 되돌아보며 부모, 자식, 손자, 형제와 이웃을 통해 인생의 의미를 생각하게 되었습니다. 우리 부부의 기념일은 우리 부부만 편지를 쓴다든지 영화를 본다든지 조용히 지내곤 하였습니다. 부부를 위한 날로 밀도를 높이자는 생각으로, 우리 부부 생일을 하루로 합쳐서 기념일로 정했습니다. 59세 생일이나 60세 생일이나 차이를 둘 것 없다는 생각도 있었습니다. 이번 회갑 모임 후, 고비마다 점검한다는 의미도 있고 인생을 되돌아보는 기회가 될 수 있다면 좋은 계기가 되겠다는 생각이 들었습니다. 현재의 삶이 내 인생 최고의 축복의 선물로 생각됩니다. '지나간 일 걱정 말고, 다가올 일 두려워 말고, 지금 현재를 살라'는 말도 좋습니다. '지나간 일을 반성하고, 현재에 충실하며, 다가올 일에 대비하는 자세'도 좋습니다. 과거 없는 현재, 현재 없는 미래는 있을 수 없을 테니까요. 지금까지 감사한 일, 행복한 일, 웃고 기뻐한 일이 얼마나 많았는지. 근심하는 일, 슬퍼하는 일, 만나고 헤어지는 일, 사랑하고 미워한 일 얼마나 많았는지. 주님께 감사하며, 주님께 기도하며, 주님을 찬미할 날 얼마나 남았는지. 앞으로 보고 듣고 느끼고, 생각하고 말하고, 행할 수 있는 날이 얼마나 되는지. 남의 이야기에 귀를 기울이며, 남을 존중하며, 이해하고, 다른 이의 관점을 부정하지 않으면서, 나의 관점을 표현하는 방법을 배울 수 있는지. 먼저 다가가서 진심을 이야기하며 화해하고 용서를 청하여 서로의 행복을 주선해 줄 수 있는지. 생명의 존엄성을 지니며 평화롭게 이 세상을 떠날 수 있을지. 잘 죽기 위해서는 잘 살아야 한다는 말을 마음에 되새겼습니다.

　"주님 주신 모든 것이 은총입니다. 아멘."

어머니께

어머니, 편지 감사히 잘 받았습니다.

부모님, 작은 아버님들, 작은 어머님들, 고모님들, 고모부님들께서 함께 즐거운 시간을 갖는 모습 뵐 때마다 저 또한 정겹고 따뜻한 마음이 생깁니다. 제가 가족의 일원으로 참여할 수 있어서 기쁘고, 이런 든든한 가족이 있기에 기쁨과 슬픔을 함께하고 서로 의지할 수 있고, 힘을 얻게 되는 것 같습니다. 오늘과 같이 즐겁고 뜻있는 자리가 마련되기까지는, 아버지 어머니께서 오랜 세월 동안 베푸는 삶을 사신 덕택이라고 생각합니다.

작년 8월, 어머니께서 큰 수술을 마치고 병실로 오셨을 때, 병실 문을 들어서던 기억이 납니다. "어머니, 많이 힘드셨죠? 얼마나 고생이 많으셨어요?"라고 말하고 싶었는데, 침대에 누워계신 어머니를 뵈니까, "어머니…."라는 한 마디 외에는 아무 말도 할 수가 없었어요. 목이 메어서 더 이상 아무 말도 나오지 않았어요. 근데 눈을 감고 계신 어머니께서 제 마음을 아셨는지 "시원엄마, 나 괜찮아." 하셨어요. '어떻게 내 마음을 헤아리셨을까? 잡고 있는 손으로 내 맘이 전해졌을까?' 참 여러 가지 생각을 했어요.

정호씨와 연인으로부터 10년, 부부로 6년을 함께 지내오면서 제 자신이 조금씩 성장하고 있다는 생각이 듭니다. (어머니 보시기에 철이 많이 들었나요? ^.^) 정호씨가 '물'이라면 저는 '불', 참으로 다른 두 사람이 만나 조금씩 그 차이를 좁혀 가는 것이 결혼생활이 아닐까 하는 생각이 드는데, 맞나요? (정답은 없겠지만 어머니께서 생각하신 답이 궁금하네요.) 부모님을 가정생활의 모델로 삼아 저희도 본 받으려고 노력하고 있어요. 저는 늘 존경할 수 있는 사람을 배우자로 만나고자 했는데, 정호씨는 참 본받을 점이 많은 사람이에요. 선하고, 참을성 많고, 논리적이고, 친절하고, 가정적이고, 유머 감각 풍부하고, 밝고, 예리하고, 포용력 있고…(남편 자랑이 좀 길었나요? ^.^) 이 모든 장점들이 다 부모님께 물려받은 거겠죠? 감사합니다.

어머니께서 예전에 말씀하셨죠? 글 쓰고 싶다고요. 편지를 받을 때마다 느끼는 것이지만, 참 저 혼자 읽기에는 아쉬워요. 이런 멋진 글을 받았다고 다른 사람들에게 자랑하고 싶을 정도로요. 어머니의 삶이 녹아있는 멋진 글을 모두가 읽을 수 있는 날이 오기를 바랍니다.

어머니, 고맙습니다. 그리고 건강하세요.

2007. 10. 13. 밤
시원엄마 올림

　이 세상에 사랑해야 할 대상은 한없이 많습니다. 우선 '나 자신'을 사랑해야 합니다. '나를 사랑하는 이들'을 사랑해야 합니다. '나의 사랑을 필요로 하는 이들'을 사랑해야 합니다. 그리고 우리 모두의 삶의 터전인 이 '세상 만물'이 하느님 보시기에 좋을 수 있도록 사랑해야 합니다. '나 자신'을 사랑할 줄 모르면서 '나를 사랑하는 이들'이나 '나의 사랑을 필요로 하는 이들'이나 '세상 만물'을 사랑할 수는 없을 것입니다. '며느리 자리'에 있는 사람들을 특별히 사랑해야 한다고 생각합니다. 새며느리에 대한 지칭은 '아기, 새아기, 며늘아기, 며늘아이, 며느리'가 주로 쓰이며, 호칭은 '아가, 새아가, 며늘아, 아기야'가 쓰입니다. 아이가 있을 때 호칭은 '아가, 얘, O엄마야, O어멈아, O어미야'가 쓰입니다. 저는 큰며느리를 결혼 전에는 '강선생'이라고 부르고, 결혼 초에는 '새아기'라고 불렀습니다. 손자가 태어난 후 '시원엄마'라고 불렀습니다. 둘째며느리를 결혼 전에는 '이선생', 결혼 초에는 '작은아기', 손자가 태어난 후에는 '재우엄마'라고 불렀습니다. 아들 내외에게 '해라체'를 쓰지 않습니다. 자연스럽게 '해체'를 쓰게 되었습니다. 시동생 시누이들 내외도 우리 며느리에게 저와 똑같은 호칭과 '해체'를 썼습니다. 성인인데 아들과 며느리라고 해서 '해라'체를 쓰고 싶지 않았습니다.

　며느리에 대한 호칭이나 지칭에서 보듯이 며느리는 아기처럼 사랑해야만 할 대상이라고 생각되었습니다. 가르치려고 하거나, 일을 시키려고 하거나, 내가 알고 있는 규범이나 당위를 요구하지 않아야 되겠다는 생각이 듭니다. 독립된 인격체로 존중하고 사랑해야 되겠다는 생각입니다.

사랑스러운 강선생에게

2001년 설날은 강선생이 와서 더욱 즐거운 명절이 되었어요. 정호가 대학원 논문도 잘 내고 장래성 있는 직장에 취업되었으니 강선생의 공로도 있지요. 늘 고맙게 생각하고 있어요.

지난 번 친구 딸 결혼식에 함께 가 줘서 얼마나 자랑스럽고 대견했는지요. 자식 자랑하는 부모의 마음을 이제야 체험했어요. 내가 나이가 들었기 때문이겠지요.

정성껏 만들어 온 호두파이를 먹으며 강선생 자랑을 또 했지요. 정호 아버지도 강선생 자랑하는 것을 조심스럽게 생각하면서 은근히 자랑하고 싶어 했어요. 정호 숙부모들도 대단한 관심을 가지고 있지요.

첫날은 어려울지 몰라도 차츰 좋은 만남, 좋은 시간이 될 거예요.

새해에도 정호와 강선생이 더욱 행복한 날을 만들어가기 바래요.

2001. 1. 24. 설날
이조일, 장진순

　나에게서 받은 편지 가운데, 큰손자와, 손녀가 받은 편지, 아들 며느리가 받은 편지 등, 전체 100여 통을 날짜 순서로 정리된 채로 큰며느리(강유선)가 가지고 왔습니다. '어머나, 결혼 전부터 나에게 받은 편지를 차곡차곡 모으다니. 그리고 지금까지 15년을 모으고도 앞으로 계속 잘 모으고 보관할 마음이었구나. 그리고도 아들딸에게 전해 줄 생각이었구나.'하는 생각이 들어 감동하였습니다. 성탄절에 보낸 카드는 성탄 장식으로 사용했다가 다시 날짜에 맞추어서 정리가 되어 있었습니다. 기념일이나 의미 있는 날에 받은 편지를 보관한, 큰며느리의 정성은 빛나는 보석처럼 아주 큰 선물이었습니다. 저는 아들의 성적표나 사진을 모으기는 했어도 제대로 정리가 되지 않은 상태입니다.

왼쪽부터 이건상, 이규왕, 이혜원, 장은숙, 이정호, 강유선, 장진순 (2000)

자랑스러운 큰아들에게

정석이와 라면을 잘 나누어 먹으며 우애 있게 지내는 모습 볼 때마다 고맙고 대견했다. 강선생에게 좋은 것은 무엇이든지 다 주고 싶어 할 만큼 잘 성장한 것도 자랑스러운데 훌륭한 석사 논문 내고 대학원을 졸업하게 되니 감격할 뿐이다. 장래성 있는 회사에 취업하게 되어 그 동안 애쓴 공로를 인정받아 기쁘기 이루 말할 수 없다. 이제 우리가 정호로 인해 기뻐할 일만 남은 것 같아 좀 부끄러운 생각이 든다. 오늘이 있기까지 정호는 수고하고, 우리가 영광을 누리는 것이 아닌가 하는 생각에서.

어릴 때부터 '생각이 깊은 정호가 모든 것을 혼자 스스로 판단해서 결정하도록 믿어준다.'고 했지만 정호는 얼마나 힘들었을까 생각하면 미안한 마음이 든다. 결과가 좋으니까 그냥 기뻐하기만 하기에는 송구스럽기도 하다.

정호 앞에 좋은 시간들이 펼쳐짐에 따라 온 세상을 다 얻은 것 같아 주님께 감사드릴 따름이다.

새해에도 좋은 결실 있도록 정진하기 바란다.

2001. 1. 24. 설날
아버지 어머니

　이웃에 사는 유스타가 '형이 동생을 심하게 부려먹고, 동생이 형 앞에서 기죽은 모습을 보면, 속이 상하고, 형을 혼내줘도 고쳐지지 않는다.'고 걱정하는 이야기를 하면서 저에게 '형님 아들들은 어떠냐?'고 물었을 때 제가 말했습니다.

　"제가 좀 늦게 퇴근한 어느 날, 작은아들(이정석)이 싱크대 앞에 서서 삼겹살 고기를 굽고, 큰아들(이정호)은 식탁에 앉아서 먹고 있었어요. '와우. 아우가 형을 위해 고기를 구워주고 있네. 아름다운 광경인데… 회식이 있어 나 혼자 잘 먹고 오면서 미안한 마음이었는데 기분이 아주 좋아졌네.' 했더니, '형이 먼저 구워줘서 저는 다 먹고, 교대해서 지금 제가 굽기 시작했어요.' 하였어요. 부모가 집에 없을 때는 형제가 서로 위해주고 잘 지내는 모습에 마음이 든든해졌어요."

　유스타는 "동생이 고기를 구워주는 광경을 보았으면, 저 같으면 '너는 또 동생을 부려먹느냐?' 하면서 형을 먼저 한 대 때렸을 것 같아요." 했습니다. 저는 "우리 아들들도 그런 과정을 거쳤겠지요. 출생 후 몸도 계속 성장하고 변화하는데, 형제 관계도 여러 과정을 거치겠지요. 형이 힘으로 때리고, 동생이 맞고 울고, 또는 부모가 조절해 주는 방법 등… 여러 방법을 거치는 동안 형제간의 질서가 잡히지요. 이웃집 형제가 심하게 싸워서 부모가 고민한다는 이야기를 듣고, 우리 아들들이 저에게 들려준 이야기였어요. '형제는 잘 지내는 것이 각각 자기들에게 이롭다는 생각을 하게 된 후 타협하는 방법을 터득했다.'고 하였어요." 유스타는 "그러면 스스로 자기들끼리 좋은 관계를 만들 때까지 기다리면 될까요?" "그럼요. 잘 기다리기만 해도 훌륭한 부모가 되죠." 자녀가 어릴 때부터, 부모가 엄하게 지도해야 한다는 생각을 가졌던 엄마도 있었습니다.

10&10 주제

'ME주말'을 경험한 후 나는 어떻게 변화되었습니까? 이에 대한 나의 느낌은?

✝ 찬미 예수님!

사랑하는 요한과 함께 하느님을 찬양할 수 있는 큰 기쁨을 주님께 봉헌합니다. 주님 어여삐 여기시고 받아주소서. 아멘.

사랑하는 요한에게!

날이 갈수록 요한이 멋져 보이고 훌륭하다는 생각을 하게 되니 행복한 시간을 보내게 되네요. 이런 표현을 자연스럽게 말로도 할 수 있었으면 좋겠어요. 우이동 명상의 집에서 '내가 너희를 사랑한 것처럼 너희도 서로 사랑하여라.'(요한15, 12)를 교육 받는 동서울 지역 78차 'ME주말' 2박 3일 기간은 놀라운 체험이었어요. 당신의 제안에 주일 미사 후 바로, 성당 현관에서 신청서 쓰고, 6월18일(금) 5시, 성당에서 환송 행사로 신부님의 축복을 받을 때는 얼떨떨했지요. 가방을 들어주고, 악수를 청하는 등 교우들이 나와서 기도해 주고, 차량으로 우리를 우이동 '명상의 집'으로 안내하는 안토니오와 카타리나 ME대표 부부의 모습은 바로 '우리는 주님의 사랑을 이웃에서 본다.'는 성가 구절을 생각하게 했지요. 2박 3일 동안 우리 부부끼리 말해보지 않았던 '사랑, 사랑, 사랑…' 한없이 써 보았지요. 사랑도 교육을 받아야 하고, 훈련이고, 습관이고, 반성과 결심을 끊임없이 해야 한다니, 배우고 익히는 일은 평생을 부지런히

해야 되겠네요. 6월 20일 성당에 돌아와서는 환영회를 얼마나 성대하게 해 주었는지요. 꽃다발을 받고, 처음 보는 우리에게 아름다운 말로 칭찬하고, 모두 행복한 표정으로 우리를 따뜻하게 대해 주었지요. 공개된 자리에서 배우자끼리 서로서로 칭찬하고, 축복하는 모습이 낯설어도 거부감은 없었지요. '생소한 것이 좋지 않은 것으로 여겨지는 분위기'는 아니었지요. 이렇게 좋은 시스템으로 많은 사람이 성심으로 노력하는 것을 보면 부부 사랑을 잘 유지하기가 정말로 어려운 모양이지요.

오늘부터 10&10실천해 보네요. 평범한 날, 평범한 일이나 생각의 기록이 우리들의 삶의 역사가 되겠지요. 한영일 신부님이 부부 싸움을 중재할 때 신랑 신부를 마주 손잡고 꿇어앉게 해 놓고 "I love you."를 백 번 교대로 하게 했더니 다섯 번 만에 이혼을 제기했던 신부가 울면서 잘못을 신랑에게 빌고 화해했다는 얘기는 감동이었어요. 벌을 받느라고 입으로만 마지못해 한 말도, 자신의 말과 배우자의 말을 듣고 생각이 바뀔 수 있나 봐요. "사랑해요. 사랑해요." 말 배울 때처럼 자꾸 써 봐야겠어요. 우리 둘의 숙제를 하나 더 받았네요. '사랑'이 쉬우면 성경에서 사랑을 그렇게 강조했겠어요? 부부 사랑이 쉬우면 모든 결혼식에서 '사랑'을 당부했겠어요? 부부 '사랑'이 당연한 의무이면, 온 세계에서 같은 시스템으로 혼인한 부부가 대화를 통하여, 더욱 깊고 친밀한 부부 관계로 성장하도록 사랑의 일치를 이루어, 기쁨이 넘치는 혼인 생활을 누리게 하려고 운동을 전개하겠어요? 아직 말로도 익숙하지 않은 '사랑'을 글로 써보는 연습을 해 봐야겠네요. 말 배우고 나서 글 배웠던 어린 시절의 교육 과정을 거꾸로 해 보면서, 글로 써보고, 말로 표현하고, 마음으로, 행동으로, 온몸으로 당신을 '사랑'하고 싶어요. 감사해요. 행복해요.

2008. 6. 23.
요한을 영원히 '사랑'하는 헬레나

'부부 새로운 만남' 또는 '부부애 운동', '부부일치 운동', '행복한 부부 운동'등으로 해석하기도 하지만 뜻을 정확하게 전달하기에 미흡하여 매리지 엔카운터(Marriage Encounter) 또는 머리글자를 따서 'ME'라고 합니다. 'ME 주말'은, 깊은 사랑과 풍요로운 혼인생활을 통해, 부부관계가 좋아지면 부모, 자녀, 이웃과의 관계에도 긍정적인 영향을 주어 더욱 행복한 가정으로 바꾸어 준다는 프로그램이었습니다. '10&10 주제'는 부부가 매일 10분씩 편지를 쓰고, 바꿔서 읽어보고, 대화하며, 사랑을 실천하는 방법으로 하루 중 20분을 부부에게 집중하라는 내용입니다. 현실적으로 매일 20분은 어려웠습니다. 일주일에 20분, 또는 한 달에 20분도 쉽지는 않을 듯하였습니다. 그래서 부담을 줄여준 15초가 더 실천 가능할 것이라고 생각됩니다.

천주교 제주교구 가정사목위원장이 평화신문 2015년 5월 31일자에 발표했습니다. 모든 부부가 15초만 쏟아 부으면 매일 금실 좋은 부부로 새로 태어나리라고 했습니다.

"하루 15초면 됩니다"
1초라도 입을 맞추자
2초라도 눈을 맞추자
3초라도 숨 고르기를 하자
 (소리 지르기 전에 ①초 ②초 ③초)
4초라도 포옹하자
5초라도 종교가 있든 없든 기도하자
 (①하느님 ②1초 쉬고 ③내 남편/아내/아이를/④지켜 ⑤주세요)

앓고 치료하고, 직장 생활하느라고 미처 보지 못했던 배우자의 좋은 면을 발견하고 싶습니다. 오랫동안 함께 지내온 배우자에게 새로운 관심을 가지고, 같은 사람과 살면서, 다른 삶을 살 수 있는 축복의 시간을 만들고 싶습니다. 하루하루 살아가는 일상에서 서로에 대한 소중함과 서로의 삶을 지켜주는 진정한 사랑을 나누어야 되겠습니다. 삶이란 원래 자잘한 것이며, 처음부터 일상적인 것이었을 테니, 계면쩍음도 없이 서로 손 꼭 잡고, 천천히 세상을 음미하며 걸어가고 싶습니다.

대치동성당 혼인갱신식 맨 앞줄 오른쪽 끝 장진순 두번째 이조일 (2007)

큰아들에게

　스물네 번째 생일을 맞이하는 우리 큰아들과 생일 축하 외식 한 번도 할 수가 없구나. 아침에 군대에 있는 정석이와 생일 축하 전화 한번으로 생일을 그냥 보내게 되었다. 지난 토요일, 일요일은 할머님 생신으로 미리 생일 축하를 할 수가 없었지. 생일 축하라든지 좋은 일에는 우리 정호가 항상 마지막 순위였지.

　회사원으로 첫 번째 맞이하는 생일을 너무 서운하게 보낸 것이 아닌가 생각된다. 하긴 매년 다 의미 있는 생일이지만. 생일 선물로 유선이에게 화장품 하나 주고 싶다. 정호에게는 현금이 좋겠지.

　우리 큰아들이 우리 집안에 본보기가 되어서, 우리가 부담을 많이 준 것 같지만 그래도 자랑스러움이 더 컸지. 어려움을 잘 견디고, 양보하고도 늘 여유 있는 마음이었지.

　이제 연구원으로 일하는 자세에서는, 어려움을 견디고 양보하는 것이 미덕으로만 남는 것이 아니라, 더 큰 의미가 있을 것이라 위안을 스스로 해 본다.

　하루하루가 중요하고 기쁨의 날이 되기를 바란다. 거듭 생일 축하한다.

2001. 2.
큰아들 생일날, 아버지 어머니

큰아들(이정호) 결혼 전에, 큰아들에게 보낸 편지를 큰며느리(강유선)에게 받아서 다시 읽어보게 되었습니다. 저희가 아들에게는 관심이 거의 없었다고 생각했는데 학교를 졸업한 아들에게 생일 축하 편지를 쓴 적도 있었네요.

아들과 조카들 초등학교 입학 전부터 어린이날, 생일, 성탄절 등 기념일이나 명절에는 동화책을 사서 앞표지 안쪽에 간단한 축하 사연을 적고 선물로 준 기억이 있습니다. 설날에는 세뱃돈을 편지와 함께 봉투에 넣어 주었더니, 조카들이 더 귀한 마음의 선물로 소중하게 생각하였습니다. 두 아들이 중학교 다닐 때부터는 무슨 선물을 줄까 물어서 희망하는 대로 주었습니다. 고등학교 다닐 때부터인가 현금으로 주었습니다. 현금만 주면 용돈인지 선물인지 구별이 되지 않을 것 같아서 편지와 함께 주었습니다.

작은아들이 고등학교 3학년 때 이사를 가게 되었습니다. 큰아들은 '동생은 고3이니, 동생에게 좋은 방을 쓰게 하자'고 하였습니다. 작은아들은 햇빛 잘 드는 방에서 잘 지냈습니다. 또 이사를 가게 되었을 때, 작은아들이 '자기는 곧 군대 가야하니 형이 좋은 방을 쓰게 하자'고 하였습니다. 다시 이사를 하게 되었을 때 큰아들은, '동생은 제대하고 복학해야 되니까 동생이 좋은 방을 쓰게 하자'고 하였습니다. 지금도 우리는 작은아들이 쓰던 햇빛 잘 드는 방을 '정석이방'이라고 부르고, 큰아들이 쓰던 어두운 방을 '정호방'이라고 부릅니다.

10&10 주제

다른 사람에게서 우리 부부가 어떤 칭찬을 들었습니까? 이에 대한 나의 느낌은?

✝ 찬미 예수님!

주님께서 우리를 위해서 목숨을 바치시고, 우리가 주님의 사랑을 알게 되는 믿음을 주신 하느님! 영원히 찬미와 영광을 받으소서. 아멘.

사랑하는 요한에게

동네 사람들한테 잉꼬부부라는 별칭을 듣고 기뻐하는 요한을 자랑스럽게 생각하며 주님께 감사드립니다.

'사랑해요. 사랑해요'를 또 써 봐야죠.

지난 2박3일간의 'ME주말' 수강은 참으로 소중하고 은총 가득 찬 기간이었어요. 부부를 서로 존중하며 사랑한다고 공개하는 모임이 또 어디 있을까요? 아직도 '사랑한다'는 말은 나오지 않지만 글로 쓰기는 하지요.

이웃 사람들이 우리를 잉꼬부부라고 했지요. ME부부는 부부 사랑을 자랑해야 한다니 이 숙제도 할 수 있는지요? ME부부 모임에 가서 자랑하다 보면 익숙해질까요? 우리가 매일 칭찬하는 내용을 글로 쓰다 보면 익숙해질까요? 아무래도 '닭살 부부'라는 생각으로 글 따로, 생활 따로 분리되는 생활이 될까 걱정이네요.

'브라질에 있는 나비 한 마리의 작은 날갯짓이 텍사스에 토네이도를 몰고 온다.'는 '나비효과' 생각이 나네요. 공기의 작은 움직임에서 태풍까지 몰고 온다는 현실은 지나친 비약이 아니지요.

'ME주말' 수강 후 우리의 일상이 달라지는 것이 좋은 방향으로 '나비효과'가 될 수 있기를 기대해요. 요한을 사랑하는 마음에 결심이 섰고, 실천이 따르게 되면, 사랑하는 방법이 점점 계발될 테지요. 사랑하는 법도 배우고, 자신에게 소중하고 가치 있는 것을 상대에게 주면서, 사랑의 기쁨을 체험하면, 우리는 행복한 부부로 성장할 테지요.

우리는 ME 활동을 행복하게 하면서 금실 좋은 부부의 내면과 겉모양을 일치시키면 보람이지요. 이제 요한을 사랑하고 존경하는 겉모습을 연습하다보면 진정한 'ME부부'가 되겠지요.

사랑해요. 감사해요. 행복해요.

2008. 6. 26.
오직 요한을 사랑하는 헬레나

장진순 이정석 이정호 이조일
혼인 10주년 기념 제주도 여행 (1986)

41

역삼동 성당에서 제11강남지구 구역장과 반장 연수와 미사를 마치고, 11구역 구역장과 반장들과 함께 걸어오는 길에서 남편한테서 온 전화를 받았습니다. 우리 부부는 전화를 거의 하지 않고, 급한 사항이면 '문자'를 통해서 서로 연락하는 사이인데 시급한 결정을 해야 한다는 전화를 받았습니다. 내가 전화를 끊고 나니 구역장과 반장들이 감탄했다고 해서 무슨 일인가 놀랐습니다. 우리 부부가 똑같이 존댓말로 통화를 했다는 사실이 놀랄 일이라고 하였습니다. 우리는 결혼 전부터 쓰던 존댓말을 그대로 쓸 뿐인데, 대부분 친숙해지면 부부끼리 반말을 쓴다고 했습니다. 반말 쓸 때도 있고 존댓말 쓸 때도 있는데 잉꼬부부는 다르다면서 이웃 사람한테도 이야기를 들은 적이 있습니다. 말씨를 보면 우리 부부가 서로 존중하는 모습이 역력하다고 하였습니다.

양재천 산책할 때나 대모산 등산할 때, 우리 부부는 손을 잡고 다녔습니다. 손잡고 다니는 우리 모습을 보고 잉꼬부부라고 하였습니다. 손잡고 다니다가 선배 ME 부부를 만나면 악수도 나누고 더 반갑게 인사하게 되었습니다. 'ME주말'에서 공부한 대로 실천하는 모습을 선배한테 보여서 칭찬 받을 일을 했다는 생각을 하게 되었습니다. 내면이 형식으로 나타날 때도 있지만, 형식이 내면에 영향을 줄 때가 많다는 것을 경험으로 알게 되었습니다.

함을 보내면서

　　결혼식을 준비하는 모든 순서마다 정성을 다하여 일을 추진하시는 사돈 내외분께 늘 고맙게 생각하였습니다.

　　오늘 함을 보내려니 저희가 너무 소홀했다는 생각이 들었습니다.

　　살아가면서 더욱 사랑하고 신뢰하면서 가족으로서 아껴주겠습니다.

　　할머님, 숙부모님 외에 모든 친척에게도 감사드립니다.

2001. 9. 15.

정호 부모 이조일 · 장진순 올립니다

  사돈댁에서 큰며느리(강유선)의 남동생 혼사를 앞두고 저에게 연락이 왔습니다. 유선이 결혼 전에 받은 '함을 보내면서'라는 편지를 잘 두었는데 아무리 찾아도 없으니 저장해 두었으면 보내달라고 하였습니다. 저장하지 않았는지 없다고 하였더니, 다시 함을 보낸다고 생각하고 써서 문자메시지로 보내달라고 하였습니다. 따님 혼사 때 받은 편지를, 아드님 혼사 때 참고하겠다고 하여서 써드린 적이 있습니다. 14년 전에 쓴 그 편지를 큰며느리가 보관하고 있었습니다.

  조선 시대 전통혼례에는 육례(六禮)의 절차가 있었습니다. 점차 간소화 되어 사례(四禮)로 바뀌었습니다. 신랑 신부 집에서 혼인을 의논하는 의혼(議婚), 혼인이 정해지면 신랑이 사주를 적어 신부 집에 보내는 납채(納采), 혼인하기로 결정되면 신랑 집에서 신부 집에 약혼의 표시로 선물이 담긴 함을 보내는 납폐(納幣), 신랑이 신부 집에 가서 혼례를 하고 신부를 맞아오는 친영(親迎)으로 되어 있습니다. 신부 집 마당에는 초례청을 차려 놓고 전안례, 교배례, 합근례 순으로 혼례를 했습니다. 시대에 따라 생활 문화가 바뀌면서 혼례 예식도 바뀌어 가는데, 함을 보내는 예식을 재미로 해보고 싶다는 큰아들의 희망이었습니다. 인륜지대사(人倫之大事)라 하여 중요한 의미를 지니고 있으며, 일생에 단 한 번뿐이니 복잡한 격식을 다 갖추고 정중하게 혼인 예식을 올려야 한다는 의견이 있습니다. 호화판 결혼식의 폐단이 사회 문제로 대두되는 현실에서 검소한 혼례를 주장하는 의견도 있습니다. 큰아들(이정호) 본인이 원하는 대로 진행하면서, 부모로서 함 속에 편지를 넣어 보냈습니다. 주위 사람들도 좋은 방법이라 하며 저희의 편지를 참고하겠다고 하였습니다.

函을 고맙게 받으면서

精誠을 다하여 마련하여 보내 주신 函을 고맙게 받았습니다.

외할머니, 삼촌 등 가까운 친척이 함께 보면서 사돈 내외 어른의 따뜻하고 진솔한 면면을 느낄 수 있었습니다.

'참으로 고맙고 흐뭇한 일이 펼쳐지고 있구나.'

실감하고 있습니다. 이제 式을 올리고 새살림을 시작하고 그 후까지도 하나님께서 젊은 두 사람을 사랑하고 지켜 주시기를 祈禱드립니다.

감사의 뜻을 우선 서면으로 대신하며 이만 줄입니다.

餘不備禮

2001. 9. 16.
有宣이 父母 올림

餘不備禮(여불비례)는 예를 못 갖춘다는 뜻으로 편지 끝에 쓰는 말입니다. 우리는 국한 문혼용(國漢文混用) 세대입니다. 일상생활에서도 중요한 단어는 주로 한자로 쓰기도 하였습니다. 사람의 이름이나, 주소도 한자를 썼습니다. 위의 편지에서 函(함)과 精誠(정성)과 式(식)과 祈禱(기도)만 보아도 중요한 내용이 곧 파악됩니다. '函(함)'이라는 '예물'을 보내면서, '마음'도 '편지'에 담았습니다. 남이 하는 모든 격식을 그대로 답습할 필요가 있기도 하겠지만, 의미를 생각하며 저희들은 새로운 방법을 시도하곤 합니다. 편지 끝에 보내는 사람에 대해서는 관계만을 나타냅니다. 요즈음 저희들은 이름을 쓰고도 사인을 따로 하는 경우도 있습니다. 컴퓨터로 쓰는 대신, 손 글씨로 정성을 더하여 이름을 쓴다고 생각합니다.

왼쪽부터 이조일, 장진순, 이정호, 강유선, 오숙방, 강창덕 (2001.9)

사랑하는 조카 진호에게

　날씨가 추워지는데 학교에 씩씩하게 잘 다니는 진호를 생각하게 된
다. 진호를 사랑하는 엄마 아빠를 즐겁게 해 드리고, 예쁜 동생 진주에
게도 잘 대해주는 좋은 오빠로 지내겠지?

　서울에 있는 정호형, 정석이형, 신애누나, 장욱이형, 병희형, 현정이,
의광이형, 광철이형, 큰아빠, 둘째아빠, 큰엄마, 둘째엄마, 큰고모, 작은
고모, 큰고모부, 작은고모부 모두 잘 지내신다.

　큰엄마는 진호를 참 자랑스럽게 생각한다. 무슨 일이든지 깊이 생각
해보고 따져보는 진호의 습관은, 훌륭한 사람이 될 수 있는 모습이란다.

　추석 때 찍은 많은 사진 중에서 제일 멋진 진호 모습 보면서, 장차 훌
륭한 사람이 될 꿈을 키워나가기 바란다. 사진은 추억을 되살아나게 하
며, 아름다운 생각도 연상할 수 있을 것이다.

　감기에 조심하고, 가끔 할머니한테 진호를 자랑하는 전화도 하면서
공부도 잘하기 바란다. 엄마가 만들어 주는 음식, 제 때에 잘 먹으면 건
강하게 지낼 수 있게 되리라 생각한다.

　이만 그친다. 안녕!

1992. 10. 8.
큰엄마

'나에게서 받은 편지가 있으면 나에게 보내 달라'고 남편 6남매의 카카오톡 방에 올렸습니다. 셋째동서(윤여옥)가 '지금까지 그 편지가 있을까요? 한번 찾아보기는 하겠어요.' 하고는 곧 '저는 여러 장 찾았어요. 지금 다시 읽어보니 감회가 새롭고, 보물이라는 생각이 드네요.'하였습니다. 셋째동서가 아이들 어릴 때 여러 가지 추억의 자료를 잘 모으는 줄 알기는 했지만, 대전에서 강원도로 이사도 갔고, '정리를 잘 하는 사람은 주기적으로 잘 버리는 사람'이라는 말도 들었던 기억이 났습니다. 아들 딸 다 결혼 시키면서 또 한 번 정리를 했답니다. '와아. 평범했던 일상생활도 시간이 지나면 새로운 의미를 찾을 수 있어 보물이 되겠네요. 모든 형제의 정성과 협력으로 책이 만들어지면 더 의미가 크겠어요. 보고나서 되돌려 주겠어요. 기억은 주관적이고 편집되지만 기록은 확실하죠.' 이렇게 답하고 셋째동서에게서 돌려받은 편지가 모두 10 여 통이었습니다. 기록은 추억을 살리고, 추억은 사랑을 전하기를 바랍니다. 삶의 흔적에 의미가 없으면, 귀한 일이 되며, 앞으로의 삶도 헛되지 않게 하라는 암시를 받습니다. 설날 편지는 세뱃돈을 줄 때 쓴 편지였습니다. 셋째동서가 지금까지 보관한 성의에 감동하였습니다. 결혼해서 분가한 자녀들에게 소중한 자료를 남겨 주는 모습에 또 한 번 감격하였습니다.

이진호와 장진순,
속초 해수욕장에서 닭싸움 (1994)

사랑하는 셋째동서에게

'사랑하는 셋째동서' 이렇게 부르고 보니 내가 더 사랑해야 할 동서임에 틀림이 없지? 사랑이라는 말을 함부로 써도 안 되겠지만, 잘 써 보면 참 좋은 말이 되겠지?

동봉하는 추석 때 찍은 사진 보면서, '어려웠던 시절도, 즐거웠던 시절도, 아이들과 남편이 더없이 소중하게 생각될 날이 있었음'을 확인하게 되리라는 생각을 하게 되네. 사진은 추억을 떠올릴 소중한 저장소로 현재와 과거를 연결하는 다리 역할도 하겠지. 아이들과 온 가족이 큰 탈 없이 지낼 수 있는 것이 거저 얻어지는 것이 아님도 생각하게 되겠지. 셋째동서가 어려운 일도 지금까지 잘해왔으니 앞으로는 더 잘 될 테지.

내가 처신을 잘못하여, 셋째동서가 난처하게 된 것은 참 미안한 일이야. 진호와 진주의 재롱을 보면서 위로 받고 이해해 주길 바랄 뿐이야.

늘 건강하게 새로운 생활의 활력소를 찾는, 지혜로운 진호 엄마를 내가 부러워하고 존경하고 있었어.

이만 줄이겠어. 내내 안녕.

1992. 10. 8.
맏동서

49

　대전에 사는 셋째시동생(이조성)과 동서가 시어머니를 자주 방문해도 어머니의 기대치와 셋째 부부의 형편이 맞지 않는 경우가 있었습니다. 서울에 있는 제가 기념일이나 여름 방학, 겨울 방학, 명절 때 시어머니를 방문하면 고마워하지만, 셋째동서(윤여옥)가 수시로 방문하는 것은 당연하다고 생각하신 적이 있습니다. 셋째부부에 대해서 서운했던 점을 이야기하실 때, 셋째 부부의 입장을 어머니에게 이해시켜드리지 못하고, 듣기만 하면 어머니의 이야기를 다 시인하는 것으로 인정이 됩니다. 셋째동서가 서운하다고 해도 ‘진실은 다 통하게 되어있다.’고 남편이 저를 위로할 때 했던 말을 하곤 하였습니다. 좋은 일을 한다는 마음이라고 해서 모두에게 환영을 받는 것은 아닙니다. 예수님이나 부처님의 경우에도 모든 사람들의 환영을 받지는 못했습니다. 그래도 자녀와 남편이 건강하게 사는 것으로 위안을 삼았으면 좋겠다고 하여, 셋째동서와 같은 마음을 나누곤 하였습니다. 남편과 아이들을 위해 공로를 쌓은 것으로 생각하고, 몸 고생, 마음고생에 대한 수고를 같이 나누었습니다.

가양동 가족모임 (1994.2)

10&10 주제

배우자에게서 어떤 칭찬을 들었습니까?
이에 대한 나의 느낌은?

✝ 찬미 예수님!

우리 서로 사랑한다면 하느님은 우리 안에 계시고, 하느님의 사랑이 우리 마음 안에서 완성될 것이라는 믿음을 주신 하느님! 찬미와 영광을 영원히 받으소서. 아멘.

사랑하는 요한에게

사랑하는 요한이 유엔탕을 칭찬해 주어서 하느님을 찬양할 수 있는 큰 기쁨을 주님께 봉헌하네요. 주님 어여삐 여기시고 받아주소서. 아멘.

요리책에도 없는 찌개를 '유엔탕'이라 이름 붙이고 영양가 많다고 하기를 여러 번 했는데도 맛있다며 잘 먹어줘서 고마워요. 주재료도 없이 표고버섯, 김치, 문어, 양파, 풋고추, 무, 두부, 계란, 토마토를 순서도 없이 넣고 끓였으니 참 맛있었지요? 국적 불명의 '유엔탕'을 '헬레나표 탕'이라고도 이름 붙였지요. 이제 와서 요리를 새로 배우는 일도 쉽지 않을 뿐만 아니라, 건강에 도움도 되지 않을 것 같아 우리는 계속 '유엔탕' 또는 '다국적탕' 또는 '헬레나표 탕'을 즐겨 먹어야 할까 봐요.

아버님 기일 가까운데, 있는 재료 먼저 먹고, 제사 음식 준비해야 되겠어서 당분간 계속 먹어야 될 것 같아요. 전문 요리사는 일품요리를 위해서 과감하게 음식 재료를 버리거나, 비싼 재료를 산다고 들었지요. 나처럼 남는 재료 처분하기 위해 다 넣고 '다국적탕'을 만들지는 않지요. 요한이 맛있게 먹고 행복해 하며 건강해서 얼마나 고마운지 몰라요. 이 나이에 내가 요리를 아주 잘못하는 것은, 당신의 성품이 너그럽고 나를 아주 사랑한다는 증거래요. 소크라테스는 악처를 만나 철학자가 되었다는데, 철학자요 군자이며 애처가의 부인은 요리를 못하게 되나 봐요. 그것도 나이 들어가면서 더욱 더 퇴보하게 되나 봐요.

고마워요. 사랑해요. 행복해요.

2008. 6. 24.
오직 요한을 사랑하는 헬레나

장진순 이시원 이조일 (2005)

구역 반모임에서 요리 이야기가 나올 때도 있습니다. 오늘 아침 먹은 음식을 실례로 들면 제가 만든 음식은 요리라는 이름을 붙일 수가 없습니다. 온갖 재료를 넣고 끓여 두었다가 다 먹을 때까지 데워서 먹다보면 점점 맛있어졌습니다. 로사 조카가 미국에서 유학할 때 이렇게 혼자 만들어 먹은 음식의 이름을 '유엔탕'이라고 했답니다. 매운 맛을 처음 먹었을 때는 싫었지만 자주 먹다보면 맛을 좋아하듯이, 남편도 처음 먹었을 때는 무슨 맛인지 모르겠다고 했지만 먹을 때마다 맛이 있다고 하였습니다. 입맛은 습득되는 것이겠지요.

어렸을 때 김치, 밥(또는 수제비나 떡국떡), 콩나물 등을 넣고 끓여서 상주 지방에서는 '갱식이'라는 이름으로 겨울 점심을 간단히 때운 적이 있었습니다. 청리중학교 동창 친구들 만나면 표준어로 무엇인지, 그런 류의 음식이 다른 지방에도 있는지 가끔 그리워진다고 합니다. '타향 사람'과 결혼한 남자 동창생들은, 겨울이면 '갱식이'(아마도 '국 갱(羹)+밥 식(食)+이'로 된 말인가?)가 먹고 싶어도 먹을 수가 없다고 아쉬워했습니다. 대충 재료를 알려 줘도 '타향 사람'인 아내는 '갱식이' 맛을 내지 못한다니 우리의 입맛도 변하고 음식 재료도 변했을 테지요. 오직 추억 속에 있는 '갱식이' 맛을 여자 동창생들은 그 때 그 맛이 날 때도 있고, 나지 않을 때도 있다고 안타까워했습니다. 평범한 음식이 세월이 갈수록 환상적인 맛으로 확장되는 까닭은, 같이 먹은 사람과 공유했던 행복감 때문일 것입니다. 21세기 '갱식이'로 내가 개발한 '유엔탕'을 얘기 했더니 "그건 '꿀꿀이죽'이지, 무슨 '유엔탕'이냐?"면서 친구들은 한바탕 웃음바다를 만들었습니다. 모방을 거쳐 창조적인 음식을 만들어야 되는 줄 알지만, 처음부터 창조적 음식으로 바로 월반하는 천재적인 소질이 있다고 오늘도 남편한테 칭찬을 듣곤 합니다. 그래도 '정성스럽게 차려 놓은 식탁에서 몸과 마음은 물론, 우리의 영혼까지 살이 찐다.'는 말은 할 줄 압니다.

사랑하는 셋째서방님께

　결혼한 시동생을 부르는 표준 호칭이 '서방님'이라고 하는데, 아무리 애를 써도 입 밖에 나오지 않아서 '도련님, 삼촌, 진호 아빠' 등으로 어물쩍거리다가 용기를 내 펜으로 써 보았습니다. 이 다음에 제가 '진호 아빠' 등으로 부르면 넉살 좋으신 우리 서방님께서 "에이 형수님, '진호아빠'가 뭡니까? '우리 셋째서방님'이라고 하셔야죠. 형수님한테 '서방님'이라는 호칭 듣고 싶어서……." 하시면 제가 '서방님'이라는 말을 더 잘 쓸 수 있을 것 같아서요. 저희 부부가 셋째서방님을 참 좋아합니다. 누군가 맡아야 할 가정의 일을 서방님이 맡아서, 문제 해결에 도움이 되었는데도 고맙다고 인사도 못하면서요.

　동봉하는 추석 때 찍은 사진 보면서, 진호 엄마의 마음고생 생각해 보았습니다. 우리 힘으로는 역부족인지 모르지만, 셋째서방님의 능력을 믿고 한편 마음이 놓이기도 하였습니다. 우리 가문에 웃음을 만드는 일에 앞장 선 셋째서방님의 공로가, 높이 인정받을 날이 오기를 기대합니다.

　이만 줄입니다.

1992. 10. 8.
셋째서방님을 사랑하는 큰형수 올림

　추석 때나, 전 가족이 모였을 때나, 대전 어머니 뵈러 갈 때마다 남편의 사진기로 찍은 사진을 현상하여 우편으로 보내곤 하였습니다. 메모 형식이나 편지와 함께 보내곤 하였습니다. 명절 때가 즐거웠거나 힘들었거나, 나중에 사진을 보면 기쁜 시간이 되곤 했습니다. 사진을 통해서도 내 주변의 소중한 사람들과의 추억의 축적을 되살리게 되었습니다. 어쩌면 지나간 모든 것들은 그립고 아름다운 기억으로 바뀌어 되살아나는 마술의 힘을 가졌는지 모릅니다. 오늘 이 시간도 빛나는 선물로, 아름다운 추억으로, 삶의 보배로 쌓이는 자산이 될 것입니다. 헤아릴 수 없이 많은 평범한 일상생활이, 샘이 솟듯이, 강물이 흐르듯이, 우리를 사랑으로 둘러싸게 될 것입니다.

뒷줄 왼쪽부터 시계방향으로
이진호 백종인 이진주 양재영 이조성 윤여옥 (2014)

폐백 받으면서 새아기에게

　완전한 신랑 신부가 되기까지 서로 아끼고 사랑하는 마음으로 모든 일을 준비하는 과정에 미덥고 고마웠어요. 사랑하는 마음으로 신랑 신부가 해야 할 일은 물론, 우리가 힘이 미치지 못한 점도 많았는데 부모가 해야 할 일까지 잘 해 주어서 대견하고 자랑스러워요. 사랑이, 결실을 맺기 위해서는 자기중심이 아닌 타인 중심이어야 한다는 것과, 타인 중심의 삶이 되기 위해서는 먼저 상대방을 알고, 상대방의 뜻과 원함을 들을 수 있는 민감한 마음과 귀, 그리고 지혜가 있어야 된다는 것을 유선이와 정호를 통해서 우리가 배우게 되었어요. 가족들에게 사랑을 표현하는 세련된 방법에 대해 모범을 보여 주지도 못했는데, 정호와 유선이가 오늘에 이른 것은 일원동 부모님과 할머님, 동생, 숙부모님 등 가족 친척들의 사랑도 컸다고 생각돼요. 우리 모두 사랑할 수 있도록 주님께 기도하면서 살아요. 며칠간 잘 쉬면서 결혼식 피로를 풀고, 완전한 부부가 되어 돌아온 모습을 그려 보는 마음에 행복이 가득해지네요.

　새아기 사랑해요.

2001. 9. 22.

새아기 사랑을 담아서 아버지 어머니

폐백을 받을 때 양가 부모가 동시에 받도록 하였습니다. 양가 할머니가 부모보다 뒤
순서라야 된다는 할머니들의 주장이었습니다. 혼주가 1순위라고 하는데도, 남편의 의
견대로 6명이 동시에 인사를 받았습니다. 백부모, 숙부모, 고모내외, 사촌들 순서로 각
각 소개하고 서로 인사를 나누었습니다. 신부는 연지곤지를 찍고, 활옷, 족두리로 단장
을 하였습니다. 신랑은 조선 시대 관원이 입는 관복 차림에 사모관대를 하였습니다. 신
랑과 신부의 의견대로 여러 가지 순서를 재미있게 마쳤습니다. 참가하는 사람들도 모두
재미있었다고 하였습니다.

왼쪽부터 이조일, 장진순, 두분 양가 어머니, 오숙방, 강창덕 (2001)

사랑하는 진주에게

희망의 2000년을 맞이하여 진주가 사파이어보다 더 아름다운 진주같이 아름다운 생각을 하며 곱게 자라는 모습을 보니 큰아빠와 큰엄마는 아주 기쁘단다. 진호오빠와도 잘 지내고 아빠 엄마를 이해하고 위해 줄 줄 알고, 친구들과 잘 지내면서도 항상 리더가 되어, 바르게 생각하고 예절바른 모습을 보여 주면서도, 자기 할 일은 어김없이 잘 해내는 진주가 다이아몬드보다 더 고귀하다는 생각이 든다. 할머니와 온 가족 친척들 모두 모일 때마다 진주가 동생들, 언니, 오빠들 중에서 특히 예쁘다는 생각을 했다. 볼 때마다 부쩍부쩍 자라고, 예뻐지고, 예절바른 모습을 볼 수 있어 자랑스럽다. 설날을 맞이하여 진주에게만 특별히 세뱃돈을 많이 주고 싶은데, 예쁜 마음에 티라도 묻힐까 조심스럽다.

2000년에는 진주같이 '바르게 생각하고 예절 바른 학생이 가장 훌륭하다'는 마음의 선물을 듬뿍 받을 것이라고 믿는다.

안녕.

2000. 설날 아침에
큰아빠 큰엄마

아들을 선호하고 중시하는 사회의 관습에 배어있는 어른들이지만, 여자아이는 얼굴만 예쁜 것이 아니라, 동작 하나하나, 표정 하나하나가 예쁘기만 합니다. 사촌들 모이면 남자아이가 많아서 힘으로 대결이 되지 않으면, 진주는 지혜롭게 오빠들과 대결하여 오빠들을 꼼짝 못하게 하곤 하였습니다. 진주 위로는 9년 차이의 사촌 오빠인 우리 큰아들(이정호)부터, 오빠가 7명, 언니는 1명이 있습니다. 진주 아래로 여자아이 사촌 3명이 있습니다. 12년 차이로 12명의 형제들이 있어, 정확한 나이순을 모를 때도 있습니다.

왼쪽부터 이진호, 윤여옥, 이진주, 이조성 (2010)

10&10 주제

부부 사랑의 서약을 잘 지키고 있습니까? 이에 대한 나의 느낌은?

✝ 찬미 예수님!

언제나 풍성한 은총을 베푸시고, 빛과 어둠을 올바로 가려내시는 주님, 영원히 찬미와 영광을 받으소서. 아멘.

사랑하는 요한에게

사랑과 믿음의 공동체를 이루며, 주님의 말씀을 따라 살고자 노력하는 요한과 함께 오늘도 행복한 하루를 주님께 봉헌하네요.

베드로 신부의 여동생 결혼식에 참가했지요. 결혼식에서 신랑 신부가, 즐거울 때나 괴로울 때나, 아플 때나 성할 때나, 잘살 때나 못살 때나, 항상 서로 사랑하고 존경하며, 신의를 지키겠다는 맹세를 했지요. 아플 때나 괴로울 때 사랑하기란 어려운 모양이지요. 또 신부의 오빠가 당부 겸 축사를 하는데, 사랑하되 구속하지 말라는 내용도 있었지요. 사랑이라는 이름으로 상대를 구속하거나, 사랑이란 이름으로 인격을 무시할 때도 있나 봐요. 나도 지금까지 결혼 때 서약을 잘 지켰는지 생각해 보았어요. 사랑하는 방법을 몰라 사랑하지 못한 적도 있고, 존경한다면서 멀리한 적도 있었나 봐요. 머리에서 가슴까지 가는데 김수환 추기경님께서 70년이 걸렸다는데 우리야 100년이 걸려도 도달할까요? 이제 머리로 사랑하겠다는 결심을 확고히 한 단계네요. 성경에 있는 사랑의 자세를 묵상했어요.

"사랑은 참고 기다립니다. 사랑은 친절합니다. 사랑은 시기하지 않고 뽐내지 않으며 교만하지 않습니다. 사랑은 무례하지 않고 자기 이익을 추구하지 않으며 성을 내지 않고 앙심을 품지 않습니다. 사랑은 불의에 기뻐하지 않고 진실을 두고 함께 기뻐합니다. 사랑은 모든 것을 덮어 주고 모든 것을 믿으며 모든 것을 바라고 모든 것을 견디어 냅니다."

〈신약 성경-코린도 신자들에게 보낸 첫째 서간 13:4-7〉

사랑해요. 감사해요. 행복해요.

2008. 6. 28.
오직 요한을 사랑하는 헬레나

'사랑에는 유통기한이 없다'는 말도 많이 들었습니다. 신뢰와 책임, 사랑과 헌신, 희망과 확신, 감사와 겸손 등의 모습을 전제로 사랑에는 유통기한이 없다고 하였을 것입니다. 그러나 일상생활에서 불만을 느끼면 사랑의 유통기한과 별개로 환멸과 상처의 여정이 되곤 합니다. 가끔은 하느님의 사랑으로, 생기를 찾을 때가 있습니다. 성가대 활동이나, 구역 반 모임 등 성당 단체 활동이나, 호스피스·완화의료 봉사 활동에서 새로운 계기를 만나 회복될 때도 있습니다. 특히 부부의 장점을 공개하며, 다른 부부의 모습을 볼 수 있는 ME부부 모임은 부부 관계를 사랑으로 결속하는 계기를 만들어 주곤 하였습니다.

성가대석에서 성가를 부르면 주님의 사랑을 아주 많이 받고 있다는 생각이 듭니다. 성가 구절구절이 다 아름다운 글이고, 정성스러운 기도문입니다. 대치동 성당 미라빌리스 성가대 창립 멤버에 자긍심을 가지며, 기회를 주신 주님의 은혜에 감사드리게 됩니다. 성당 문을 나설 때는 온 세상이 아름답고, 모든 사람들에게서 자비로우신 주님을 닮은 얼굴을 보게 됩니다.

손자의 재롱 앞에서는 사랑의 샘이 결코 마르지 않음을 실감합니다. 손자 손녀가 웃기라도 하면 부부사이에 생긴 온갖 불만이 말끔히 씻겨나갑니다. 손자는, 건강을 지켜주는 보약 이상이며, 사랑을 회복하는 묘약이며, 부부 상처를 치료하는 특효약이 되었습니다. '사랑에는 유통기한이 없다'는 말의 '사랑'은 하느님 사랑과, 손자와, 가족과, 이웃과 남녀 이성간의 사랑과 부부사랑을 포함한 '사랑의 분출구'를 뜻하는 말인가 하는 생각이 듭니다.

'부부는 사랑으로 만나서 정으로 산다.'는 말이나, '부부는 남녀가 만나서 남남이 남는다.'는 말이, 우리에게 해당이 되지 않기를 바라는 마음이 간절합니다.

새아기와 함께 생일을 맞으며

결혼식과 신혼여행과 추석명절을 잘 끝내고, 출근하랴 신혼 살림하랴 정신이 없을 텐데 우리 생일을 맞이하여 노고가 더욱 많겠어요.

신혼살림 집으로 우리를 초대하여 주니 얼마나 기쁜지 모르겠어요. 우리는 새아기에게 '어머니, 아버님'이라는 호칭을 듣는 것만으로도 '새 가족과 함께'라는 즐거움이 큰데, 새아기와 함께 새살림 집에서 생일을 맞이하니 생일을 맞는 기쁨이 열 배나 더 크게 느껴져요. 고마워요.

늘 건강하고 행복하게 지내기 바라며 이만.

2001. 10. 9.
대치동 아버지 어머니

숙명여고 학생과 신부 강유선 신랑 이정호 (2001)

63

신혼살림 집에 있는 가구와 주방 기구를 큰아들(이정호)이 설명해 주었습니다. 처음 보는 주방 기구와 가구들이, 큰아들에게도 신기했겠지만, 큰아들이 어느 사이 이렇게 부모에게 자상해졌는지 놀랐습니다. 큰아들은 주방 기구의 위치와 용도를 잘 알고 있었습니다. 본가에 없던 주방 기구를 보고 신혼살림 집임을 재확인하게 되었습니다. 나날이 새집에서 행복하게 사는 모습이 그려졌습니다.

큰아들은 어릴 때 열쇠를 잘 관리하지 못했습니다. 동생(이정석)이 열쇠를 가지고 어디서 노는지 알 수 없으면 동생이 열쇠를 가지고 집에 올 때까지 밖에서 놀면서 기다린 적이 있었다고 들었습니다. 친정 조카가 '잠시 들렀다가 문이 잠겨 있지 않아서 과일을 두고 시간이 없어서 그냥 간다.'는 메모를 식탁위에 두고 간적도 있었습니다. 이웃 사람들이 김장 김치나 팥죽을 두고 간 적도 있었습니다. 우리 부부가 회식 등으로 밤늦게까지 퇴근하지 않았을 때, 두 아들이 다 열쇠가 없어서, 문을 열어 주고 수고비를 받아가는 '출장 열쇠'를 불러서 해결한 적도 있었답니다. 어느 날 아침 큰아들이 학교 가려는데 열쇠가 없어서, 이웃집 호영이 엄마한테 "우리 집 거실 전화기 밑에 부모 직장 전화번호가 있으니 부모한테 전화해서 '현관문 잠그라'는 연락을 해 달라."는 부탁을 하였답니다. 큰아들이 대학 다닐 때는, 지하철역까지 갔다가 문을 잠갔는지 확인하려고 도로 돌아와서, 잠긴 문을 확인하기도 하고, 잠기지 않은 문을 잠그고 간 적도 있었다고 나중에 들었습니다. 제가 집에 먼저 왔을 때 확인된, '잠기지 않은 현관문'에 대해서 두 아들에게 '주의'를 주지 않았습니다. 두 아들은 열쇠 관리를 잘하지 못한 대가로 충분히 불편을 겪었는데, 다시 주의를 줄 필요가 없다는 생각은 지금도 마찬가지입니다. 열쇠가 없어서 학교를 가지 못하든지, 밤에도 집에 들어오지 못하든지 하는 일이 없었던 것만이 대견할 따름입니다. 사고를 방지하는 지혜도 필요하지만 사고가 난 후 스스로 해결하는 능력도 중요하다고 칭찬해주었습니다. 열쇠 관리를 잘하려고 더 주의를 기울였다면, 다른 곳에 집중할 수 있었는지, 결국은 우선순위를 선택하는 문제라고 생각됩니다.

내게 제2의 어머니, 큰형님

잔잔하며 깊고 넓은 바다를 닮은 큰형님의 활짝 웃으시는 미소가 아름답게 떠오릅니다. 큰형님의 겉모습은 동양적으로 한없이 수수하십니다. 생각과 철학은 한국의 정과, 서양의 합리성을 융합한, 이성적 사고와 실천을 볼 수 있습니다.

제가 처음 시집오기 전 1980년대 설날이었습니다. 남편은 계획도 없이 대전 가양동 시댁에 저를 데려갔습니다. 많은 가족들이 아침 식사 후 이 곳 저 곳에서 잠시 눈을 붙이며 쉬고 계셨습니다. 남편은 쉬고 계시는 가족들을 깨우면서 저를 소개해 주었습니다. 저도 처음 드리는 인사라 어렵기도 했지만, 주무시다가 갑자기 깬 가족들도 얼마나 당황스러웠겠어요? 제가 몸 둘 바를 모르고 있을 때 다정하게 대해 주시던 큰형님을 제가 처음 좋아하게 된 계기입니다.

저는 막내 넷째며느리로 아버님의 생전 얼굴을 잘 모릅니다. 동네에서 나무 많은 집으로 통했던 대전 가양동 집 정원을 잘 가꾸시며, 평소 건강관리를 잘 하시면서, 6남매를 정성껏 키우시고, 정년퇴임을 하실 때까지 공무원으로 책임을 다하신 분으로 들었습니다. 그런데 갑자기 쓰러지고 일어나지 못하셨던 시기에, 서울의 최고 의료시설의 혜택을 받게 해 드리고, 큰형님 댁에서 임종을 맞으실 때까지 극진한 효성을 다했다고 들어서 알고 있습니다.

제가 신혼시절 어버이날이었습니다. 서울에서 큰형님이 오셨습니다. 큰형님께서는 어머님의 두 손을 꼬옥 잡고 눈물을 지으셨습니다. 울창한 나무 사이에 낮게 자리 잡은 낡은 집의 방 한 칸만 불을 밝히며 홀로 사시는 어머님을 늘 애처롭게 생각하셨습니다. 어머님께 서울로 올라가자고 간곡하게 말씀하셨습니다. 저는 큰형님의 진정성을 느낄 수 있었습니다. 그 때 큰형님을 두 번째 좋아하게 되었습니다.

제가 가양동 집에서 신혼시절을 보낼 무렵 설 명절이었습니다. 큰형님과 큰아주버님은 '부부 노래자랑' 이벤트를 준비해 오셨습니다. 스카프, 각종 머그컵, 볼펜, 손수건 등 작은 것이지만 상품으로 정성껏 포장해 오셨습니다. 하지만 아무도 노래를 부르지 않았습니다. 큰형님과 큰아주버님만 어머님을 향해 서시더니 서로 손을 엇갈려 잡으시며 노래를 부르셨습니다. 결코 잘 부르시는 노래는 아니었습니다. 건전가요였습니다. 저는 젊었던 시절 철없는 마음으로 '완전 선생님 스타일이네'만 느꼈을 뿐이었습니다. 제가 할머니가 된 지금에서야 깨달았습니다. 그 모습은 효자 효부만이 부를 수 있는 '어머님을 위한 노래였다.'는 것을요.

큰아주버님은 전보다 많이 여위고, 머리카락이 많이 줄었을 뿐, 지금도 즐겁게 색소폰 연주를 하시는 등 삶에 대한 열정이 있습니다. 장성한 자녀들과 손자 손녀들 그리고 중년의 세월을 넘긴 형제들 앞에서 '아베마리아', '가시나무', '마이웨이', '그리운 금강산' 등 살아온 인생을 부르십니다. 저는 보이는 대로 우리 앞에서 부르시는 노래가 우리들만을 위한 노래인줄 알았습니다. 최근 가족 가을 여행길이었습니다. '좀 무겁지만 악기를 메고 가족 만나러 가는 것을 부모님이 좋아하실 것 같다.'는 말씀을 하셨습니다. 이제야 알았습니다. 큰아주버님 가슴에 영원히 살아계신 부모님께도 늘 들려주고 계시다는 것을요.

큰아주버님은 맏아들이지만 유산 하나 받으신 것이 없습니다. 하지만 어김없이 받고 있는 것이 있습니다. 부모님과 조상님의 추모 제사를 지내기 위해 형제와 그의 자녀들 30명 가까운 인원을 큰형님은 현관에서 반갑게 받고 계십니다. 추석, 설, 어머님 아버님 제사로 일 년에 서너 번씩 큰형님 댁을 방문합니다. 정말 우리는 편안하고 즐거운 발걸음으로 마음이 설렙니다. 전 형제 가족이 다 모입니다. 조카사위, 조카며느리, 손자 손녀까지 다 참석합니다. 그것은 큰형님의 한없는 베푸심과 포용하시는 마음을 서로 알기 때문이라고 믿고 있습니다.

설날 아침엔 큰형님께서 자녀들, 동서들 조카들에게 세뱃돈이 담긴 봉투에 주옥같은 삶의 말씀을 담은 선물을 주십니다. 봉투를 받아든 조카들이 이 구석 저 구석에 앉아서 편지글을 읽는 모습은 정말 아름답습니다. 자식을 품에 안고 바라보는 어머니의 모습과 닮았다고 느꼈습니다. 이런 모습을 만들어 주시는 큰형님 존경합니다.

넷째네는 큰형님께 평생 갚지 못할 빚을 졌습니다. 큰형님 댁은 부부 교육공무원으로 한평생 스승의 길을 걸으시면서 검소가 몸에 배인 분입니다. 젊은 시절에는 칼국수 외식 한번 하지 않으셨습니다. 시집올 때 입으셨던 빨간 한복 치마를 월남치마로 만들어, 명절 땐 꼭 입으십니다. 제 눈으로 명품과 비교하지 않으렵니다. 비교당하기 싫습니다. 그 값진 옷의 주인공에게 저는 감히 '한국의 위대한 어머니'라고 표현하고 싶습니다. 어머님이 생전에, 대전을 못 떠나셔서 잠시 막내인 우리와 생활한 때가 있었습니다. 그렇게 검소한 생활을 하시는 큰형님과 큰아주버님께서 저희들에게 고생한다고 하시면서 거금 위로금을 주셨습니다. 우리 가족은 부모님과 같은 마음으로 대해 드리자고 늘 이야기를 나눕니다. 하지만 실천을 못하고 있으니 평생 빚을 진 것이지요. 큰형님과 큰아주버님께 진 빚이 어마어마해서 갚을 날도 많아야만 합니다. 건강하시면서 행복하게 오래 사셔야 합니다. 저의 가족이 빚을 갚아야 하니까요.

큰형님과 큰아주버님의 글을 읽으면서 '큰형님 닮아가며 살아가자.'는 삶의 목표가 확실해졌습니다. 내일이 아닌 지금 깨달아서 다행입니다. 제 인생의 큰 수확이라서 행복합니다. '아름다운 세상 잘 있다 갑니다.' 라는 최명희 작가의 글이 생각납니다. 아름다운 곳 우리 이씨 가정에서 잘 살다가 가겠습니다.

큰형님과 큰아주버님 존경합니다. 사랑합니다.

2015. 11. 2.
넷째동서 드립니다.

6남매 가족여행, 뒷줄 왼쪽부터 시계방향
이조성, 최순영, 이조차, 정근옥, 이조천, 이조일, 최재순, 이명자, 윤여옥, 이숙자, 장진순 (2015.10)

　세종대왕의 후손이라면서 가문을 자랑하는 사람도 있습니다. 21세기 진정한 명문은 넷째동서가 만든다는 생각이 든다고 답장을 보냈습니다. 같은 시대에 살면서 막내동서가 맏동서의 장점을 이야기하기는 흔히 있는 일이 아닙니다. 동서 사이에는 애증관계가 될 때도 있고, 얽히고설키며 드러내 놓을 수 없는 미묘한 감정의 문제가 생기는 경우도 많다고 들었습니다.

　넷째시동생(이조천)과 동서(최재순)의 주관으로 2015년 10월에 가족 가을 여행을 하였습니다. 강원도와 서울과 대전의 중간 지점인 충북 제천으로 숙소를 정했다고 하였습니다. 금요일 근무 시간을 조절한다고 해도 숙소 도착 시간을 맞추기가 어려워, 음식점에서 식사를 하지 않고, 숙소에서 저녁 식사를 하였습니다. 넷째동서는 다슬기를 많이 넣은 아욱국, 김치, 열무김치, 야채 샐러드, 과일, 싱싱한 채소, 돼지고기, 쇠고기 등을 준비하였습니다. 특별히 맛있는 맥주, 소주 등, 참석 인원 각기 다른 술 취향도 배려하였습니다. 넷째시동생은 고기를 타지 않게 부드럽게 정성껏 구웠습니다. 셋째동서(윤여옥)는 동해의 싱싱한 해산물, 유기농 총각김치, 홍천의 유명한 찹쌀떡을 미리 주문하여 가지고 왔습니다. 어느 때보다 즐거운 분위기, 맛있는 음식이었습니다. 식사 후에는 남편(이조일)의 '10월의 어느 멋진 날에', '임은 먼 곳에' 등 색소폰 연주 사이사이에 각기 좋아하는 시를 한 편씩 낭송하기도 하고, 시와 관련된 사연도 나누었습니다. 고은의 '그 꽃', 윤동주의 '서시', 김소월의 '왕십리', 나태주의 '풀꽃', 장석주의 '대추', 정철의 시조 등 6남매 부부 모두에게 공감되는 시가 많았습니다. 시인인 큰고모부(정근옥)는 시인의 생애와 시집에 대한 부연 설명도 하였습니다. 의미 깊은 시와 감미로운 색소폰 연주와 함께, 소중한 삶, 아름다운 여정, 따뜻한 사랑, 소박한 꿈을 나누고, 새로이 선물 받은 오늘 하루를 풍요롭고 행복하게 축적해 놓았다고 모두 만족하며 감사하는 마음을 모았습니다.

10&10 주제

1차 'ME 다리 과정'을 마치고
배우자에 대한 나의 느낌은?

　† 찬미예수님! 영원한 생명을 주시고, 생명의 원천이신 주님! 주님의 은총 속에 오늘 '1차 ME다리과정'을 마치고 배우자에 대한 나의 느낌을 생각하고 쓰는 시간을 주심에, 주님께 찬미와 영광과 감사를 드립니다!

　사랑하는 요한에게

　믿는 이의 빛이며, 어두움을 밝히어 바른길로 나아갈 슬기를 주시는 주님을, 요한과 함께 찬미드릴 수 있어 더 큰 감사를 드리게 되네요.

　1차 'ME다리과정'을 마치고 배우자에 대한 나의 느낌을 쓰는 숙제하기를 좋아하는 요한과 함께 오늘 하루도 행복한 하루를 주님께 봉헌하네요.

　'부를 때 가자' 주의로 '시킬 때 하자'로 요한은 '78차 ME주말' 회장이 되었지요. 회장이라면 솔선해서 회원들에게 모범을 보여야 한다는 중압감이 따르지만 결국 우리가 행복하면 되는 것이지요. 회장 당선 축하해요.

　'사랑하는 것은 결심이다' '사랑하는 것은 실천이다' '사랑하는 일은 사람을 살리는 것이다' 머리로 인식하고, 가슴으로 감동하고, 실천하기로 결심하고 또 결심해도 시간이 지나면 무디어지나 봐요. 'ME주말' 2주일

후 '재모임'에, 6주간에 6회 조별 모임 후 본당 공동체에서 활동하라는 시스템이라네요.

요한은 아내 자랑에 대해서는 선구자였어요. 이제 ME교육을 받은 사람 공동체에서는 거리낌 없이 배우자 자랑을 해도 좋으니 요한의 취향에 딱 맞는 공동체 생활이 되겠어요. 성가대, 국선도 동호회, 동창회, 연령회, 호스피스 봉사자 모임에서 부부사랑을 자랑하는 것 같아서 조심스러웠는데 부부 자랑을 맘껏 하는 ME공동체의 일원이 되었으니 우리는 대단한 축복을 받은 부부이지요.

행복한 부부는 세계를 행복하게 변화시킨다는 신념을 가지고 우리가 변화하기까지 얼마나 많은 노력을 해야 할까요. 외국어 배울 때, 같은 문장을 수십 번 암기해서 일상어로 쓰듯이, 우리의 사랑도, 사랑한다는 말의 표현, 눈빛, 얼굴빛, 동작으로 표현하기를 수십 번 연습해야 되나봐요.

사랑해요. 감사해요. 행복해요. 자랑스러워요.

2008. 7. 14. 월요일
오직 당신을 영원히 사랑하는 헬레나

전국무예대제전 국선도 부문
뒷줄 맨 왼쪽 이조일 (2015.11)

우리가 'ME주말' 체험 후 10/10 실천해 보는 것은 짐이 아니고. 사랑하는 방법 중에 하나였습니다. 부부 사랑도 학습하고, 복습하고, 확인해야 되는 줄을 'ME주말' 체험 후 알았습니다. 자녀와 부모 사랑은 혈연이라 본능으로 이루어지만, 부부는 사랑하는 방법을 학습해야 한다는 이론도 있습니다.

본능대로 사랑이 우러나더라도, 서로가 사랑하는 방법에 차이가 있으니, 'ME주말' 체험과 '재모임'과 '다리과정'을 순서대로 잘 마치고, 온 세계에서 검증된 방법으로 사랑을 배우게 되어, 감사한 마음입니다. 남편이 선택하는 일은 언제나 훌륭한 판단이었습니다.

'산소같이 나에게 아주 소중한 요셉', '보기도 아까운 사랑하는 요셉', '만년 소녀의 웃음으로 세상을 환하게 하는 사랑하는 헬레나', '온 마음과 온 몸으로 나를 사랑하는 마리아', '날개 없는 천사 마리아', '사랑 자체인 사랑하는 마리아', '눈에 넣어도 아프지 않은 마태오', '사랑하고 존경하는 루시아', '나의 엔돌핀 마리아', '미운 짓을 해도 사랑스럽기만 한 마리아', '미운 짓을 해도 미워할 수 없는 마리아'… 이렇게 ME부부 모임에서는 각자 배우자를 소개할 때마다 새롭게, 또는 늘 하던 대로 배우자를 칭찬하고, 최근에 배우자가 좋아보였던 점을 이야기하면서 서로 다른 부부의 모습을 대하게 됩니다.

사랑하는 새아기에게

새아기 결혼해서 첫 번째 설날이네요.

지난 한 해는 새아기 생각하고, 새아기 자랑하고, 새아기에 대한 이야기 듣고, 온통 새아기로 가득 찬 우리들의 일 년이었어요.

이번 설날은 새아기와 함께 지내게 되니 벌써부터 기다리게 되었지요. 새아기는 힘들 텐데도 말이지요.

재작년에는 어머니가 명예퇴임을 할까 생각한 적이 있어서, 여러 가지로 침체되어 기운이 없었는데, 작년부터는 새아기로 인해 우리 집안에 큰 활력소가 생겼지요. 광고에서 '산소 같은 여자'라는 것을 들은 기억이 있는데 우리 새아기를 두고 한 말이 아닌가 싶어요. 우리 집안에 좋은 일이 연속 이어지니, 새아기를 맞이하여 더욱 큰 행운이지요. 큰아들 좋은 회사에 취업하고, 아버지 어머니 좋은 학교로 이전하고, 새 집으로 이사하고… 일생에 한 번 겪기 힘든 일을 최근에 연이어 겪게 되면서 행복해 했지요. 또 일원동 새아기 친정에도 많은 변화가 있었지요. 아버님 사장 취임하시고, 어머님 원하는 학교에 영전하시게 되고, 사촌까지 사법시험 합격한데다, 동생도 사법 시험에 합격하는 행운까지 눈앞에 다가섰으니. 무엇보다 중요한 것은 새아기가 교사가 된 것이지요.

이제 2002년은 숨 좀 고르고 잠잠하게 쉬어도 좋겠어요.

새해에도 모두에게 건강과 평화를…

2002. 2. 12. 설날에 새아기 사랑하는 대치동 아버지 어머니

부부 사이가 좋을 때는 호칭에 대해서 어려움이 없다가도, 다툼이 있을 때는 '너의 어머니', '당신의 어머니', '자기 어머니'라는 말에서, '너', '당신', '자기'에 힘을 줄 때 가시가 걸린다고 들었습니다. 큰며느리에게 친정 부모를 지칭할 때 제가 '일원동 아버지', '일원동 어머니'라고 했더니, 큰아들도 본가 부모 앞에서 '일원동 아버지', '일원동 어머니'라고 장인 장모를 지칭하였습니다. 처음에는 번거롭고 낯선 호칭일 텐데 결혼 전부터 익숙하게 사용하였습니다. 손자들도 '일원동 할아버지', '일원동 할머니', '일원동 삼촌', '대치동 할아버지', '대치동 할머니', '대치동 삼촌'을 자연스럽게 썼습니다. 어떤 분한테서 '장인', '장모'라는 말을 사위한테 들었을 때 어색하고 거리감 느꼈다고 들었습니다. '외할아버지', '외할머니'라는 말을 손자한테 듣고 서운했다는 말을 들은 적이 있습니다. 남녀 구별하는 단어가 점점 사라지는 과정에서 친정, 시댁, 본가, 처가의 가족에 대한 호칭도 변화하는 중임을 실감합니다.

주례 이준식 교수와 신랑 이정호, 신부 강유선 (2001.9)

10&10 주제

부모로서 우리 부부의 장점은 무엇입니까?
이에 대한 나의 느낌은?

✝ 찬미예수님!

오늘 하루도 우리에게 평화주시며, 주님의 인자하신 은혜로 살게 하시니 주님께 감사와 찬미와 영광을 드립니다.

사랑하는 요한에게

대치동 성당 ME가족의 막내로, 오늘 이 자리까지 오게 해 주신 주님과 요한에게 진심으로 감사드립니다. 사랑 많으신 주님을 닮으려고 노력하는 요한 덕분에 우리 두 아들이 잘 자라서 '부모로서 우리 부부의 장점'을 쓰는 지금 행복합니다.

돌이켜보니, '자녀들은 궁극적으로 자립하도록 양육하는 것이 중요하다'란 우리의 생각이 나쁘진 않았지요. 정신적, 신체적, 경제적, 사회적으로 자립하는 길을 학습하도록 시간을 주었지요. 집안 일, 자기 몸 관리, 성적 관리, 친구 관리, 학과와 학교 선택, 배우자 선택, 옷 사 입기 등… 스스로 생각하여 스스로 선택하도록 믿고 기회를 주었지요. 아들 친구들은 우리 두 아들을 대단히 부러워했대요. '밥 안 먹을 자유도 있고, 공부 안 할 자유도 누린다.'고 했대요. 아이들 때에는 자기에게 없는 것을 부러워하기도 하여, 우리 두 아들이 친구들에게 부러움의 대상이 되기도 했지만, 교육자인 부모가 아이들을 방임한다고 친구 부모들 가운데 은근히 걱정한 사람도 있었다지요. 두 아들은, 노점 식품을 사 먹어보기도 하고, 만화도 보고, TV드라마도 보고, 모든 운동을 다 좋아하고, 많은 경험을 쌓으면서 성장했지요. 자기 관리 잘하고 타인에게 호감을 주는 아내에게, 두 아들은 사랑받고 존경받는 믿음직한 남편이 되었지요.

이 다음에 자기 아이 양육은 우리가 아이들한테 했던 방식을 따르고 싶다고 했지요. 아이들에게 선택의 자유를 일찍부터 주어서, 창조적이고 건실한 아이로 키우고 싶다고 했지요. '선택은 삶의 일부분'이며, 세상을 살아가는 것이 '선택의 연속'이며, 올바른 선택을 하지 못하더라도 '더 나은 선택'에 대한 답이 있어야 한다고 했지요. 하나를 선택하면 다른 많은 것을 포기해야만 한다는 현실을 받아들일 줄도 알게 되었지요.

우리들의 자녀 양육 방법을 두 아들에게 인정받게 되어 대단히 만족스럽지요. 자손대대로 계승하고 싶은 우리의 모습을 존경하고 따르고 싶다고 했지요. 우리는 가진 것은 없지만 온화한 미소, 상냥한 말과 친절, 기쁨 속에서 사는 모습, 분수에 맞는 검소한 삶과 기도의 모습, 믿음과 소망과 사랑을 자녀에게 물려줄 유산임을 명심하여 실천할 수 있도록 주님께 기도하자고 했지요.

아이들에게 존경받는 부모가 되도록 성실하게 살아온 요한이 자랑스러워요. 요한을 통해 온 가족이 성숙할 수 있음에 감사해요.

사랑해요. 행복해요.

2008. 7. 19. 토요일
요한을 사랑하고 존경하는 헬레나

우리가 자녀를 '키운다'고 하지만. 자녀는 부모에 의해서 '양육되어지는 것만'은 아니라고 생각하였습니다. 분재 식물을 키우듯이 부모의 의도대로 소질이나 특기를 무리하게 '키워주는' 것은, 독립적인 생명체를 자기의 소유물로 취급하는 일이라고 생각하였습니다. 자녀의 사회적 성공을 최우선 가치로 삼고, 도를 넘어 개입하고, 호랑이처럼 엄한 '타이거 맘(tiger mom)'이 미국에서도 화제가 된 지 오래 되었습니다. 자녀를 성공시키기 위해 학교와 취업 현장까지 나서, 자녀 앞의 모든 장애물을 잔디 깎듯 다 해결해주는 '잔디 깎기 맘(lawn mower mom)'이, 자녀에게 좌절을 이겨내는 법을 배우지 못하게 하여 가정 파탄으로 이어진 사연도 있습니다. 자녀의 일거수일투족을 감시하는, 극성 어머니를 뜻하는 '헬리콥터 맘'보다 더 자녀의 삶에 개입하는 부모라고 합니다. 우리 두 아들이 초등학교 입학할 때, 공립학교는 오전반 오후반으로 2부제가 있었습니다. 사립학교에 자녀를 입학시킨 친구들도 많았습니다. 우리 가정 형편에는 엄두도 낼 수 없었습니다. 자녀 양육에는 모범 답이 없지만, 내면이 건강한 아이로 자라서 마음이 넓은 어른으로 성장하기를 희망하였습니다. 사랑과 믿음을 심어주면서 곁에서 바라보기만 할 수밖에 없었습니다. 그래서 더더욱 두 아들에게 고맙고 주님께 감사드리게 됩니다.

든든한 큰아들에게

오늘 큰아들 편지 반갑게 받고 아버지 입영할 때 할머니 할아버지 생각났다. 내가 훈련소 마치고 부대로 이동하는 야간열차에서 할아버지가 주머니 속의 삶은 계란을 꺼내 주시며 아들을 자세히 살피시던 일을 생각하면 '부모 마음'을 조금은 알 것 같구나.

정석이가 제일 먼저 편지 읽고, 어머니와 내가 두 번, 세 번 읽었단다. 그리고 새아기에게도 메시지 보내주었다. 씩씩하고 멋진 군인인 큰아들 모습을 떠올려본다. 선임을 맡았다니 장하구나.

큰아들 입영하던 날 바람 불고 매섭게 추운 날씨였는데, 짧게 깎은 머리에 감기는 들리지 않았는지. 요즘 날씨가 그 때보다 덜 추워서 날씨에 대한 고마운 생각이 드는구나. 신발은 불편하지 않은지 모르겠구나.

하루하루 달력의 날짜를 지운 지 일주일이 되는 토요일이구나. '주님의 도우심으로 큰아들을 안전하게 지켜주시라'고 미사 때마다 기도하는 부모의 마음을 큰아들은 잘 알고 있을 것 같다. 무엇보다도 훈련 마치는 날까지 건강하기 바란다.

훈련이 힘들더라도 큰아들은 잘해 내리라 믿는다. 인생은 무대에 선 배우이며, 연출가이기도 한 것이란다. 군인이니까 상사의 명령대로 복종하기도 하지만, 자신의 의지대로 주도적인 생활도 있기 마련이다. 충실하게 연출하고, 출연하는 자신을 제 삼자 입장에서 발견하고, 혼자 웃고, 대견해하기도 할 것이다. 병영 생활이 좋은 기억으로 남기를 바란다.

　훈련기간 동안 직장 일, 집안 일 등 다 잊어버리고 가벼운 마음으로 훈련에 충실하기 바란다. 또한 심신을 강철처럼 만드는 계기로 삼으면 오히려 사회에서 찾기 힘든 값진 체험이 되리라 믿는다.

　퇴소 후 건강한 모습으로 만날 것을 기대하며 이만 줄인다.

　오늘도 수고 많았다. 모포 잘 덮고 편안한 밤이 되기 바란다.

2003. 2. 8. 토요일
씩씩한 큰아들 생각하는 아버지

이조일 정년 퇴임식
이정호 이시원 이정석과 함께

　군대 이야기가 나올 때마다 남편은 본인(이조일)이 입대할 때와 병영 생활 이야기를 합니다. 무용담도 있지만, 들을 때마다 눈물을 참을 수 없는 '나만의 스토리로 기억했던 보물'을 간직하고, 그 보물이 삶의 버팀목이 되고 있었음을 깨닫게 되었습니다.

　큰아들(이정호)은 병역 대체 연구원으로 근무 중, 훈련을 받으러 가기 전날, 본가에 들러 인사하고 아침에는 자기 집에서 떠난다고 전화하고 떠났습니다. 논산훈련소로 파견 근무 가는 기분이면 된다고 우리를 위로하였습니다. 약간의 자유가 제한되는 생활 이외는 걱정할 것이 없다는 생각이었습니다.

　작은아들(이정석)이 군대 갈 때는 '잘 다녀오라'고 인사하고 평상시와 같이 우리 부부는 출근하였습니다. 다른 사람들은 대부분 휴가를 내고, 군대 가는 아들을 승용차로 데려다 준다는 이야기를 들었습니다. 우리는 두 아들이 입학할 때나 졸업할 때도 집에서 함께 출발한 적 없었으니 당연하다고 생각하였습니다.

　큰아들이 아침을 차려줘서 형제가 함께 밥을 먹고, 현관에서 작별하고 아파트 마당을 씩씩하게 걸어가는데, '정석아, 잘 다녀와' 하며 아파트 복도에서 형이 손을 흔들어 주었다는 '사건'을 나중에 들었습니다. 지하철역까지 가는 동안 계속 눈물을 흘렸다는 '비화'를, 손자가 말 배우기 전부터 그 때 그 복도식 아파트를 지날 때마다 손자(이재우)에게 들려주었다는 '아빠의 이야기'를 작은아들에게 듣는 동안 저는 목이 메었습니다. 그 때는 모르고 지나간 이야기가 10여 년이 지나도록 왜 계속 눈물이 나는지 모르겠습니다.

10&10 주제

우리의 생활 습관 중 내가 중요하게 생각하는 것은 무엇입니까? 이에 대한 나의 느낌은?

＋ 찬미 예수님!

"내가 너희를 사랑한 것처럼 서로 사랑하여라." 하신 주님의 말씀을 따르려고 노력하는 저희를, 부부사랑의 아름다운 모습으로 가꾸시려는 주님께 찬미와 영광과 감사를 드립니다.

사랑하는 요한에게!

참사랑은 모든 것을 덮어주고 믿으며, 바라고 견디어 내어 안 되는 일 없다고 하신 주님께, 모든 것을 의탁하는 요한을 사랑하며 존경합니다.

오늘도 생감자와 양파, 피망, 풋고추, 오이 등 원료 그대로 식탁에 놓고 식사했네요. 여름엔 잘 끓여서 먹어야 된다는 이론도 있지만, 먹을 만하게 썰기만 해서 먹었지요. 더운데 요한은 나를 배려해서 생으로 먹는 것이 식욕이 난다고 했지요. 언제나 나를 배려해주는 요한에게 감사하는 마음뿐이네요.

가톨릭대 간호대에서 작년에 호스피스·완화의료 연수 받을 때, 나의 장점은 가급적 원료를 그대로 식탁에 올린다고 했더니 강의실이 떠나가게 웃은 연수생이 있었지요. 실제로 우엉이나 감자를 생으로 먹는다고 했더니, 사실인지 요한에게 확인하는 사람도 있었지요. 여름 야채는 생으로 먹는 것도 좋을 것 같았어요. 감자나 우엉을 날것으로 먹는 것이 웰빙 식사라는 사람도 있었어요. 나는 요리를 맛있게 할 수 없어서 원료를 그대로 먹자는 주의였는데 특별히 건강식이라니 진작 알았더라면 더 당당하게 날것으로 먹었을 걸 하는 생각이 들기도 했어요.

편하게 먹는 것이 우리에게는 다 건강식이며, 편리하게 지내는 것이 과학적, 합리적, 경제적일 때가 많았지요. 요한의 아내 사랑이 검증 받은 결과이지요. 온몸에서 배어나오는 아내 사랑이니까 자연스러우면서 유익한 생활 방법이 되었어요. 감자나 우엉은 맛있게 조리할 수 없어서 잘 사오지 않았었는데 요즘은 유기농 매장에서 자주 사와서 날것으로 먹으니까 아주 좋아요. 정성들여 잘게 썰었더니 먹기 불편하다고 큼직큼직하게 몇 도막만 내라고 해서 얼마나 고마웠는지요.

요한은 말만 하면 다 아내 사랑이 되고, 움직이기만 하면 다 아내 사랑이 되고, 먹기만 해도 다 아내 사랑이 되니, 아내 사랑이 솟아나는 샘물이 있나 봐요. 요한이 요구하는 대로만 먹으면 건강해서 좋고, 편해서 좋고, 일석이조가 되네요. 우리는 행복한 가정의 CEO뿐만 아니라, 음식을 날것으로 먹는 요리사의 첨단을 가고 있네요. 생식회사가 만들어 내는 생식원료는 함량도 품질도 알 수가 없었는데 우리는 원료를 확실하게 보존하면서 건강식을 하고 있어요.

앞으로 생활이 발전하면서 부부 사랑의 방법도 어떻게 발전할지 기대가 되고 행복해지네요. 사랑해요. 감사해요.

2008. 7. 30.
인생을 멋지게 장식하는 요한을 존경하고 사랑하는 헬레나

　퇴임하면 영양식으로 잘 먹어야 한다고 생각했는데, 퇴임 전보다 오히려 부실한 식단이 되었습니다. '남은 음식이 내 몸보다 소중하겠느냐?'는 생각을 할 때도 있지만, 남은 음식을 다 먹어서 처분하는 습관으로 하느님께 자원절약과 환경보존의 상이라도 받겠다는 자세를 지켰습니다. 특히 여름에 요리하지 않은 식단은 음식을 남기지 않는 방법이기도 하였습니다. 음식을 버리지 않는 습관으로 우리가 부자가 되었다면 일리 있을 것이라고 하였습니다. 많은 것을 가진 사람이 아닌, 더 가지고 싶은 것이 없는 상태의 부자입니다. 맛이 없을 때는 몸에 필요한 음식이라는 생각으로, 입으로 먹지 않고 머리로 먹는다는 말도 남편(이조일)은 자주 했습니다. 맛이 없어도 귀한 음식이라 생각하고 맛있게 먹어서 우리가 축복을 받는다는 생각이 들기도 하였습니다. 다른 어떤 것도 필요치 않은 충만감에서, 음식을 먹는다기보다 생명력을 먹는다는 느낌입니다.

장진순과 이조일

큰형수님은 그랬었지요!

　우리 집 큰형수님은 경상도 상주 청리 출신으로 내가 군대 있을 때 이씨 집안에 시집을 오셨지요. 4남 2녀의 장남에게 시집을 와서 가족을 위해 수고도 많이 하시고, 어느덧 세월이 흘러 초등학교에 다니는 손자 2명, 어린이집에 다니는 손자 2명이 있지요. 그런데 우리 집 큰형수님은 연세가 드실수록 내면의 아름다운 마음으로인지 얼굴이 더 밝아지시지요.

　그 동안에 여러 가지 어려움과 건강상 문제도 이겨 내시고, 이제는 교직에서도 퇴임하신 후 성당 봉사 일에도 참여하시면서 보람 있게 생활을 하고 계시지요. 여전히 바쁘게 활동하고 계시지만 건강에는 무리가 없나 봅니다.

　돌이켜 보면 어려운 집안에 맏며느리로서 집안 일과 직장 일로 할 일도 많으셨지요. 추석이나 설 명절이면 항상 모든 형제들이 전 날에 큰집에 모여, 정담도 나누고, 전도 부치고, 윷놀이도 하면서 하루 밤을 함께 지내면서 명절을 맞았지요. 그러면서 어린 시절 함께 살던 형제들과, 조카들 간에도 가족의 끈끈함을 키웠지요. 벌써 수십 년간 한 번도 빠지지 않고 이렇게 화목하게 지내는 경우는 다른 가정에서 보기가 힘들지요. 이 모든 것이 큰형님과 큰형수님 덕분이라고 생각하지요. 특히 큰형수님께서는 바쁘신 중에도 설 명절이면 조카들에게 그 나이와 처지에 맞게 희망적인 메시지를 편지에 담아 세뱃돈과 함께 주셨지요. 보통 사람들은 자기 가족 챙기기에도 힘들어하는데, 큰형수님께서는 일일이 조카들에게 편지를 써 주셔서 가족 화합은 물론, 조카들에게 많은 사랑을 나누어 주셨지요. 또한 설 명절에 형제간, 부부간 맞절하기는 상호 존중과 가족의 소중함을 더욱더 일깨워 주셨지요. 이런 분위기 속에서 자란 조카들이 모두가 바르게 자라서 사회의 필요한 일원이 되는데 일조를 하고 있지요. 이 밖에도 형제들의 어려운 점이나 문제점이 있으면 발 벗고 나서서 큰형수님이 큰 힘을 주시고 해결해 주셨지요.

이번에 큰형님과 큰형수님께서 책을 내신다기에, 글쓰기에 소질이 없는 제가 이런 좋은 일이 오래도록 기억되기를 바라는 마음으로 편지를 써 보았지요. 큰형님과 큰형수님에게 가족의 이름으로 그간의 노고에 큰 감사의 말씀을 드립니다. 이는 우리 가족이 드리는 가장 소중한 선물이라고 생각하여 주시기 바랍니다.

형제 많은 집안에서 훌륭한 역할을 하신 큰형님과 큰형수님께 거듭 감사드리고, 늘 건강하시고 행복하시길 기원합니다.

2015. 11. 7.
양양에서 셋째가 드립니다

조선 시대 정승을 지냈던 가문의 후손이라면서 자기들이 명문이라는 자랑을 하는 사람도 있습니다. 제사 지낼 때 격식을 가장 잘 지키는 가문이라고 자기들이 명문이라고 자랑하는 사람도 있습니다. 21세기 새로운 명문은 셋째서방님이 만든다고 답장을 보냈습니다. 같은 시대에 살면서 형수의 장점을 자주 이야기하며, 형수의 좋은 점을 편지로 쓰는 가문이 있는지 들은 일이 없으니까요. 갈수록 우리 가문의 매력을 발견하고, 애정을 가지게 되네요.

셋째시동생(이조성)은 직장을 위해서 대전에서 속초로 이사 갔다가 양양에 정착하고 정년퇴임을 맞이하였습니다. 속초리, 속초면, 속초시로 승격된 것을 보면 속초가 외부인의 영향도 많고, 텃새를 부릴 정착민이 적다는 점에서 발달할 수 있다고 들었습니다. 강원도 양양군은 오래전부터 정착한 군민이 많다고 들었습니다. 셋째시동생은 양양군의 중요한 지역사업과 관련된 봉사활동을 통해 활기찬 양양 사람으로 안정적인 생활을 하고 있습니다.

경관 좋은 속초와 양양으로 형제들을 초대하고, 조카들이 대학입학시험을 끝내면 친구들과 함께 초대를 하였습니다. 대학입학시험을 마친 우리 큰아들과 작은아들은 셋째아버지와 셋째어머니(윤여옥)의 자상한 안내로 강원도 풍광 좋은 곳을 구경하며, 대접을 잘 받아 친구들에게 자랑스러웠다고 하였습니다. 셋째네가 주관하여 10여 년간 강원도에서 6남매 가족 여름휴가로 즐거운 시간을 보냈습니다. 강원도 좋은 곳은 다 거쳤으니 내년에는 제주도로 진출하자는 의견도 있었습니다. 우리들은 6남매가 즐겁게 모일 수 있으면 어디든지 다 좋다고 하였습니다.

군인 큰아들에게

훈련병 이정호의 편지를 받고 위문편지를 쓴다.

어릴 때 연말에는 국군 장병에게 위문편지를 쓰고, 99년에는 정석이에게 썼고, 2003년에는 1회 큰아들에게 쓰게 되었다. 군인에게 쓰는 편지는 다 위문편지인 줄 알았다. 위문의 뜻을 모를 때부터. 군인인 큰아들에게 관행대로 쓰면 위로가 될지? 큰아들이 위로 받아야 할 대상인지?

창의와 자발적인 생활 태도 익히는데 10여 년, 양보와 협력을 몸에 배도록 하는데 20여 년, 학교생활(유치원 포함) 19년, 남을 배려하고 타협하는 실력 쌓기 20여 년, 산업 발전을 위해 기술과 개발(R&D) 연구원으로 2년 정도의 사회생활이, 군대생활 적응에 얼마나 도움이 되는지? 경험이 지식자산 이상의 가치가 있다는 이론을 검증하는 기회가 될지? 착잡한 심정은 잠시, 어미도 지난날을 돌이켜 보게 된다.

'77년 2월 00일: 온 천하를 얻은 행복감을 안겨준 날. 큰아들은 무엇이 두려운지, 무엇을 호소하고 싶은지 큰소리로 울기도 했지만, 우리는 '울음소리도 크다'면서 자랑스러워했지.

'83년 3월: 우리 아들만 초등학교 간 것처럼 자랑스러웠지!

'89년 3월: 집에서 제일 가까운 단대 부중 입학한 것이 우리 아들 실력인 것처럼 기뻤지!

'92년 3월: 단대 부고를 우수한 성적으로 입학한 기쁨!

'95년 1월: S대학교를 합격하다니! 입학원서 단 1장만 썼지!

'99년 3월: S대 대학원을 입학하다니!

'01년: 졸업, 취업, 결혼, 중복된 경사!

'03년 1월: 입영 축하!

인생의 정해진 길을 가는 것처럼 순탄하게 지내온 과정이 얼마나 든든하고 감사한지. 큰아들은 고비마다 힘들었지만 그것은 적극적이며 자기 주도적인 선택이었지.

오늘 일요일 낮. 정석이가 오랜만에 김치 볶음밥에 계란 부침을 주문하기에 실력 발휘하고 생색을 냈지. 큰아들 내외 불러서 김치볶음밥 한 번 해주기를 아버지가 가끔 희망하지만, 나는 먹고 싶은 사람이 요구하지 않으면 하지 않겠다는 주장을 아직까지 고수하고 있지. 나는 모두에게 자유를 주었다고 한 것이 최대의 베풂이었다고 생각하니까.

15일 할머니 생신 준비로 우리 모두 대전 간다. 16일 고모, 작은아버지 등 모두 함께 만나게 된다.

지난 설날에는 새아기와 아주 신나게 지냈다. 윷놀이도 재미있고, 새아기가 맛있는 음식을 해서 더욱 즐거웠다. 큰아들 없어도 모든 집안 행사가 잘 돌아가는구나.

훈련 잘 받고 기쁘게 만나기를 기다린다.

2003. 2. 9.
어미 씀

어린 두 아들에게 기념일이나 축하할 일에 편지를 쓰고, 끝에 '어미 씀'을 보고, '어미소, 어미 돼지'처럼 '어미'가 뭐냐고 했습니다. "어머니가 스스로를 낮출 때는 '어미'라고하는 것이다. 아버지가 스스로를 낮출 때는 '아비'라고 하는 것이다." 설명하곤 했습니다. 윗사람 앞에서 자기 부모를 가리킬 때도 '아비' 또는 '어미'라고 했지만, 자기 부모를낮추어 부르면, 부모에 대한 효경심이 없어질까 걱정했는지 지금은 부모를 낮추어 부르는 일이 거의 사라졌습니다. 사실은 부모를 낮추는 것이 아니라 자기를 낮추는 방법인데도 말입니다. 상대가 누구이든지 가리지 않고, 자기 부모를 '아버지, 어머니'에서 '아버님, 어머님'이라고까지 부르는 일이 보편화 되었습니다. 격식에 맞지 않는 높임말이라도여러 번 들으면 익숙해지고, 일상화 되어갑니다.

얼마 전 목포 여수 일대 여행을 했습니다. 여행 가이드는 '이순신장군님께서'라고 했습니다. "아하, 높임말의 홍수 시대라더니 역사 인물에 '님'을 붙이고도 모자라 '께서'를 붙이는구나. 멀지 않아 '세종대왕님께서, 링컨대통령님께서'라는 말이 쓰일 때가 오겠구나."하는 생각이 들었습니다. 국립국어원에서 공식적으로 권장하는 화법을 제시해도 대중이 사용하지 않으면 무용지물이 되고, 일반 대중은 말을 점점 더 저속하게, 더 간편하게 만들어 쓰는데, 반대로 격식에 맞지 않게 더 고상(?)하게 만들려는 사람들도 있습니다. 송아지의 어미를 보고 '엄마 소'가 당연시 되고 있습니다. '커피 나오셨습니다.' '가격은 5만원 되시겠습니다.'와 같은 사물 존칭도 자주 듣는 현실입니다.

자식에게 쓴 편지에서 '나'를 '어미'라고 썼던 마지막 세대가 될까요? 시부모 앞에서내 남편을 '아비'라고 불렀던 마지막 세대가 될까요?

10&10 주제
우리 부부는 이웃에게 어떤 영향을 주고 받습니까?
이에 대한 나의 느낌은?

＋ 찬미예수님! 언제나 모든 선의 근원이신 주님을 기쁜 마음으로 섬기며, 완전하고 영원한 행복을 누리게 하시는 주님, 찬미와 영광 받으소서. 아멘.

사랑하는 요한에게

요한이 우리 아파트 문화 교실에서 국선도 수련 자원봉사하며, 동대표회의 기술이사를 맡아 이웃에게 봉사하는 모범을 보여 주는 모습에 감명을 받았어요. 나는 성당 구역 반장을 맡아 교우들에게 봉사하며, 예비교우들에게 봉사할 기회를 만들려고 노력하고 있어요. 우리 둘은 성가대에서 중책을 맡아 대원에게 봉사를 하지요. 'ME부부 주말' 다녀온 후 공동체 참여가 더 늘었지요. 요한이 제의하거나 내가 의견을 내면 우리 둘은 아주 쉽게 의견이 일치되었지요.

작은아들 내외도 형님 내외를 존중하고 따르며 가정의 질서를 유지하기 위해, 동생부부의 역할도 중요하다고 생각하고 있지요. 우리 아들 며느리 손자들이 주말마다 다니러 온다고, 이웃 사람들은 우리를 행복한 가정의 표상이라고 하지요. 명절에 아들들이 설거지 한다는 이야기에도 이웃 사람들은 감동이래요. 음력 섣달 그믐날이나, 추석 전 날 시동생

내외, 아들 며느리와 같이 영화 구경 갔다 왔다는 얘기는 온 동네 사람들이 부러워했어요. 큰며느리 친정에서도 우리 가족 문화가 온 가족에게 고무적이라고 했지요. 내가 주방 일을 잘 못한다고 이웃사람들은 부러워해요. 요한이 성품이 좋아서 내가 주방 일을 잘하려고 노력하지 않고도 큰 불편 없이 살았다고 해요. 두 아들 밥 먹는 일이나, 공부하는 일 챙겨 주지 않아도, 자기 할 일 스스로 잘 하게 훈련시키는 일을 다 본받고 싶다고 하지요.

우리는 특별한 의도를 가지고 한 것이 아닌데도, 특별한 의도를 가지고 한 것 이상으로 대성공이라고 부러워해요. 결과만 보고 좋으니까 좋다고 한대요. 시부모님께 편안하게 해드리고, 시부모님 기일 때마다 6남매 가족 다 모여서, 부모님의 덕을 기리고, 화목하게 지내는 일도 부러워하지요. 우리 조카들이 진학, 취업, 결혼 다 제때에 한다고 부러워해요. 우리가 하는 일은 모두 이웃에 본보기가 되어서, 좋은 영향을 주고 있다고 자기 가족끼리 이야기하기도 한대요. 이 모든 것은, 요한이 기도하고 봉사하는 덕분이라 생각하니, 가문도 자랑스럽고, 우리 이웃도 자랑스러워요. 행복하다는 이야기를 부담 없이 나눌 수 있는 이웃 만나기는 쉽지 않지요. 백 냥으로 집 사고, 구백 냥으로 이웃 산다는 옛말이 그냥 생긴 것이 아니겠지요. 우리 이웃은 참 좋은 사람들이 모였어요.

요한의 주변 사람들 모두 사랑해요. 감사해요. 행복해요.

2008. 8. 4. 월요일
요한의 모든 것을 사랑하는 헬레나

이웃 사람들이 모이면 며느리 칭찬도 하면서, 건강, 선행, 자녀들, 주변 사람들 이야기 속에 공감하기도 하고, 비판하기도 합니다. 큰 소리로 웃기도 합니다. 남편 자랑도 하고, 주님에게 받은 선물을 나누기도 하면서 '자랑세' '행복세' 자진납부하지 않아도 부담주지 않는다고 하였습니다. 남편 잘 만나고 시대를 잘 만난 덕분에 얻은, '행복한 가정의 CEO' 자리를 종신 지키자고 하기도 하였습니다.

'행복한 가정의 CEO 대표'는 우리 부부가 맡으면 좋겠다고 하였습니다. 이웃들과 만나면, 친구들이나 손자와 가족들과 지내는 즐거움과 또 다른 즐거움이 있습니다. 우리가 행복해 하면 온 이웃이 행복해집니다. 로사와 글라라와 아녜스의 이야기를 종합하면, 음식은 문화+기술+과학+정성으로 만들어내는 생활의 활력소이고, 건강을 지켜주는 약이며, 주부의 자긍심을 총체적으로 표현하는 예술 작품입니다. 가족의 정신적 신체적 건강과 경제적 사회적 활동을 종합적으로 책임지는 '종합상사의 CEO' 이상의 능력을 다 갖추고 '행복 컨설팅'에도 자신 있는 이웃 사람을 존경하고 사랑합니다. 들을 때는 깊이 감동하지만 집에 돌아오면 '원판불변의 법칙'의 작용으로 저에게는 적용할 수가 없습니다. 저는 너무 예외적인 예를 들려줘서 한바탕 웃게 하는 역할을 맡곤 합니다.

이웃 사람들과 함께 양재천 산책하면서, 운동하고 담소를 나누는 많은 사람들의 모습을 보면 여유와 활력을 느낍니다. 양재천은 햇살에 반짝이는 초록 나뭇잎이 터널을 이루고 있어 낮에도 운동하기에 좋은 곳입니다. 저녁 운동하기에는 더욱 좋은 양재천 산책길이 있어, 이웃 사람들과 함께 건강과 행복의 기운을 얻는 것을 넘어, 이웃 사랑과 내 고장 사랑의 시간에 푹 빠지곤 합니다.

시원이 100일을 맞이하여

시원이가 태어나서 백일을 맞이하였네요.

엄마의 뱃속에서 좋은 것 생각하고, 좋은 것 꿈꾸면서 잘 자라오다가 태어났지요. 우리 모두에게 큰 기쁨 주었지요. 이제 백일을 맞이하여 옹알이도 하고, 웃기도 잘하고, 얼마나 대견한지요. 우리 온 집안에 웃음을 주고 있네요. 시원이가 우는 모습도, 찡그리는 모습도 다 신기하고, 기특할 뿐이네요. 이름의 뜻대로 크게 베풀면서 살아갈 만한 인물임에 틀림없지요.

지난 번 요로 감염에 엄마를 비롯해 많은 사람들이 놀랐지만, 시원이가 앓기도 하고, 울기도 하면서 자란다는 것을 알고 있어요. 조금씩 앓기도 하면서 앓는 것에 대처하는 힘도 길러진다니까요.

엄마는 시원이 보살피는 일에 최선을 다하고 있지요. 불편함이라든지 요구 사항을 금방 해결해 주는 힘도 있지요. 무엇이든지 엄마가 다 해결해 주지요. 아빠는 시원이 돌보는 일을 가장 즐거워하고 있지요. 어쩌면 요렇게 잘 생겼을까, 어쩌면 요렇게, 요렇게… 어느 한 부분 감탄하지 않을 수 없지요. 바라만 보는 것으로도 감격하고 또 감격하여 아빠는 신이 나서 싱글벙글. 시원이를 바라보고 노는 일이 인생에 제일 큰 즐거움이지요.

외할아버지, 외할머니, 외증조할머니, 친할아버지, 친할머니, 친증조

할머니, 외삼촌, 친삼촌… 시원이를 좋아하는 사람들이 얼마나 많은데 다 알아보겠어요?

할아버지는 시원이와 함께, 자전거 타고 산으로, 들로, 공원으로 가는 꿈을 꾸며 즐거워하는데, 시원이와 함께 놀고 싶으면 순번을 타고 기다려야 되겠지요?

시원이가 건강하게 자라면서, 주변에 많은 사람에게 사랑 주고 사랑 받으며, 믿음 주고 믿음 받으며, 희망과 기쁨을 듬뿍 줄 수 있도록 기도하겠어요. 주님, 시원이를 축복하여 주소서. 아멘.

2004. 10. 9.
시원이 백일을 축하하며 대치동 할아버지 할머니

이시원 백일을 축하하며
왼쪽부터 장진순, 오숙방, 강창덕, 이조일, 강유선, 이정호, 이정석, 강우준 (2004.10)

　　인간만이 3세를 돌볼 수 있어, 과학 문화를 향상시킬 수 있다면 놀랄 일입니다. 2세를 양육하는 동안 생활 전선에서 살기에 집중하느라 아기 귀한 줄 모르고 산다고 합니다. 대부분 현역에서 약간 물러날 때쯤 손자를 보면 '이렇게 사랑스러울 수가!' 감탄하게 된다고 들은 대로입니다. 사자나 호랑이를 포함하여 모든 동물이 어릴 때 귀여운 것은 보호 받을 필요가 있기 때문인지, 보는 사람의 주관인지? 예부터 '세 살 이전에 효도 다 한다.'는 말의 뜻을 손자를 보고나서 실감하게 됩니다. 아기의 울음소리와 옹알이 소리가 세상을 더욱 맑고 밝게 해주리라. 아기 울음소리에 우리 집은 '참으로 사람 사는 집이네.'라고 남편(이조일)은 자주 말하곤 합니다. 멋모르고 두 아들을 키웠던 옛 추억이 되살아나고, 조부모가 되어서 더 숙성되어가는 느낌입니다. '평온하게 노년을 보낼 수 있게 되어 다행이다.'라는 생각에 감사드릴 따름입니다.

10&10 주제

배우자의 성격 유형은 우리 관계를 어떻게 격려하고 촉진시킵니까? 이에 대한 나의 느낌은?

✝ 찬미 예수님!

사랑은 모든 것을 덮어 주고, 모든 것을 믿으며, 모든 것을 바라고, 모든 것을 견디어 낸다고 가르쳐 주신 주님의 말씀을 따르려고 노력하는 저희를, 부부 사랑의 아름다운 모습으로 가꾸시려는 주님께 찬미와 영광과 감사를 드립니다.

사랑하는 요한에게

주님을 사랑하며, 주님의 사랑을 듬뿍 받고 있다고 생각하는 우리 부부가, 오늘도 크게 성장하는 기회를 누리고 있으니 주님과 요한에게 감사드립니다.

오늘도 나를 위해서 태어나서 나를 위해서 사는 모습을 보여 준 요한에게 고마운 마음으로 하루 종일 행복했어요. 성바오로 병원 수녀님이 호스피스 자원봉사자 명단을 예쁘게 만들어 달라고 나에게 부탁했을 때가 생각나네요. 작성하고 보니 더 예쁘게 만들고 싶어서 요한에게 부탁했지요. 수녀님이 생각하지 못한 부분까지 깔끔하게 처리해 주어서 요한이 자랑스러웠어요. 수녀님께 사랑받도록 요한의 적극적인 지지가 있어 든든했어요.

내가 원하는 일을 기다렸다는 듯이, 신랑을 맞이하는 신부처럼 정성스럽게 해결해주기를 요한은 언제나 좋아했지요. 도깨비 방망이가 요술을 부려서 소원을 들어주는 것처럼, 나에게 요한은 마술사처럼 소원을 들어주었지요. 나는 방실방실 웃거나, 큰소리로 행복하게 웃으면 나의 임무는 끝난다고 요한은 생각하나 봐요. 겸손하고, 낙관적이며, 협력적인 성격 유형의 특징을 내가 요한에게 보이면, 요한은 신이 나서 내 일을 해결하며, 위험을 무릅쓰고, 자발적으로 즐겁게 해결해주며 성취감을 느끼나 봐요. 나는 '훌륭하군요.' '놀랍군요.' '대단하네요.' '와! 맥가이버 가라, 한국에 이가이버 왔다!' '행복한 가정 CEO가 되는 고급 인력을 나를 위해 쓰네요.'하면 부모님께 칭찬받는 어린이처럼 요한은 행복해했지요. 나는 요리를 못하고, 청소를 못하고, 정리정돈을 못해서 요한에게 미안하기도 했지만, 지금은 오히려 자랑스러워요. 내가 요리, 청소, 정리하는 일에 노력하지 않는 것은 요한에게 사랑을 많이 받은 덕분이라고 생각하니까요. 나는 요한에게 아이디어를 제시하고, 요한을 존경하고 자랑스럽게 생각하는 것만으로 우리 부부는 행복했지요. 나는 황제의 보호를 받는 기분으로 든든하고, 주변 사람들은 나를 공주처럼 요한이 보호한다고 하지요. 행복해하는 공주를 바라보는 것만으로도 삶의 에너지가 솟는 요한의 모습은 로마 황제보다 더 의기양양해 보여요. 또한 군림하는 황제가 아니라, 받드는 황제의 모습으로.

우리는 천생연분이라는 생각을 요즘 하게 되네요. 인생은 60부터라는 말이 그냥 생긴 말이 아닌가 봐요. 많은 사람들이 경험에서 얻은 결과이겠지요.

우리의 성격유형은 서로 많이 다르지만, 우리 관계를 서로 격려하고, 서로 행복하도록 만드는 원동력이 되었네요. 오늘은 혼인성사의 선물을 깨닫고, 깊은 뜻을 되새겨 보게 되네요. 우리가 계속 변화하고, 훌륭한

ME부부의 표상으로 살아갈 수 있도록, 주님께 기도해야겠어요. 우리는 미래에 대한 강렬한 희망으로, 하루하루를 훌륭하게 살아갈 수 있지요. 사랑해요. 감사해요. 행복해요.

2008. 7. 28.
인생을 멋지게 장식하는 요한을 존경하고 사랑하는 헬레나

절두산 성지 색소폰 공연, 맨 왼쪽 이조일 (2014)

남편(이조일)은 일을 만들거나 찾아서 하기를 좋아하고, 위험을 받아들이며, 행동 지향적이고, 자발적이고, 외향적인 성격 유형임을 알게 되었습니다. 남편의 이러한 성격을 단점의 일부라도 되는 듯 내가 한때 못마땅하게 생각하고 서운하게 대했다면 용서를 청해야 되겠습니다. 깨끗하고, 투명한 유리창처럼 상처받기 쉬운 남편을 이해하고, 내가 적응해야 되겠다고 생각하게 된 시간을 주신 주님께 감사드립니다.

남편의 성격 유형을 알고, 우리 관계를 어떻게 격려하고 촉진시켜야 하는지 생각하니, 남편과 더욱 친밀감을 느끼게 되었습니다. 나를 배려하고, 사랑하는 데도 불구하고, 남편의 행동지향적인 성격을 수용하지 못한 점에 죄책감과 송구함을 느끼게 되었습니다. 전통을 답습하는 것만으로는 의미가 없다고 생각하였습니다. 시대에 따라 말하는 방법이나, 의상, 명절 풍속, 음식도 변화하기 마련입니다. 미래에 대한 활기찬 희망으로, 하루하루를 기쁘게 살아가며, 계속 변화하는, ME부부의 표상으로, 살아갈 수 있게 해 주십사고 주님께 기도하였습니다.

가양동에서 가족모임 (1986)

어머님께

어머님, 벌써 오월이네요.

어머님, 감사합니다.

어머님, 이렇게 어머님을 글로 대하는 지금, 저희는 어린아이처럼 마냥 즐겁습니다.

어머님께서는 다른 환자들과 달리 걸으실 수 있고, 저희와 즐거운 이야기도 나누실 수 있어 얼마나 감사한지 모르겠습니다. 어머님 발을 씻어드릴 때마다 자식이 힘들어 할까봐 어머님께서 괜찮다고 하시는 말씀을 듣고는 자식 사랑하시는 어머님의 지극하신 사랑을 새삼 느끼곤 한답니다. 어머님은 자식을 사랑하시기 위해 태어나시고, 자식 사랑하시는 기쁨으로 일생을 살아오셨지요. 한없이 큰 사랑의 포대기로 저희 6남매를 평생 둘러 업으셨지요. 그래서 "인간의 원적지(原籍地)는 어머니다."라고 말한 사람이 있나봅니다.

어느 아들이 성공해서 어머님 뵈러갈 때 생선 머리만 여러 개 사가지고 어머님께 드렸다는 이야기는 저희들 이야기를 하는 것 같아 송구스럽기 한이 없습니다. 맛이 없거나 먹기에 불편한 부분은 자식을 주지 않고, 어머님 혼자 잡수시는 모습을 잊을 수가 없습니다.

자식 사랑하시는 어머님 마음의 만분의 일이라도 알 수 있으면 좋겠습니다. 어머님의 한없으신 사랑에 보답할 수 있도록 오래오래 건강하십시오.

싱그러운 오월, 라일락 향기 달콤한 이 시기에 어머님께서 늘 편안하고 즐거운 마음으로 저희를 맞이해 주시니 어머님 모습 뵈올 때마다 얼마나 감사한지요?

어제 어머님 뵈러 가는 길에 양재천에서 노란 애기똥풀이 많이 피어있는 것을 보고 어머님 생각이 났습니다. 어머님은 들에 핀 여러 가지 꽃도 좋아하셨지요. 아름다운 꽃만 보아도 어머님 생각, 맛있는 음식을 먹을 때도 어머님 생각, 항상 어머님과 함께 하는 생각으로 저희들은 즐겁습니다. 모쪼록 더욱 건강하셔서 어머님의 환하신 웃음을 많이 뵐 수 있으면 좋겠습니다. 어버이날을 맞아 저희들에게 베풀어주신 사랑에 다시 한 번 머리 숙여 감사드립니다.

늦은 밤에 저희 부부가 어머님을 위해 묵주기도를 드릴 때마다 촛불이 춤을 추는 것을 여러 번 보았습니다. 촛불이 춤을 추면 좋은 응답이 있을 것이라고 어머님은 늘 말씀하셨지요.

어머님 건강과 함께 기쁨을 주신 하느님께 감사드리지요.

어머님 더욱 건강하시고, 더 많은 웃음을 보여주시고, 어머님의 살아오신 이야기를 들려주십시오. 슬펐던 일, 기뻤던 일, 어려웠던 일……
어머님의 일생은 모두 훌륭하고 아름답게 기억하고 싶습니다. 어머님 고맙습니다.

2005. 5. 8.
6남매의 정성을 모아 큰아들 부부 올립니다.

병원에 계시는 6개월 동안, 어머니의 삶에 의미를 부여하고 삶을 완성하는 기간으로 생각되었습니다. 병원에서 생활해도 기쁨과 희망, 행복과 웃음을 발견하며, 삶이 중요한 진실과 의미를 지니고 있음을 매일 생각하게 되었습니다.

음식은 먹거리를 넘어 가족을 사랑으로 결속하게 하고, 가족의 문화를 공유할 수 있는 아름다운 추억을 만들기도 합니다. 또한 기억 속에서는 환상적인 맛을 품게 되기도 합니다. 어머니는 음식 재료를 고르는 일부터 정성을 다하시고, 다듬을 때도 씻을 때도 대충 넘어가는 부분이 없습니다. 좋은 요리를 만드는 것은 기술이지만, 먹을 사람을 생각하며 가슴으로 만드는 요리는 최고의 예술이라는 말을 나중에 깨달았습니다. 제가 텃밭에서 부추를 제대로 베지 못하고, 다듬지도 못하고, 씻지도 못해도 '일 못하는 것은 흉이라고 할 것 없다. 마음이 중요하지.' 하시면서 그냥 넘어가곤 하였습니다. 어머니의 음식 솜씨는 동네에서도 뛰어나다고 알려졌습니다. 어머니의 손맛이 밴 음식은 단순한 음식을 넘어 생활의 활력소 역할을 하였습니다. 지금도 6남매가 모이면 어릴 때 먹던 음식 이야기로 화제의 꽃을 피우곤 합니다. 사람에게는 기억하고 싶은 것만 기억하는 심리적 본능이 있다고 들었는데 어머니에 대한 추억은 아름답기만 합니다.

10&10 주제

세상을 떠난 사람을 생각할 때는 언제입니까?
이에 대한 나의 느낌은?

✝ 찬미 예수님!

세상 떠난 영혼을 받아주시며, 영원한 생명을 주시고, 영원한 행복을 주시는 주님, 영원히 찬미와 영광을 받으소서. 아멘.

사랑하는 요한에게

'주님은 나의 목자, 아쉬울 것 없노라. 파아란 풀밭에 이 몸 누여 주시고, 고이 쉬라 물터로 나를 이끌어 주시네.' 라는 가톨릭 성가를 좋아하는 요한과 함께 오늘 하루도 행복한 하루를 주님께 봉헌하네요.

성당에서 매월 마지막 금요일마다 '연도제'에 참석하는 것이 중요한 월중행사로 자리를 잡았네요. 연옥의 영혼을 위한 기도 모임을 통해, 최근에 선종하신 분과, 일반 신자의 가족 중에서 돌아가신 연령을 위해 기도를 바치지요. 각 가정에서는 명절 차례와 기일 제사를 통해 위령의 시간을 갖게 되지만, 매월 위령기도를 바침으로써 연령의 천국행을 돕고, 유족을 위한 위로 기도의 역할도 하고 있지요. 잘 죽기 위해서 잘 살아야 하겠다는 생각, 연도제 참석할 때마다 생각을 정리하고, 호스피스·완화의료 공부하면서 확인하고, 또 다짐했지요. 그래도 어떻게 죽는 것이 잘 죽는 것인지, 어떻게 사는 것이 잘 사는 것인지 정답이 있을까 했는데 이번 'ME주말' 수강 후에 확실한 모범 답을 찾아냈지요. 많이 사랑하며 사는 것이 모범 답이라고요. 사랑만 하기에도 세월은 모자란다는 말 실감이 나네요. 부부 사랑하는 일을 최우선으로 하라는 가르침이 가슴에 와 닿는 것은 시기가 잘 맞았기 때문인지요? 우리 부부 사랑해야 할 이유를 알고, 사랑하는 방법을 배우고 익히기에도 여생이 모자랄 것 같지요? '내가 너희를 사랑한 것처럼 너희도 서로 사랑하여라.(요한15:12)'라고 성경에 있는 것을 보면 옛날에도 사랑하기가 쉽지는 않았던 모양이지요. 고인을 위해서도, 살아있는 사람들을 위해서도, 연도제에서 주님께 은총을 구하고, 용서를 구하고, 주님께 감사를 드리는 일, 평소에 해야 할 일이라는 생각이 드네요.

사랑해요. 감사해요. 행복해요.

2008. 6. 27.
요한을 사랑하는 헬레나

어머니 칠순연, 맨 왼쪽부터 이조일, 장진순
이조차, 최동렬, 이조성, 윤여옥, 이조천, 최재순, 정근옥, 이숙자, 최순영, 이명자

    며칠 전 마리아의 친정어머니 장례미사에 참례했습니다. 오랫동안 병석에서 고생하시고, 입원 중에 아들 먼저 세상 떠나 보내고, 고인과 가족이 모두 슬퍼하고, 힘들어 했다고 들었습니다. 91세까지 하느님의 뜻에 맞갖게 살기 위해 고생도 많이 하셨다고 알고 있습니다. 성가정을 이루고 마리아 내외분이 성당에서 봉사 활동도 많이 하고, 주님의 은총도 많이 받은 가정이라고 강론 중 들었습니다.

    가족의 슬퍼하는 마음을 전제로 위로의 말씀을 하시고, 성경구절을 인용했습니다. 장례 미사 전 충분히 슬퍼했는지, 엄숙한 미사전례를 위해 슬픔을 참는지, 슬퍼하는 사람은 보이지 않았습니다. 장례의식은 슬픔을 공개적으로 표현하는 기회로, 고인으로부터 심리적으로 분리되도록 돕는 기능과, 친척이나 이웃, 친구로부터 필요한 위로를 받을 수 있게 하는데 의미가 있다고 들었습니다. 꽃이 지듯이 한 사람의 숨이 끊어지는 것만 아니고, 평생 닦고 쌓아온 지혜와 재능과 솜씨가 죽음과 함께 사라지는 것은 안타깝기도 합니다. 하지만 이 세상과의 결별만이 아니라, 천국에서 새로운 만남의 시작이기도 합니다. 성당에서 장례 미사를 참례할 때마다 떠나는 사람을 위해 정성을 다하여 보내드렸다는 생각으로 슬픔을 극복하는 데 위안이 되기도 하였습니다. 장례 미사에서 고인은 천국을 가시게 됨을 신부님이 강조하시고, 가족의 공로와 수난의 대가를 하느님에게서 받게 된다고 하였습니다. 마음으로나 생각으로나 천국을 여행해 보는 시간이기도 합니다. 연령회 회원이기도 한 남편(이조일)이 장례 미사 때 십자고상을 모시고 고인을 천국으로 인도하는 대열에서 보이는 정성이 교우들을 감동하게 한다고 들었습니다. 이웃에게 사랑의 마음을 전하고, 도움을 필요로 하는 사람들을 위한 영적인 위로와 주님의 평화를 위해 봉사하는 모든 연령회 회원들이 주님께 큰 상을 받게 될 것이라고 교우들과 얘기를 나눈 적이 있습니다.

어머니 영전에 올리는 글월

어머니

이렇게 살기 좋은 시대에 그냥 떠나시다니요 ?

건강이 조금 좋아지시면 양재천 시냇물을 보면서 산책을 하자고 하시더니 그냥 가시다니요 ? 천지를 물들이는 꽃들의 고운 빛깔도, 산새 들새들의 노래 소리도 다 사라졌네요.

어머니 위독하시다는 말씀을 듣고, 저희 모두 마지막 이별 준비를 했지만, 막상 이 시간이 오니 눈물이 앞을 가리네요. 이제는 다시 어머니의 부드러운 음성을 들을 수 없고, 그 인자하신 모습을 뵐 수 없다고 생각하니, 어머니 한없이 보고 싶고 그리워지겠네요.

어머니 떠나신 지금 어머니의 그 아름다운 유언처럼 저희들도 행복하게 살겠다는 다짐을 아름다운 기도로 봉헌할게요.

병원에 계시는 동안, 웃으면 복이 온다고 하시며 참 많이 웃으셨지요. 복이 오면 즐거워서 웃는 것이 아니라, 웃으면 복이 온다는 말을 재미있게 새기기도 하셨지요. 병석에서도 가족들이 우스갯소리를 하면 그렇게 우스운 말은 처음 듣는다며 아주 크게 웃곤 하셨지요. 쓰디쓴 홍삼액도, 시디신 비타민 씨도 거절하지 않고 잡수시면서 저희들의 마음을 편하게 해 주시려고 마음 쓰셨지요. 전복죽, 팥죽, 호박죽도 준비해 온 성의를 봐서 먹는다면서 배가 고프지 않아서 많이 못 잡수시는 것을 미안해 하셨지요.

어머니는 자손을 위해서라면 무슨 일을 못하겠느냐고 하시면서 1월에는 천주교 예식으로 세례를 받으셨지요. 하느님의 자녀가 된 것을 기쁘게 생각하고, 하느님의 사랑에 대해 감사하는 기도를 드리곤 하셨지요. 늘 감사하는 마음으로 병원 생활을 잘 견디셨지요. 3월에는 환자 봉성체도 영하셨지요. 신부님께서도 표정이 아주 온화하여 심신이 좋아보인다고 하셨지요. 병원 직원들이 미사보 쓰신 모습을 보고 새색시 같다고 하여서 크게 웃었지요.

병원에서 족욕탕기를 써서 발을 씻어드리면서 예수님 이야기 했지요. 예수님은 제자의 발을 씻어 주셨는데, 제가 어머니의 발을 씻어 드릴 수 있는 것이 얼마나 큰 기쁨이었는지요. 그 조그만 발을 큰아들의 이 큰 손에 맡기시고 약간은 어색해 하셨지요. 그리고는 어릴 때 저희들 목욕시키던 때를 생각하셨지요. '두 손으로 포근히 안을 수 있었는데 어느 새 커서 어미 발을 이렇게 시원하게 씻겨 주는구나!' 하셨지요.

살아가면서 사랑해야 할 대상이 있다는 것은 더없이 행복한 일이라고 하셨지요. 그 벅찬 감정이 인생에 희열을 안겨주며 삶의 버팀목이 되어주기 때문이지요. 사랑하는 사람은 이 세상의 작은 것까지 모두 아름다움의 의미를 부여하게 되지요. 누군가를 사랑할 때 세상이 아름답다고 하지요.

삶에서 일어나는 갖가지 일들을 함께 나누는 시간을 통하여 서로가 서로에게 필요한 존재임을 더 깊이 깨달았지요. 서로 사랑하는 것은 건강하게 하고, 행복하게 하고, 힘나게 한다고 하셨지요. 진정한 사랑에는 이유도, 방법도, 한계도 없다고 하셨지요. 사랑해서 삶이 행복했다고 하셨지요.

속옷 하나를 선물로 받으시고도 고마워하시다가, 큰딸이 비취반지를 해드렸을 때는 고마워서 감격하셨지요. 전에는 손가락에 걸린다고 빼시곤 하시더니, 예쁜 반지를 보고 또 보시고 하셨지요. 병원 직원들한테도 자랑을 많이 하셨지요.

자식 사랑이 자랑이 되고 감사가 되는 것을 알게 되었지요. 감사하는 마음이 행복한 마음이 된다는 것을 저희에게 가르쳐 주셨지요.

대전 가양동 사시는 동안 우물물 길어서 집안일 하시느라 힘드셨지만, 아이들 커가는 모습 보는 즐거움에 행복하였다고 하셨지요. 지나놓고 보면 어려울 때가 행복했던 때라고 말씀하시곤 하셨지요. 어머니는 잡수실 때도, 주무실 때도 오직 자식들 생각을 먼저 하셨지요. 가양동 이웃사람 보고 싶어 하시고, 온돌방 따뜻한 아랫목을 그리워하셨지요. 그리운 곳과 보고 싶은 사람이 있어서 행복하셨지요. 늘 세상을 사랑하는 마음으로 마지막 그 날까지 아름답게 살아가리라 하셨지요.

어머니는 항상 저희 곁에 계셔야만 한다고 생각했어요.

어머니 돌아가시는 것은 생로병사의 과정이라고도 하고, 영생의 길로 가는 문에 들어섰다고 하면서, 아무리 위로를 받으려고 해도 어머니의 인자하시고 자상하신 생전의 모습을 뵈올 수 없는 슬픔을 어떻게 누를 수 있겠어요?

늘 저희 곁에서 온 가족의 수호천사가 되시고, 저희들을 감싸 주시는 울타리가 되시고, 기둥이 되시고, 가족들이 모일 수 있는 구심점이 되기도 하셨는데, 이제 저희들은 어머니 여의고 어떻게 지낼까요? 슬플 때는 기쁨을 기억하고, 어려울 때는 하늘을 바라보면서 나보다 힘든 사람을 생각하라는 어머니의 교훈을 되새기면 견딜 수 있을까요? '인생의 모든 문제는 한꺼번에 해결되지 않는다. 실매듭 풀듯이 차근차근 침착하게 하라'는 어머니의 말씀을 생각하면 견딜 수 있을까요?

저희가 한때는 어머니와 함께라면 갈 길이 아무리 멀어도 갈 수 있고,

갈 길이 아무리 험해도 갈 수 있고, 바람 부는 들판도 지날 수 있고, 위험한 강도 건널 수 있으며, 높은 산도 넘을 수 있다고 믿은 적이 있지요. 나 혼자가 아니고 어머니와 함께라면 손 내밀어 건져주고 몸으로 막아주고, 우리의 갈 길 끝까지 잘 갈 수 있다고 믿었지요.

어머니의 사랑을 더 많이 받고 싶은 나머지 어머니의 마음을 불편하게 해 드린 적도 있지요. 어머니의 사랑을 믿고 응석을 부리는 마음이었을까요?

어머니는 사랑과 지혜를 자녀들 키우는데 다 쓰시고 심신이 나약해지셨지요. 그런데도 어머니는 언제나 건강해야 하고, 언제나 사랑과 지혜를 가족들에게 한없이 주실 수 있는 것으로만 알고 있었어요. 어머니에게서 받은 사랑을, 저희들이 어머니를 위해 한없이 갚아야 할 때를 놓치고 말았어요. 저희는 왜 이제야 깨닫고 이렇게 슬퍼하는지 아쉽기만 하네요.

어머니 떠나신 후, '어머니라면 이럴 때 어떻게 하셨을까' 하는 생각을 종종 하게 될 거예요. 어머니는 그만큼 현명하고 세상 경험이 많으셨기 때문이지요. '어머니가 지금 저희 곁에 계셔서 이 모든 걸 말씀드릴 수 있다면 얼마나 좋을까' 하는 생각을 하게 될 거예요. 어머니가 얼마나 훌륭한 분이셨는가를 미처 알지 못했던 것을 후회하게 될 거예요. 어머니로부터 더 많은 걸 배울 수도 있었는데 저희는 그렇게 하지 못했어요. "너희들도 내 입장이 되어 보거라." 늘 하시는 어머니의 말씀이 기억나게 될 거예요. 부모님께 잘 해야 한다는 생각, 베풀며 사는 삶, 형제간의 우애, 화를 멀리하고 복을 가까이 하며, 마음을 여유 있게 누리는 생활 등 어머니의 삶과 꿈을 고스란히 가슴에 새겨 놓겠어요. 그리고는 가슴이 미어지도록 아픈 참회의 눈물을 흘리기도 할 거예요. 그때 왜 어머니의 말씀을 소중히 받아들이지 않았을까 뉘우치기도 할 거예요.

어머니 계시지 않는 세상에서 어머니의 생전의 모습을 그리워하며 눈물 흘리게 되겠지요. 감기라도 들면 어머니가 정성껏 끓여 주시는 북엇국을 그리워하게 되겠지요. 명절 때마다 어머니가 맛있게 해주셨던 육전이나 녹두전 맛을 회상하게 되겠지요. 어쩌면 오지 않을지 모르는 시간을 기다리지 말고, 바로 지금 소중한 사람에게 사랑을 표현하는 것이 현명하다는 것을 통감했다고 입을 모으기도 하겠지요.

어머니의 모습을 이제는 다시 대할 수 없게 된 것은 커다란 슬픔이지만, 하느님을 직접 대면하는 기쁨을 맛보고 계시리라는 생각은 위안이 되는군요. 어머니 영혼의 영원한 안식을 위해 두 손 모아 간절히 기도드릴게요. 성모님도 우리 어머니의 행복을 함께 빌어주실 거예요. 지상에서의 모든 시간들은 아름다운 추억으로 간직하시고, 이제는 하늘나라에서 영원한 행복을 누리셔요. 저희는 헤어질 때 만날 것을 약속하곤 하지요.

어머니! 천국낙원에서 뵙겠어요. 거듭거듭 영원한 행복을 빌겠어요.

주님, 어머니께 영원한 안식을 주소서.

영원한 빛을 어머니께 비추소서! 아멘.

2005. 5. 25.
어머니를 사랑하고 존경하는 큰아들 올림

큰며느리(장진순)가 큰아들(이조일) 대신 쓰고, 장례미사 때 큰손자(이정호)가 읽었습니다. '어머니 영전에 올리는 글월'을 낭독하는 동안 미사에 참례한 가족, 교우들, 해설자, 연령회 회원도 울었다고 들었습니다. 어머니가 하느님을 알고 믿은 기간은 짧았지만, 하느님께 받은 큰 은총을 가족들과 장례미사에 참례한 모든 교우들과 함께 나누는 거룩한 시간이었습니다.

병실에 계시는 동안 손자들의 노래와 춤, 만담으로, 모두가 즐거운 시간이 되었습니다. 할머니 편찮으신데 위로의 말씀을 어떻게 드려야 할지 망설이는 사이, 제가 노래를 요청하기도 하고, 춤을 요청하기도 하였습니다. 진심인지 농담인지 처음엔 이상하다는 눈치를 보이다가 위문 공연이라고 생각하라고 했더니 자연스럽게 각기 장기를 보였습니다. 어머니와 포옹을 하고, 손뼉 치며 율동도 즐겁게 하고, 함께 노래하면서, 공연이 차츰 자연스러워졌습니다. 병원에 소풍 온 느낌으로 조카들도 즐길 수 있었습니다. 저는 주로 손 유희와 더불어 어머니와 함께 하는 '세세세' 같은 놀이나, '달아 달아 밝은 달아', '새야 새야 파랑새야', '동백아가씨' 같은 노래를 어머니와 함께 불렀습니다. 어머니는 노래 불러본지 오래 되었는데 저와 함께 부르니까 같이 부를 수 있다고 하였습니다. 민요, 오래된 가요, 최신 가요, 동요 등 다양한 노래를 즐길 수 있었습니다. 환자와 함께 고통을 나누기보다 환자를 즐겁게 해 드리는 위문이 진정한 위문이라고 생각하였습니다.

어머니는 가족들과 함께 찍은 사진을 보며, 추억을 회상하고 어머니의 공로에 자녀들이 고맙게 생각함을 통해, 행복해 하셨습니다. 침상 옆에 붙여 놓은 손자와 증손자(이시원) 사진도 보시며 가족의 관심과 사랑을 듬뿍 받으신다는 생각을 하셨습니다. 매일 아침마다 행복한 일이 새롭게 대기하고 있다는 기대를 하셨습니다.

어머니 입원 기간에 남편은 아침에 병원에 들러서 어머니와 함께 아침기도 바치고 식사하고 출근하고, 점심시간에 외출했다가 삼종기도 바치고 점심식사 후 학교 갔다가, 퇴근 시간에 저녁식사 후 삼종기도와 저녁기도 바치고, 잠드신 후 집으로 왔습니다. 어머니와 함께 최대한 많은 시간을 보내는 것이 최고의 치료이며, 최고의 행복이라고 하였습니다. 안드레아 신부님이 병원에서 간단한 교리 공부를 하게 해 주시고, 세례성사를 주시고, 병자 영성체를 모시게 해주셨습니다. 저희 부부는 어머니와 함께 주님의 기도, 사도신경, 묵주기도, 식사 전 기도, 식사 후 기도도 바칠 수 있었습니다. 묵주 팔찌 외에 묵주를 환자복 주머니에 항상 넣어 두었습니다. 임종 전 모습은 주님의 은총에 푹 싸여 있는 느낌이었습니다. 전년 12월에 대전서 서울 오실 때보다, 자주 웃으시고 행복한 모습이었습니다. 어머니 일생에 가장 온화한 모습이었습니다.

병원 장례식장은 경황없어 하는 가족들의 사정을 감안하여 조금도 불편하지 않게 모든 순서를 잘 진행하였습니다. 순서마다 주님의 은총을 체험하게 되었습니다. 우리 성당 교우들의 연도가 계속 되었고, 둘째 시누이의 개신교 교회에서도 개신교 방식의 상례예절을 정성껏 바쳤습니다. 조문오신 분들은 고인의 종교와 관계없이 각자의 방법으로 조문을 하도록 저희들은 안내하였습니다. 조문 오신 분들도 주님의 사랑을 함께 나누는 시간이었다고 하였습니다. 마지막 순간까지 기쁘고 따뜻하고 아름답게 사셨던 사랑의 길은, 언제나 변하지 않을, 가장 소중한 삶의 여정이며, 주님께 일생을 온전히 봉헌하신 거룩한 삶의 완성으로 주님께 찬미와 영광과 감사를 드렸습니다.

어머니 입원, 큰아들(이조일) 내외와 함께 (2003)

첫돌을 맞이하는 시원이에게

시원이가 태어나서 1년이 되었어요. 작년 더운 여름에 우리 온 집안을 시원하게 해 준 기억이 생생한데 1년이 지났네요. 온 세상이 시원이 출생을 축하해 주었지요. 시원이 아빠가 대학에 합격했을 때, 대학원에 합격했을 때, 결혼할 때도 이만큼 기뻤는지 비교할 수 없을 만큼 기뻤지요. 시원이 혼자 울고, 우리 주변에 모두가 웃고, 축복해 주고, 기뻐했지요. 시원이는 우는 모습도, 하품하는 모습도, 잠자는 모습도 예뻤지요.

무럭무럭 자라서 첫돌을 맞이하는 모습은 더욱 예뻤지요. 뭐라고 하고 싶은 이야기도 하고, 우는 소리도 다양해졌지요. 첫돌이 가까워 오니까 서고 싶어 하고, 걷고 싶어 하고, 전화도 받고 싶어 하고, 아빠 엄마도 분명하게 불러 보고, 울 때도 사유를 붙여서 울고, 먹을 때도 자신의 의지대로 하고 싶어 하는 등 수없이 많은 것을 시도해 보려고 하네요. 이렇게 해서 자립할 수 있는 힘을 기르는구나 생각되네요.

시원이 이마를 보면, 인생을 행복하게 하는 좋은 생각과, 남을 배려하는 마음이 가득 담겨 있어요. 시원이를 보면 시원하다는 느낌이 들어요. 시원이 눈에는 삶을 풍요롭게 하는 지혜가 가득 담겨 있어요. 시원이를 보면 마음이 넉넉해져요. 시원이 코에는 복이 가득 담겨 있어요. 조상, 조부모, 부모, 하늘, 땅으로부터 많은 복을 받은 줄 알면 인생을 즐겁게 살 수 있지요. 시원이 귀는 모든 사람에게 귀여움을 받을 수 있어요. 받는 것 없어도 마음이 끌리게 되지요. 시원이 입은 모든 사람을 편안하게 해 주는 힘이 담겨있어요. 시원이와 함께 있으면, 온 세상에 부러울 것이 없어요.

시원이 첫돌을 맞아 많은 사람이 모일 수 있게 되었어요. 많은 사람이 시원이 첫돌을 축하하고, 시원이 앞날을 축복해 주지요. 시원이도 많은 사람들을 축복하고, 고마운 마음을 가지겠지요.

여름날에 바람같이, 장마 뒤에 햇빛같이, 주위 모든 사람들을 시원하게 또는 행복하게 해 주면서, 우리 시원이가 건강하게 자라기를 기도할게요.

주님, 시원이를 축복하여 주소서. 아멘.

2005. 7.
시원이를 사랑하는 대치동 할아버지 할머니

이시원 첫 돌 축하, 왼쪽부터 이정호, 이조일, 장진순, 강유선 (2005.7)

돌잔치는 아기 부모가 축하 받고, 아기가 많은 사람에게 축복 받는 자리였습니다. 아기를 잉태하고, 출산하고, 첫돌까지 돌보는 부모의 수고에 대해 위로하고, 축복해주는 의미 있는 시간이었습니다. 가깝게 지낸다고 해도 자주 만날 수 없는 친척이나, 아기 부모 친구들도 즐겁게 만날 수 있는 축제였습니다.

'나도 아기였었다.'는 생각을 할 수 있는 계기가 되기도 하고, 부모, 형제, 친척, 친지의 도움으로 여기까지 올 수 있었다는 고마운 생각이 들기도 합니다. 아기가 부모에게 미소 지어주는 순간, 이 세상 모든 부모는 자신이 인간임을 깨닫게 됩니다. 동시에 내 부모가 나를 키워내며 얼마나 힘겨웠을까를 반추합니다. 삶이 얼마나 가치 있고 소중한 것이며, 사랑은 왜 중요한지 깨닫게 됩니다. 아이가 살아갈 세상은 아름답기를 바라기도 합니다. 부모로서 자식의 안위를 바라는 마음이 좋은 방향으로 발현되는 그만큼, 부모는 더욱 사람에 대한 이해수준이 높은 인간으로 성숙해집니다. 나보다 약하고 여린 존재의 행복을 위해 나의 삶을 나눠줄 수 있음을 몸소 배우는, 다른 사람에게 권하고 싶은 멋진 학습 경험도 하게 됩니다. 아기가 수많은 경험을 하면서 바르게 성장하여 자신의 길을 갈 수 있도록, 많은 어른들 역할이 필요하다는 생각도 하게 됩니다.

작은 아들 결혼식 인사

안녕하십니까? 저는 신랑 아버지 이조일입니다.

오늘 저는 이 자리에서 아들에게 착하고 예쁜 신부를 맞이하게 해 주신 하느님께 먼저 감사하고 있습니다.

9월 첫 번째 토요일, 가족행사 등 모임도 많은 시기에 저희 가정 혼사에 축하하러 오신 내빈께 깊은 감사를 드립니다. 그리고 이 감사한 마음 늘 간직하겠습니다. 오늘 결혼식은 아주 낯설기도 하고, 신선하게 느껴지기도 하실 것입니다.

지난 3월에 신랑신부가 결혼식장을 예약하고 준비를 한다면서, 새로운 방법으로 진행한다는 말을 들었을 때, 생소하지만 저도 신세대가 된 기분이었습니다. 며칠 전에는 저에게 인사말씀을 해 달라고 하였습니다. 결국 변화는 새로운 세대가 만들어 가는 것이겠지요. 사회적으로 문화적으로 변화에 참여하는 것도 저희 기성세대가 감당해야 할 몫이라는 생각이 들었습니다. 변하지 않는 무언가를 찾는 것도 중요하지만, 요즘처럼 빠른 변화가 일상이 된 사회에서 적응하는 것도 의미가 있다고 생각됩니다.

신랑 신부의 삶의 자세에 대해 평소에 칭찬하고 싶은 부분이 많았습니다. 직접 간접으로 칭찬했던 점을 계속 유지한다면 더 바랄 것이 없겠습니다. 개인으로 봤을 때는 선남선녀이지만, 행복한 가정생활을 이루

려면 가족 모두가 노력해야 할 부분이 있을 것 같습니다.

그래서 제가 최근에 읽은 글 가운데 어느 산골 가족의 짧은 이야기를 소개하겠습니다.

깊은 산골 집에, 갓 시집 온 어린 색시가 있었습니다. 하루는 새색시가 밥을 짓다 말고 부엌에서 울고 있었습니다. 이 모습을 본 남편이 왜 울고 있는지 물었습니다.

"제가 밥을 태웠어요."

그러자 남편은 어린 아내를 이렇게 위로했습니다.

"미안하오. 내가 오늘은 바빠서 물을 조금밖에 길어오지 못했는데, 물이 부족해서 밥이 탔나 보오. 순전히 내 잘못이오."

새색시는 남편의 말에 감격해서 더욱 소리 내어 울었죠. 이 때 부엌 앞을 지나가던 시아버지가 며느리의 울음소리를 듣고 그 이유를 물었습니다. 자초지종을 들은 시아버지는 이렇게 말하였습니다.

"아니다. 이건 내 잘못이다. 내가 힘이 달려 장작을 잘게 패지 못했어. 장작이 크다 보니 불이 너무 강해서 밥이 탄 게야."

남편에게서 이 소동을 전해들은 시어머니가 며느리에게 달려와 말했습니다.

"아이구, 저런. 이젠 내가 늙어서 밥 냄새도 못 맡는구나. 밥을 내려놓을 때를 알려주지 않았으니 누구를 탓하겠니. 다 내 탓이다. 그러니 너무 상심하지 말거라."

며느리의 눈에는 소리 없는 감격의 눈물이 계속 흘러내렸습니다.

참으로 아름다운 이야기입니다. 시대감각은 달라도 행복한 가정을 이루는 정신은 예나 지금이나 마찬가지일 것입니다. 이 정신을 먼저 저희 가족부터 본받도록 노력하겠습니다. 아울러 내빈 여러분 가정에도 행복이 가득하시기를 기원합니다.

예식이 끝난 후, 내빈들께서는 피로연 장소에서 정다운 분, 그리워했던 분들과 담소도 나누시고, 즐거운 시간을 가지시기 바랍니다.

감사합니다.

2005. 9. 3.

왼쪽부터 장진순, 강유선, 이정호, 이시원, 이정석, 이명아, 이조일 (2005)

결혼식을 앞두고 '남들처럼 안 한다'고 했다가, '남들처럼 하는 것도 얼마나 어려운 지'를 절감한다고 합니다. 작은아들(이정석)은 남들에 기준을 두지 않겠다고 하였습니다. 자기들이 할 수 있는 것과, 하고 싶은 것을 하겠다고 하였습니다. 함, 예단, 폐백, 이바지 음식은 하지 않고, 주례를 모시지 않는 5무 결혼식을 하겠다고 하였습니다. 신랑과 신부는 결혼식의 주인공이며, 주도권이 있으니, 본인들이 직접 결혼 서약을 하고, 신랑(이정석)은 신부(이명아)와 하객에게 감사한 마음을 전하기 위해 노래를 부르고 꽃을 신부에게 바치겠다고 하였습니다. 부모는 정해진 시간에 지정된 좌석에 앉아 있기만 하면 된다고 하였습니다. 손님 중에는 결혼식 주례를 수십 번 서고, 일 년에도 수십 번 결혼식을 참석해 보았지만, 이번과 같은 결혼식은 아주 새롭고 자기다운 색깔로 부부의 새로운 출발을 알리고 축복받는 의미가 있다고 하신 분이 있었습니다. 대견하고 미더워 권장할 결혼식 모습이라고 하였습니다. 하객은 품격있는 공연 한 편 본 느낌이면서, 많은 생각을 할 수 있었다는 이야기를 들었습니다. 신랑과 신부의 부모는, 오랜만에 만난 하객들과 개별적으로 눈 마주치며 충분하게 감사 인사를 나눌 시간이 있어서 좋았습니다. 신랑 편에서 함, 예단, 폐백, 이바지 음식을 생략하자고 하면 좋겠다고, 예비 신부 어머니들의 이야기를 들었습니다. 셋째시동생(이조성)의 아들 결혼식 때도 5무 결혼식으로, 신랑(이진호)의 큰아버지인 남편(이조일)이 가족 대표 인사를 하였습니다. 성당이나 교회에서 결혼식을 하면 신부님이나 목사님이 주례가 되니, 4무 결혼식으로 준비하겠다고 예비 신랑 어머니들한테 들었습니다. 사랑해서 결혼하지만, 진정으로 더 사랑하고, 사랑을 지키기 위한 결혼식이라면, 양가 부모가 최소한으로 관여하는 것이 좋겠다는 예비 신랑 신부의 이야기도 들었습니다.

부모는 하늘로부터 받은 최고의 선물이고, 부부는 자신이 선택한 최고의 보물이라고 합니다. 성경에는 이런 구절이 있습니다. "그러므로 남자는 아버지와 어머니를 떠나 아내와 결합하여, 둘이 한 몸이 됩니다. 이는 큰 신비입니다. 그러나 나는 그리스도와 교회를 두고 이 말을 합니다. 여러분도 저마다 자기 아내를 자기 자신처럼 사랑하고, 아내도 남편을 존경해야 합니다."(에페소 신자들에게 보낸 서간 6,31-33)

가정은 아름다운 교육기관이라고 생각합니다. 아버지는 기쁨과 슬픔을 가족과 나누며, 가족과 시간을 많이 보내고 싶어 합니다. 자녀가 성장하는 동안 자신의 마음을 훈련하여 인내심을 가지고 싶어 합니다. 어머니는 희생을 수반하는 인생의 선택과, 건강한 사회를 위해 필수적인 모성으로, 개인주의에 대한 해결책을 제시하기도 합니다. 자녀는 가르치는 대로 따르지 않고, 본대로 따라 한다는 말도 있습니다. 부부와 자녀, 가족의 역할이 세대 간의 유대를 신성하게 유지 발전시킨다고 생각됩니다.

신부 이명아 신랑 이정석과 양가가족 (2005.9)

10&10 주제
중증 질병을 떠올릴 때 이에 대한 나의 느낌은?

✝ 찬미예수님!

우리에게 평화 주시며, 주님의 말씀에 따라서 생명에로 이끄시는 주님께 찬미와 영광과 감사를 드립니다.

사랑하는 요한에게

나에게 믿음 북돋아 주며, 하루하루를 즐겁게 지내게 하려고 노력하는 요한에게서 힘을 받아 생기가 솟아요. 위로자이며 사랑이신 주님께 우리 함께 감사드리지요.

유방암 환자인 나를 위해 '유방암에 대한 이해와 진단, 치료 방법과 치료 과정'을 공부하겠다고 해서 미안하기도 하고, 고맙기도 했지요. 2년 전 수술 잘 받고, 지금까지 치료 잘 받는 중 우리 부부는 더 친밀하게 더 건강하게 지내고 있지요. 요한이 호스피스 · 완화의료 봉사하면서, 암 환자에 대한 경험을 쌓고, 나를 위해서 여러 가지 공부하는 모습도 고맙고 미안하기도 하지요.

'호스피스 Smart patient 서비스 제공자를 위한 교육 과정' 중 '유방 재건술'에 대해 공부했지요. 유방을 절제하고, 횡복직근 피판술, 유두유륜 재건술, 디자인하고, 다듬고… 등의 강의를 들으며 2년 전 체험한 내용을 복습하는 기분이었지요. 알맞은 시기에 진단받고, 치료받고, 복부성

형수술의 효과도 얻었다고 자랑도 하였지요. 병력을 체험했으니, 호스피스 자원봉사도 더 잘 하겠지요. 담당 전문의 말보다 주변 사람들의 말에 귀를 더 기울이는 환자의 속성이 있다니 성공담으로 들려주면 재미있겠지요. 유방암 공부하면서 웃고 재미있었다고 하는 표현이 자연스러워지겠지요. 어려운 환자 생각만 하면 웃을 수 없겠지만, 내 생각하면서 웃을 수 있어서 행복했어요. 웃기 시작한 김에 이런저런 우스운 소리하면서 큰소리로 많이 웃은 날이었네요. 웃음보가 터져서 감당할 수 없는 것처럼 웃음이 넘쳤지요. 요한과 함께 공부하고, 웃고, 밥 먹고, 스트레칭하고 즐겁게 지냈지요.

'유방암 환자에게 유용한 정보'를 공부했지요. 가족과 주변 사람들의 지원이 중요하다고 했는데 요한은 훌륭한 역할을 했어요. 요한은 우수한 사례에 해당된다고 할 수 있네요. 나는 대단히 행운의 경우에 해당되어 주님과 요한에게 감사하는 마음으로 하루 종일 공부했어요. 우리는 병 한 가지를 경험하고, 유익한 많은 관계를 얻었지요. 두 아들과 두 며느리와 동생들과 동서들 조카들까지 좋은 관계를 유지할 수 있어 얼마나 고마운지요. 이웃과 성당 교우, 친척, 동창생 등, 인연 맺은 모든 사람들과 잘 지낼 수 있게 한, 요한의 공로가 치료에 직접 도움이 크다는 사실을 확인하게 되어 이번 교육이 더 유익했어요. 나에게 운동도 잘 하도록 챙겨 주며, 집안일도 맡아서 하니까, 요한은 모범적으로 환자를 돌보는 사람이지요. 우리는 서로 칭찬하고, 함께 다니는, ME부부의 체질에 딱 맞는 부부임을 확인하게 되었지요. 아플 때나 성할 때나 사랑하기로 한 혼인 서약을 잘 지키고 있지요.

오늘 아주 행복했어요. 사랑해요. 감사해요.

2008. 7. 25.

요한을 자랑스럽게 생각하며 존경하는 헬레나

2006년 퇴임 후 1년간 남편(이조일)은 봉사 활동을 위해 가톨릭대학교 간호대학에서 운영하는 호스피스·완화의료에 대해 공부하였습니다. 저는 2007년 1년간 공부하였습니다. 의료 기술이나 환자와 가족의 의료 상식도 나날이 향상되는 시대가 되어, 봉사자도 전문적인 의학 정보를 가지고 있어야 된다고 해서 2008년 방학기간을 이용해 5일간 집중적으로 5대 암에 대해 보수 교육을 받았습니다.

일반적으로 환자 남편의 몰이해는 상상을 초월하는 사례가 많이 있다고 하였습니다. 그런데 남편(이조일)은 치료하고, 보호하고, 지지하고, 일하고… 여러 역할을 동시에 할 수 있었습니다. 남편이 그동안 한 일을 정리해보며, 강의 시간 동안 집중이 잘 되었습니다. 유방암이 유방에 생기는 암이지만, 유방암이 유방에만 생기지 않는다는 정보에 긴장하였습니다. 당뇨병이나 고혈압처럼 평생 관리해야 한다는 내용을 이번에 알게 되었습니다. 5년 후면 암에 대해 자유로워질 줄 알았다는 수강생이 대부분이었습니다. 모르는 게 약이라는 말은, 모르고 사는 것이 편할 때가 많기 때문일 것입니다. 편한 것이 좋은 것만은 아니라는 것을 알면서도 말입니다. 환자와 가족, 봉사자, 의료인의 의사소통에 대해서도 공부를 하였습니다. 환자는 주변 사람들과 의사소통에 많은 어려움을 겪지만 '정답은 없다'가 모범 답이었습니다. 상황에 따라 환자와 대상자가 공감할 수 있는 경지까지 되는 것이 가장 중요하다는 결론이었습니다. 우리 둘은 말을 하지 않아도 공감할 부분이 많았음을 다시 확인했습니다. 부부가 함께, 생각과 느낌을 경험했다는 사실이 얼마나 중요한지를, 이번 연수에서 깨달았습니다.

조상 추모의 글

할아버지 할머니, 며칠 전에 천주교 서울대교구 용인공원묘원에 다녀왔어요. 할아버지를 산소에서 22년째 뵙네요. 22년 이전의 모습을 생각하면서요. 할머니 세상 떠나시고 두 번째 추석을 맞이하네요.

할아버지 할머니의 생전의 모습은 아버지와 어머니, 작은아버지들과 작은어머니, 고모들과 고모부를 통해 더 생생하게 기억하게 되었어요. 할아버지 할머니를 그리워하고 존경하는 마음으로, 해마다 할아버지 할머니를 닮아가는 아버지 어머니의 모습도 자주 뵙게 되네요. 저희들도 결국 한 발자국씩 할아버지와 할머니가 가신 길을 가고 있겠지요.

조상님과 하느님의 은혜로 할아버지와 할머니의 자녀 6남매 내외분, 12명의 손자 손녀, 2명의 손부, 1명의 증손자와 내년에 태어날 1명의 증손자, 모두 잘 지내고 있어요. 특히 큰고모부(정근옥)는 교장선생님이 되셨어요. 할아버지 할머니는 천국에서도 '우리 교장선생님 큰사위' 자랑을 하실만하지요. 36년간의 교직 생활을 마감하고, 아버지는 정년퇴임, 어머니는 명예퇴임을 하셨어요. 작은아버지와 작은어머니, 고모들과 고모부들이 축하하는 마음을 담아 금팔찌를 선물하셨어요. 할아버지 할머니도 아주 기쁘시지요? 둘째어머니는 맛있는 밑반찬과 햇김치와 겨울 김치를 가져오셨대요. 셋째어머니는 속초에서 서울까지 싱싱한 해산물과 마른 해산물과 햇김치도 가져오셨대요. 넷째어머니는 여러 가지 홍

삼제품을 가져 오셨대요. 형편에 따라 편리한 대로 자주 잡수시라는 배려였대요. 어머니가 유방암 수술을 하고, 회복 조리하는데 도움을 주느라고 모두가 정성을 다하네요. 어머니 입원했을 때 고모들이 맛있는 음식과 과일을 많이 가져와서 고마운 마음으로 회복이 아주 빠르셨어요. 고모부들도 바쁜 시간 내서 위문 다녀가셨어요. 모든 가족이 병원비를 지원해 주셨어요.

할아버지 병원 생활 끝내고 세상을 떠나신 해에, 아버지가 직장암 항암제 치료 끝냈는데, 할머니 병원 생활 끝내고 세상을 떠나신 다음 해에, 어머니가 유방암 수술을 받으셨네요. 조상님과 하느님께 감사하는 마음으로 치료를 잘 받는 중이어요.

세월은 흘렀어도 추억이 남아, 저희들이 모일 때마다 할아버지 할머니의 부드러운 음성, 인자하신 모습, 근검절약하는 정신, 원칙대로 생활하시던 모습을 눈앞에서 뵙는 듯해요. 대전 가양동 우물, 측백나무, 무화과나무, 석류나무, 대추나무, 감나무 등…… 모두가 특별한 추억이 살아있어 언제나 저희들 마음속에 남아있지요. 할아버지 할머니는 천국에 계시면서 저희들 마음속에도 항상 계시지요. 저희들 모두를 눈동자에 가득 넣고 사랑하시며 축복해 주시지요.

저희 모두가 할아버지 할머니를 생각하여, 서로 화목하고 서로 사랑하며 훌륭한 자손으로 성장하도록 노력하고 있어요.

할아버지 할머니, 천국에서 영원한 안식을 누리소서.

영원한 빛을 할아버지 할머니에게 비추소서.

세상을 떠난 모든 이가 하느님의 자비로 평화의 안식을 얻게 하소서. 아멘.

2006. 10. 6. 추석
큰손자 정호 올립니다

　　남편(이조일)이 직장암 수술을 받을 때 부모님께 알리지 않았는데, 항암제 치료 기간 중 1984년 1월 시아버지가 뇌동맥경색으로 입원하였습니다. 세 살 때 효도 다한다는 말은, 네 살 때부터 불효했다는 뜻도 포함된다고 아픈 모습을 부모님께 보이지 않으려고 남편은 안간힘을 썼습니다. 한방이나 최신 의료 기술로도 아버지를 치료할 방법이 없다고 하였습니다. 시아버지는 천주교 예식으로 대세를 받고 나서, 위장까지 연결된 호스로 영양공급을 받으시면서 3개월 입원 후, 지성으로 아버지를 돌보아드리겠다고 저의 집으로 모셔왔습니다. 젬마 선생님이 저에게 "항암제 부작용의 고통보다 아버지 보살핌을 더 중요시 하는 요한 선생님은, 하느님이 고쳐 주실 거예요. 그리고 헬레나 선생님도 시부모님을 위해 기도하세요. 촛불 켜놓고 꿇어앉아서 기도하지 않아도 돼요. 잠자리에 누워서라도 기도하세요. 성호경, 주님의 기도, 성모송, 영광송 바치고 자도 좋고, 도중에 잠들어도 괜찮아요. 정말 기도가 필요해요. 기도는 사람을 고칠 수 있어요." 정성을 다하는 젬마 선생님 이야기를 들을 때는 모든 것이 다 해결될 것 같다가도, 퇴근 후 남편이 조금도 쉬지 않고 아버지를 돌보는 모습에 겁이 나기도 하였습니다. 남편에게는 사랑하는 아버지를 위해 고생하는 게 행복이었습니다. 남편의 건강과 경제 문제를 해결하기 위해 미국 이민 수속을 시작하였습니다. 미국의 앞선 의료 기술에 남편이 혜택을 받을 수 있을 것 같다고, 미국에 있는 저의 여동생이 주선해 주었습니다. 만약 남편이 먼저 세상을 떠나면 두 아들은 미국에 있는 동생에게 입양을 보내기로 하였습니다. 남편은 '아이들 포함하여 남은 사람의 몫이니 남아 있는 사람의 선택에 맡기겠다.'고 하였습니다. 1984년 7월 시아버지 장례식을 남편 장례식인 줄 아는 사람도 있었습니다.

　　두 아들 돌 반지 등 돈이 될 만한 것은 다 이용했어도 남편과 시아버지의 병원비와, 장례식 비용으로 빚을 안게 되었습니다. 이민 허가를 받았을 때 "돌아보면 발자국마다 주님의 은총이었네." (이현주 저)라는 표현을 실감하며 이민을 포기하였습니다. '두 아들 입양 보낼 생각에 대해, 나중에 우리 자신에게나 아들에게 떳떳할까요?' 나의 말에 남편은

'그만큼 절박했다는 의미죠. 그렇게 마련해 놓은 돌파구가 마지막 방어선 역할을 했죠. 살아가는 동안 어떤 식으로든지 힘을 받을 수 있는 안전망을 준비하는 마음이 필요하죠. 그 덕분에 행복한 오늘을 맞이했죠.' 하면서 나를 위로하여 주었습니다. 아버지 없는 두 아들과, 함께 굶고 함께 먹으며, 모성애 하나로, 삶의 무게를 감당할 자신이 없었던 30 대의 이야기는 추억이 되었습니다.

손자와 함께 서울 대교구 용인 공원 묘원, 이조일 부모 성묘 (2007)

10&10 주제
배우자에게 고마움을 느낄 때는 언제입니까?
이에 대한 느낌은?

✝ 찬미예수님!
태양같이 빛나시는 주님께 찬미와 영광과 감사를 드립니다.

사랑하는 요한에게!
영원한 생명 주시는 주님께 감사드리며 나를 알뜰살뜰 보살피는 요한이 한없이 고마워요.

8월15일에는 가족 휴가, 친정 오빠 생신, 청리중학교 총동창회, 성모 승천 대축일 미사 참례 등 여러 가지 계획이 있었지요. 강원도 고성으로 예약한 6남매 가족 휴가를 나의 유방암 수술 계획으로 취소하고, 나의 건강관리에 만전을 기하자고 최종 결정한 요한이 고마웠어요. 광복절 연휴에 교통 혼잡을 예상해서 청리 오빠 생신을 당겨서 다녀오게 돼서 또한 요한에게 고마웠지요. 나의 수술 경과가 좋더라도, 앞으로 상주 가는 일은 힘들 것 같아요. 여건이 될 때 다녀오는 것이 좋을 것 같았어요. 오빠와 조카 내외와 종손에게도 친근하게 대해 줘서 고마워요. 요한이 친정 가족에게 마음 써 줄 때 가장 고마웠어요. 사랑해요.

2008. 8. 13.
요한을 존경하고 사랑하는 헬레나

2년 전 왼쪽 유방암 수술 후, 이번엔 오른쪽 유방암 수술을 하게 되었다고 하니까 주변에서는 걱정을 하며 기도를 많이 했습니다.

지난 주간에 여러 가지 검사하는 동안 남편(이조일)은 수납과 검사실을 다니고 기도하였습니다. 보호자 역할을 하지 않아도 된다고 했더니, 부부는 서로 동반자이며 필요에 따라 보호자가 되기도 한다고 하였습니다. 든든한 동반자이며 보호자가 있어 어떤 검사도 두렵거나 불안하지 않았습니다. 저녁 때 아들 가족이 다 모여, 검사받느라 수고 했다고 위로해 주어 힘이 났습니다. 이제 건강히 생활하는 것이 선택이 아니라 필수가 되었습니다. 두 아들과 남편에게 내가 건강하게 지내는 것이 걱정을 덜어주는 의무가 되었습니다. 의무를 선물로 바꾸라고 ME모임에서 배운 대로 실천해야겠습니다.

큰며느리(강유선)가 카레, 소고기 장조림, 고기 완자, 연근조림, 야채 샐러드 등 수술 전에 기운 돋우라고 건강에 좋은 반찬을 해 와서 맛있게 먹었습니다. 청리 조카며느리(오연숙)도 카레, 우엉조림, 멸치조림 등 밑반찬을 보내왔는데, 주는 대로 잘 먹기만 하면 건강이 아주 좋아질 것 같습니다. 두고 먹기에는 간편해도, 재료의 종류도 많고, 조리하는 데는 손이 많이 가는 식품인줄 아니까 더욱 고마웠습니다. 라벨을 붙여 놓고 냉장고에서 꺼낼 때마다 고마운 마음으로 기도하게 됩니다. 우리 둘의 건강을 위해, 음식 등으로 후원자가 많아서 힘이 납니다. 두 며느리가 수박도 한 입에 먹기 좋게 잘라 두고, 싱크대 청소까지 깨끗이 해 놓아서 제가 주방에서 할일이 없게 되었습니다. 어린아이들 뒷바라지에도 힘들 텐데, 며느리와 친정 조카며느리가, 우리를 위해 마음 씀에 감동하게 됩니다. 우리 부부의 건강을 위해 노력하여, 고마운 가족의 사랑에 보답해야겠습니다.

시원 아빠 생일 축하

시원아빠에게

두 아이의 아버지가 되어 서른 한 번 째 생일을 맞이하게 되었네. 이번이 가장 큰 축하를 받아야 할 생일인가 봐.

자랄 때는 생일을 제대로 챙겨 주지 못했지. 설날과 할머님 생신과 겹치기도 하고, 연속 행사를 진행하기에 우리 힘이 미치지 못했지. 이제 처와 아이들과, 부모와 동생 내외와 함께 생일 모임을 가지게 되니, 우리 가족 문화가 한층 향상되었다는 생각이 들어. 생일 모임뿐만 아니라 우리 가족의 생활이 전반적으로 향상되었으니, 시원 엄마 아빠의 공이 크지. 시원이와 하원이도 아주 큰 역할을 하고 있지. 숙부모와 고모 내외분들과도 관계가 점점 좋아지고 있어. 다 시원 엄마 아빠의 공이라고 생각해. 시원 엄마가 워낙 붙임성 있게 가족 친척들을 잘 대해 주니 고마울 따름이지.

시원이와 하원이가 어릴 때부터 많은 친척들과 재미있게 지내는 경험도 중요하다는 생각이 들어.

이제 우리 가정은 자연스럽게 모든 일이 잘 해결되어가고 있네. 이러한 면이 모두 천국에서 조상님들이 잘 돌봐 주시는 덕분이기도 하다는 생각이 들어 고맙기도 하지.

새로운 직장 첫 출근 축하금과 생일 축하금을 합해서 월요일에 입금

할게.

　다시 한 번 생일 축하, 감정평가사 첫 출근 축하해.

　건강하게 웃으면서 행복하게 사는 모습을 보여 줘서 늘 고마워.

2008. 2.

대치동 부모

시어머니와 함께 대전에서 명절을 지낼 때, 큰아들(이정호)은 설날 세뱃돈이나 용돈을 할머니께 드린 적이 여러 번 있습니다. 손자한테 어떻게 받느냐면서 할머니가 완강하게 거절하시니까, 전화기 밑에 놓고 왔다고 서울 도착한 후에 전화로 말씀 드리곤 하였습니다. '아이들이나 어른이나 돈이 필요 없는 사람이 있겠느냐'하면서, 우리가 어머니께 하는 그대로, 손자(이정호)가 할머니께 하는 모습이라고 남편(이조일)이 말했습니다. 어머니는 면전에서 드리는 돈을 대부분 사양하시니까, 전화기 밑에 두었다고 문 밖에 나왔을 때 말씀드리거나 통장으로 입금하든지 하였습니다.

시원이가 어려서 말은 잘 못할 때인데, 시원아빠가 주차하고 올 때까지 엘리베이트 앞에서 기다리라고 하고, 엘리베이트 가까이 시원아빠가 도착하고 보니, 엘리베이트 문이 닫히고 올라가기 시작하였답니다. 시원이는 혼자 엘리베이트를 탄 적 없어서, 시원아빠는 14층까지 단숨에 뛰어 올라와, 14층 우리 집에서 내린 시원이를 만났답니다. 여름날 엘리베이트보다 빠른 속도로 14층까지 뛰었다는 생각이 나중에 났답니다. 정전되었을 때 계단을 내려가 보니, 계단에는 방치된 자전거 등 장애물이 많아서 제 속도를 낼 수 없었는데 어떤 힘으로 엘리베이트보다 빠른 속도로 뛰었는지 알 수 없는 일이라고 하였습니다. 시원이가 처음으로 혼자 엘리베이트를 타고 내린 경험이었습니다. 숫자를 알고 있었는지, 14층 버튼을 누를 줄 알았는지 모를 때였습니다. 위기를 만났을 때 나올 수 있는 힘은 아버지에게만 따로 비축되어 있었는지 모르겠습니다.

10&10 주제

가족 행사를 지내면서 내 마음속에 느껴지는 것은 무엇입니까? 이에 대한 나의 느낌은?

† 찬미 예수님!
우리의 위로자이며 참된 평화 주시는 주님께 감사드립니다.

사랑하는 요한에게

시원엄마 생일 선물을 포장할 때 정성을 다하는 요한의 모습에서 주님의 모습을 보게 되네요. 시부모가 며느리를 지극 정성으로 사랑하지 못하면 누구를 사랑한다고 할 수 있겠어요. 시원엄마 우리 가족 된 후, 7년이 되었네요. 그 동안 우리 가족 문화도 많이 업그레이드 되고, 좋은 일도 많이 있었지요. 시원엄마 심성도 착하고, 일도 정성을 다해 하고, 당신의 형제남매에게도 정성껏 대해 주고, 칭찬 받아서 우리가 힘을 많이 받았지요. 작은아들 내외와 잘 지내고, 아이들 바르고 건강하게 키워서 기특하지요. 억만금을 선물로 주어도 부족하겠지만, 집안 제사나 명절 때 서로가 기뻐할 수준을 유지해야 되니까 생일 선물도 형평을 지켜야지요. 우리 8식구 같이 모여 식사하고, 케이크 자르고, 맛있는 과일 먹고, 선물 주는 일에서 행복을 느끼게 되네요. 먹는 즐거움을 나누는 자리에서, 가족 간의 정이 생기고, 우애가 쌓이고, 건강과 인성을 향상시키게 되겠지요. 아이들 모두 모이면, '우리가 정말 어른이 되었구나.'하는 느낌과 '천하의 행운을 우리가 다 잡았나?'하는 생각에 조금은 송구스러울 때도 있어요. 하느님의 사랑과, 조상의 음덕과, 요한의 정성으로 우리 두 아들 기초가 튼튼하고, 인간관계가 원만하여 원활한 사회생활을 하게 되겠지요. 우리가 희망했던 두 아들의 모습보다 과분한 결과를 얻은 것은 두 며느리의 공이 컸지요. 나의 30대 초반에 비하면 두 며느리는 놀랄 만큼 훌륭하다는 생각이 들어요. 며느리를 누구보다도 소중하게 대해야 되겠지요. 며느리는 늘 나에게 위로를 주고, 평화를 주지요. 며느리와 손자 생각만 하면, 천하를 얻은 기분으로 뿌듯하고, 행복한 미소가 절로 나오지요.

요한도 시원엄마에게 몸과 마음으로 정성을 다했지요. 우리 가족의 평화와 건강을 위해 끊임없이 기도하고, 봉사하는 요한의 행복을 위해 주님께서 많은 축복을 주시겠지요.

사랑해요. 감사해요. 행복해요.

2008. 8. 2. 토요일
요한의 모든 것을 사랑하는 헬레나

이조일 장진순 (대천 해수욕장)

생각이 행동을 낳고, 행동이 습관을 낳고, 습관이 품성을 낳고, 품성이 운명을 만든다는 말이 가슴깊이 와 닿습니다.

우리는 감사하는 생각 하나만으로도 인생을 행복하게 살 수 있습니다. 나아가 행복한 감사라면 더할 나위 없겠지요. '생각(think)과 감사(thank)는 어원이 같다'는 말도 있습니다. 생각이 곧 감사가 되는 과정을 살아가고 싶습니다. '작은 것부터 감사하라. 잠들기 전 시간에 감사하라. 감사의 능력을 믿고 감사하라. 모든 것에 감사하라.'를 기도 끝에 한 번씩 더 새깁니다. '인간은 행복해지기 위해 사는 것이 아니라, 살기 위해 행복감을 느끼도록 설계되어 있다.'라는 서은국 교수의 말에도 공감합니다. '행복은 최상의 선'이라고 한 아리스토텔레스의 비과학적인 주장에도 일리는 있다고 생각됩니다. 행복한 사람이 주변 사람도 행복하게 해 줄 수 있습니다. 주변 사람들을 행복하게 해주면, 우리는 행복 만드는 사람으로 운명이 만들어집니다.

가정은 사랑을 배우는 학교이며, 사랑하는 사람들의 공동체이고, 서로에 대한 존경과 사랑, 희생과 헌신, 성실과 신의를 바탕으로 형성된 작은 사회입니다. 이곳에서 우리는 참인간으로 성장하고, 훈육된다는 말을 새겨 보게 됩니다.

자랑스런 현정이에게

장하다! 최현정!

현정이는 태어날 때도 여러 사람들에게 기쁨을 주고, 자라면서도 가족과 친척들에게 큰 기쁨을 주었지요. 원하는 대학에 가게 되어 또 한번 부모님과 가족 친척들에게 큰 기쁨을 주었네요. 더구나 금년처럼 대학 가기 어려운 때에 합격했으니 더욱 장하네요.

이제 현정이가 무슨 일을 하든지 스스로 생각하고, 판단하고, 결정하는 지혜를 더 많이 쌓게 될 테니 얼마나 든든한지 모르겠네요.

대학생이 되어 사회를 보는 안목을 더 높이 키우게 되고, 가족과 사랑을 나누는 방법도 더 많이 익히게 되어, 행복하게 살아가면서 주변 사람들도 행복하게 해 줄 수 있을 테니 학과 선택도 아주 현명했지요. 이제 마음껏 꿈을 펼칠 수 있는 실력을 기르게 될 테니, 일생에서 황금시기가 될 수 있겠지요. 큰외숙부모, 두 외사촌오빠 내외, 시원, 하원, 모두의 마음을 모아서 축하 자리를 마련했어요. 품격 있는 자리에서 맛있게 먹고 즐거운 시간 가져요.

모쪼록 대학 생활을 보람차게 보낼 것을 바라며 거듭 대학 합격을 축하해요.

2008. 2. 17.

현정이를 자랑스러워하는 큰외숙부모 가족 일동

(축하금은 현정이를 자랑하고 싶은 마음을 담았어요.)

해마다 대학입학시험이 뉴스가 되는 사회에서 합격했다는 소식을 들으면 감격하곤 합니다. 수험생을 편하게 해주라고도 하고, 격려해 줘야 된다고도 하고, 따뜻하게 대해 주어야 한다고도 하니까 어떻게 대해야 하는지 모르겠습니다. 현정이가 수능시험 볼 때는 기도문과 함께 격려 찹쌀떡을 택배로 보냈습니다. 합격 여부를 물어보지 않는 것이 예의라고 하는데, 발표하는 날 바로 합격 소식을 알려주어서 얼마나 감동했는지 모릅니다. 작은시누이(이명자)와 조카들(최병희와 최현정)과, 우리 두 아들(이정호와 이정석)내외, 손자들(이시원과 이하원)과 함께 축하 모임 자리를 마련했습니다. 두 며느리(강유선과 이명아)가 연락하고 장소 예약하고, 따로 축하 선물을 마련하여 대학생활의 선배로 조언을 많이 해주었습니다. 오랜만에 젊은이들이 즐기는 음식점에서 즐거운 시간을 보냈습니다.

사랑하는 하원이 첫돌 축하하며

하원이 태어난 후 1년이 되었네요.

아빠가 공부할 때 태어나서 아빠에게 많은 힘을 주었지요.

아빠가 감정평가사 시험 합격한 후 돌잔치를 하게 되었네요.

하원이는 우리에게 기쁨을 주는 선물이지요.

오빠 노는 모습 보면서 오빠처럼 잘 자라지요.

엄마 아빠를 기쁘게 해 주지요.

토요일엔 일원동 할아버지와 할머니를

일요일엔 대치동 할아버지와 할머니를 기쁘게 하지요.

4월엔 많은 꽃들이 예쁘다고 자랑하며 잔치를 베풀지요.

꽃보다 예쁜 우리 하원이 돌잔치를 하네요.

좋은 사람들이 모여와서 축복을 해주네요.

하원이는 잘 때도 예쁘죠.

눈을 떠도 예쁘죠.

하원이는 사랑스러운 꽃이지요.

시들지 않고, 웃고 말하는 사람 꽃.

한 번씩 웃을 때마다 예쁜 꽃잎이 하나씩 늘지요.

하원이 예쁜 마음이 꽃으로 피고,

하원이 예쁜 생각이 꽃으로 피고,

하원이 예쁜 사랑이 꽃으로 피어나지요.

하원이네 집은 꽃밭이 되지요.

꽃을 보고 있으면 모두가 예뻐지지요.

하원이는 앉아 있을 때도 자라죠.

누워 있을 때도 자라죠.

하원이는 축복 많이 받고 태어났죠.

하원이는 축복 많이 받으며 자라죠.

하원이가 있는 곳엔 축복이 가득 차지요.

하원이를 보고 있으면 우리 모두가 행복해져요.

하원이를 사랑해요.

하원이에게 감사해요.

하원이 첫돌을 축하해요.

주님, 하원이에게 큰 축복을 주소서. 아멘.

2008. 4.
하원이를 사랑하는 할아버지 할머니

이하원 첫돌, 왼쪽부터 이정호, 이시원, 강유선, 이하원, 장진순, 이조일 (2008)

아기들한테 쓰는 편지에는 고운 꽃이나 새, 병아리, 하트 모양으로 장식합니다. 글을 읽을 줄 몰라도, 잠시라도 예쁜 그림에는 눈길이 머무르게 됩니다. 우리도 아기처럼 마음이 착하고 맑아지는 행복을 느낍니다.

손자들이 오면 우리 집은 활기를 띠게 됩니다. 어린이를 보면 웃음이 나와서 어른이 아기를 돌봐준다기 보다 어른이 힐링이 됩니다. 시원이와 하원이가 할아버지도 잘 따르고, 집 여기저기 다니면서 재미있게 노는 동안 우리도 행복했습니다. 아기를 위해 놀아주는 것이 아니라, 아기와 함께 노는 즐거움이 우리를 행복한 동심으로 돌아가게 해줍니다.

우리 집은 아이들의 천국이 되어가고 있습니다. 장난감이 여기저기 흩어져 있어도 정리할 필요를 느끼지 않습니다. 밤에 갈 때는 놀이의 과정이며 교육이라고 생각하고 함께 정리를 하고 떠납니다.

큰아들(이정호)이 감정평가사 공부할 때는, 집에서 아침, 점심, 저녁밥을 다 먹었답니다. 큰며느리(강유선)가 애기 딸리고 홑몸이 아닌데, 같이 공부하는 친구와 함께 집에서 밥을 먹게 해 주었다고, 큰아들 친구의 엄마가 감격했다고 들었습니다. 큰아들 친구는 미혼이었고, 시립도서관에서 먼 동네에서 살고, 큰아들은 도서관 바로 앞에 살았습니다. 그 친구 엄마가 큰며느리에게 얼마나 고마워했는지 상상할 수 있습니다. 그 친구 엄마가 고마워하는 생각이 날 때마다 나도 목이 메었습니다. 하원이는 태어나기 전부터 아름다운 사연을 많이 쌓았습니다.

신애 결혼을 축하하며

　오월 맑은 하늘을 보며 결혼하게 되는 이신애와 서윤호 부부를 생각하네요. 신애 부부가 맑은 하늘보다 깨끗하지요. 녹음 상쾌하고, 햇빛 찬란한 가장 좋은 계절에 결혼을 하게 되어 진심으로 축하해요. 신애가 예쁘고, 겸손하고, 예의 바르다고 우리 모두 자랑스러워했지요. 신랑 서윤호도 외모 수려하고, 사람을 잘 배려하고, 사람 관계가 원만하다고 칭찬했지요. 무엇보다 둘이 서로 부부가 되는데 가장 탁월한 판단력이 있었다고 생각되네요. 아름다운 가정을 이루고, 부모님과 어른들에게 기쁨 주고, 평화 주는 부부가 될 테지요. 두 사람이 서로 사랑하며, 서로를 키워나가도록 큰 축복을 받을 테지요. 언제나 선한 마음으로 이웃과 사랑을 나누는 신실한 가정을 가꾸며 큰 축복을 받을 테지요. 두 사람이 서로 사랑과 믿음으로 평화와 기쁨을 나누고, 행복한 가정을 가꾸며 큰 축복을 받을 테지요.

　거듭 신애와 윤호 결혼을 진심으로 축하해요.

2008. 5. 3.

큰아버지 큰어머니

(축하금은 결혼을 축하하는 마음을 가득 담았어요.)

　둘째시동생(이조차)과 동서(최동렬)는 딸을 결혼시키면서 많이 서운해 하였습니다. 소중한 딸(이신애)을 남에게 보낸다는 생각을 하게 되면 서운하지 않을 수 없겠다고 생각되었습니다. 특별히 자녀에게 공을 많이 들이면 정을 떼기도 어렵다고 합니다. 정을 떼고 보내는 것이 아니라, 아들이나 딸이나 다 자립시키는 과정이라고 남편이 말했습니다. 아마도 오래전부터 딸은 보내는 입장이라는 생각이 우리에게 DNA로 남아있었나 봅니다.

　둘째시동생은, 우리 6남매가 화목하게 지낸다고 사돈에게 이야기를 하였답니다. 사돈의 형제는 캐나다와 미국에 해외 동포로 있고, 가까이 지내는 친척이 서울에 없어 사돈과 더욱 친밀감을 가지게 되었답니다. 남편의 6남매가 모두 가족 행사에 모이고, 매년 휴양지에서 따로 휴가를 보낸다고 하였답니다. 사돈은 금년 가족 휴가에 동참해 보고 싶다고 하였답니다. 둘째 시동생은 아주 좋다고 기분 좋게 초대하였답니다.

　'사돈집과 뒷간은 멀어야 한다'는 속설이 있습니다. 이제는 구시대 유물이 되었나 봅니다. 화장실은 안방에 바로 붙어 있고, 가장 편히 쉴 수 있는 공간이 된 지 오래 되었습니다. 화장실에서 얼굴과 마음을 다듬을 뿐만 아니라, 건강을 위한 시설에, 외부와 비상 연락도 가능하게 되었습니다. 주택 구조만 변화되는 것이 아니라, 우리의 생활과 생각도 바뀌겠지요. 귀한 자녀를 통해 새로 맺은 인연으로 이해와 배려하는 마음이 남다르고, 가장 친하게 지낼 수 있는 관계가 바로 사돈 관계가 되었나 봅니다. 자녀를 위한 마음이 공통으로 통하고, 세대가 비슷하여, 공유된 추억 가운데서도 더 아름다운 것만 회상될 것입니다.

　청리중학교 동창 모임이 있을 때, 친구들이 집에서 가져온 술 가운데 '모택동이 좋아했던 중국 술', '러시아 황제가 추천하는 술', '프랑스 유명한 연예인 아무개가 좋아하는 술'… 세계 각국의 유명한 술이 모였지만, '시골에서 사돈이 보내준 술'이 가장 인기가 좋습니다. 해외에서 가져온 술의 브랜드에 대한 안목의 문제라기보다, 사돈에게는 최상의 정성을 다한 선물을 드렸을 것이라는 경험에서 온 믿음이겠지요.

어머니 3주기를 맞이하며

맑고 푸른 5월! 어머니 세상 떠나시고 3주년이 되었네요. 하룻밤 자고 나면 하루만큼 여름이 오네요.

어머니도 천국에서 저희의 모습 다 보고 계시지요. 6남매 내외 모두 어머니 소원대로 건강한 편이네요. 열 두 손자와, 손자의 배우자 세 명 모두 어머니 마음에 들게 잘 지내고 있어요. 두 증손자도 조상의 은공을 체득하고 있어요.

계절마다 다 아름다움이 있지만 녹음 상쾌한 5월은 특히 어머니를 생각하게 되어서 더 좋은 계절이네요. 저희들 자손들을 위해 축복해 주신 어머니 은혜를 잊지 않고 있어요. 저희들에게 약간 어려운 일이 있을 때는 '어머니가 아시면 얼마나 걱정하실까'하는 생각이 들었어요. 저희들에게 기쁜 일이 있을 때는 '어머니가 얼마나 기뻐하실까'하는 생각이 들었어요.

작년에 좋은 일은 시원아빠가 감정평가사 시험에 합격한 일이지요. 조상의 보살핌을 받아 최단기간에 합격했어요. 시원엄마는 두 아이를 바르고 튼튼하게 키우는 일에 전념하고 있어요. 지난 달 하원이 돌잔치 때는 많은 사람들의 축복을 받았어요. 시원이와 하원이는 일본 여행도 다녀왔대요. 어머님의 손자와 증손자 시대는 조상님의 덕으로 풍요로운 삶을 누리게 되었지요.

정석이 내외도 재미있게 살고 있어요. 정석이는 작년에 회사 인사고과에서 최고 점수를 받았대요. 사원이 최고 점수를 받은 일은 처음 있는 일이었대요. 어머니께 영양주사도 놓아 드리곤 했던 작은아기가 온 집안에 주치의 역할을 하네요.

금년에 가장 좋은 일은 신애가 결혼을 한 일이지요. 신랑은 사람을 잘 배려하고, 능력 있고, 겸손하며, 키도 크고 어머니 마음에 쏙 드는 사람이지요. 신애가 복이 있어 시부모와 남편에게 사랑받으며 행복하게 살게 돼서 저희 모두 기뻐했어요. 어머니가 손자사위를 보시며 손금도 보시고 관상도 보시면서 아주 사랑스러워 하시는 모습이 눈에 선하네요.

장욱이는 체격도 좋고 인물도 잘 생겨서 체격과 인물에 맞는 직업을 탐색하는 중이지요. 이제 손자들이 주인공이 되었지요. 진호는 능력 있는 디자이너가 되어 일찍 결혼도 할 것 같아요. 진주는 교환학생으로 미국 유학을 마치고 6월에 귀국하게 되겠어요. 우리 집안에 미국에서 공부한 자손이 있지요. 자손대대로 자랑하실 만하지요.

의광이와 광철이가 부모의 뒤를 따라 훌륭한 교육자로 성장하는 모습 지켜보시면 자랑스럽겠지요. 곧 좋은 배필 만날 수 있도록 음덕을 베풀어 주세요. 병희는 박사과정까지 공부할 예정이래요. 어머니 손자 중 박사가 나오게 되면, 어머니 세상 떠나고 빛이 난다는 생전의 말씀이 맞았다고 하시겠지요. 현정이가 00대학교에 입학하여 우리 집안에 00대 동문 3명이 되었어요. 소린이와 현아가 어머니와 시간을 가장 많이 보내면서 어머니를 가장 기쁘게 해 드렸었지요. 지금도 할머니를 그리워하며, 공부 열심히 하고 있어요.

손자들이 제 때에 학교 가고, 취업하고, 결혼하게 되기를 희망하셨던 대로 착착 진행되고 있네요. 어머니를 그리워하고 어머니의 사랑을 자랑하면서 저희들 6남매와 가족 29명 모두 건강하고, 사랑하며 행복하게 살고 있어요. 어머니의 큰 사랑에 힘입어 저희들은 웬만한 어려움은 다 견딜 수 있어요. 이 세상 끝난 후 천국의 영광을 보게 되리라는 희망도 가지게 됩니다. 어머니, 사랑합니다.

주님, 어머니께 영원한 복락을 주소서.

영원한 빛을 어머니께 비추소서!

어머니와 세상을 떠난 모든 이가 하느님의 자비로 평화의 안식을 얻게 하소서! 아멘.

2008년 음력 4월 보름
6남매 올립니다

철쭉과 어머니 (1998)

가정 제례 예식은 가정, 지방, 국가마다 다르다고 합니다. 우리는 유교식 조상 제사의 답습이 아니고, 조상에 대한 효성과 추모의 전통문화 계승 차원으로 상 위에는 십자고상, 사진을 올리고, 촛불과 향을 피웁니다. '한국 천주교 가정 제례 예식'을 바탕으로, 온 가족이 사랑과 일치의 잔치를 통해 선조와의 통교, 가족 간의 일치를 심화시키는 데 의의를 두고 있습니다. 누구나 잘 먹을 수 있도록 큰며느리(강유선)와 작은며느리(이명아)가 의논하여 메뉴를 매번 다르게 정합니다. 주님의 뜻 안에서 서로 화목하여 사랑할 수 있게 다짐하며, 성호경, 주님의 기도, 사도신경, 세상을 떠난 부모를 위한 기도, 부모를 위한 기도, 자녀를 위한 기도, 부부의 기도, 가정을 위한 기도 등을 바칩니다. 설거지는 큰아들(이정호)과 작은아들(이정석)이 주로 맡았습니다. 조카(이진호와 이장욱)가 제대한 뒤에는 조카들과 함께 작은아들이 설거지 담당입니다. 조카들에게는 '참가상'으로 용돈을 주었습니다. 남편의 6남매가 반갑게 만나는 좋은 시간이 되었습니다. 번거롭고 힘들어서 피하고 싶은 행사가 아니라, 멀리서 온 친척을 만나, 재미있고, 의미 있는 삶의 축제로 만들어야 되겠다는 생각이었습니다. 섬김과 나눔과 친교의 시간을 통해, 다양한 기쁨을 체험하게 됩니다. 색다른 음식을 먹고, 하하 호호 웃음소리 가득한 날로 기억되기를 바라며 해마다 조금씩 업그레이드 되고 있습니다. 서로 가족이 된 소중한 인연을 고마운 마음으로 바라보며 마음이 넓어지는 시간을 체험합니다. 죽음은 언제나 삶과 동행하고 있다는 평범한 진리도 인정할 수 있습니다.

아파트 문화교실 국선도 수련 이조일 사범 (2014)

10&10 주제

배우자의 가족에 대한 나의 생각은 어떠합니까? 이에 대한 나의 느낌은?

✝ 찬미 예수님!

약한 자의 벗이며, 우리의 의지되시는 주님, 영원히 감사와 찬미와 영광을 받으소서. 아멘.

사랑하는 요한에게

부모님을 그리워하며, 부모님의 훌륭한 모습을 본받으려는 요한에게 주님께서 큰 축복 주소서. 아멘.

어제 아버님 24주기를 맞이하여 동생들 내외 다 모이니까 정말 우리 집안이 좋은 집안임이 확인되네요. 가까이 살아도 다 모이기 어려울 텐데, 강북에서, 속초에서, 대전에서 근무 마치고 다 왔네요. 우리 두 아들 부부도 우리 부부도 힘은 들지만, 이런 일이 다 사람 사는 진정한 의미지요. 동생들 내외도 나이 들면서 가정 내력에 자부심을 가지는 듯해서 아주 기뻐요. 우리 두 아들 내외에게 어른으로서 본보기가 되었지요. 많은 시간 이야기 나누지 못해도 서로 통하는 정을 확인하고, 의좋은 형제 남매임을 재확인하는 시간이 되었지요. 둘째 동서도 맛있는 밑반찬과 종류별로 김치를 직접 만들어 와서 보람을 느끼니 고맙지요. 셋째 내외는 근무 마치고 오기도 어려운데, 싱싱한 속초 해산물을 많이 가지고 와서 함께 먹고도 나눠 가지고 갈 수 있게 해 주니 모두가 기뻐하죠. 큰시누이와 작은시누이도 모두를 위해서 음식을 만들어 오고 마음 써 주니 고맙지요. 대전에 사는 시동생내외도 우리를 위해 정성을 다하고도 따로 금일봉을 주고 가니 고맙기만 하지요. 생각해 보니 부모님은 참으로 훌륭했다는 생각이 들어요. ME주말 특강에서 'Best is not best, normal is best.'라고 한영일 신부님이 강조하신 점이 바로 우리 부모님이지요. 정상적인 것이 가장 훌륭하다는 것은 정상이기가 얼마나 어려운가를 생각하게 되었어요. 우리 가정이 대대로 정상적인 생활을 영위할 수 있게 된 것은, 요한의 훌륭한 생각과 성실한 생활 습관 덕분이었다고 생각되네요. 지난 일 가운데 아슬아슬하게 참 잘 판단하고 선택했다는 생각이 들 때가 있어 한없이 감사한 생각이 들어요. 다 부모님의 보살핌과 요한의 깊은 생각 덕분이지요. 감사해요. 사랑해요. 행복해요.

2008. 7. 3.
오직 당신을 사랑하는 헬레나

이조일 색소폰 공연 (2014)

주님은 우리가 감당할 만큼 시련을 준다고 했는데 저는 감당하기 어렵다고 불평한 적이 많았습니다. 의무의 짐이 무거우면 사랑하는 마음이 들어갈 자리가 없다고 생각하였습니다. 남편(이조일)이 직장암 수술 후 항암제를 맞는 기간에 아버님 '뇌동맥경색' 병환을 겪게 되었습니다. '목숨을 잃을 만큼 효성이 지나치다'고 걱정을 많이 하였습니다. 나라를 위해 목숨을 바치면 '순국'이라 하고, 자기가 믿는 종교를 위해 목숨을 바치면 '순교'라고 하지만, 부모를 위해 목숨 바친다고 '순효'라는 단어가 없는 것으로 봐서도 부모를 위해서는 정성을 다할 뿐이지 목숨의 위협을 감수할 일은 아니라고 생각하였습니다. 남편이 중병으로 세상 떠나는 것이 아니라 효성으로 떠날 수 있을지 모르겠다고 생각되었습니다. 30대의 저에겐 병에 대한 지식도 부족했고, 남편 간호에 전념할 형편도 되지 못했습니다. 이웃 사람들은 어린 자식 생각도 좀 하라고 충고를 했지만 아무 소용이 없었습니다. 시아버지가 3개월 입원 치료에 별 성과가 없어서, 우리 집으로 모셔 온 3개월 후, 한방 양방 민간요법도 효험이 없이 떠나셨습니다. 아버지 보내드리는 의식을 가정에서 다 마치고 성당에서 장례 미사 후, 천주교 서울대교구 용인 공원묘원에 모시게 되었습니다. 두 사람이 중병을 앓다가 한 분이 떠나면서 남은 환자에게 명을 이어준다는 속설도 있답니다. 아버지 떠나심을 너무 슬퍼하면 고인이 마음 편히 천국에 갈 수 없으니, 고인의 영원한 안식을 위해서 기도 많이 하라는 조언을 수없이 들었습니다.

연령회 활동 출관 행렬 (맨 앞 이조일)
(대치동 성당 30년사 p.189발췌)

작은아기에게

여름 날씨에 근무하기도 힘든데, 시할아버지 제사 준비까지 하게 되었네요.

작은아기가 시원엄마와 함께 주방 일을 적극적으로 하면서, 작은아버지, 작은어머니들, 고모, 고모부들한테 다 잘 대해 준다고 칭찬을 많이 들었지요. 매번 새로운 요리로 입과 눈을 행복하게 해 준다는 칭찬을 들으면 우리 내외도 기분이 아주 좋았지요. 아버지 동생들한테서 작은아기 칭찬을 들으면 남들한테 듣는 것보다 기분이 몇 배나 더 좋은지 몰라요. 자기 주방인 것처럼 익숙하게 주방 기구를 잘 찾아 쓰고, 작은어머니들의 대화 상대가 되어 더욱 화목한 분위기가 되었지요. 작은어머니들은 작은아기를 통해 젊은이들의 생각이나 생활을 이해하고, 딸들과 대화의 화제를 더 풍부하게 만들 수 있고, 현대 사회를 이해하는데 많은 도움이 된다고 했지요.

오늘은 작은아들도 고생이 많겠어요. 하루 종일 근무하고, 장소를 옮겨 더 힘든 일을 맡았네요. 졸업하기 전부터 설거지는 두 아들 차지였지요. 이렇게 두 아들 내외의 힘으로 가족 행사를 잘 마무리 하게 되면, 우리 둘은 삶의 보람을 느끼며 한참 동안 행복해요.

아버지 6남매 가족은 우리 아들 형제네 가족을 자랑스럽게 생각하고, 미래의 가족 모델로 생각하고 있어요.

늘 우리를 즐겁게 해 줘서 고마워요. 건강하고 행복하기를 기원해요.
주님, 사랑하는 작은아기네 가족 앞날에 충만한 은총을 주소서. 아멘.

2008. 7. 2.
아버지 어머니

왼쪽부터 이재우, 이정석, 이명아, 이재승 (2015)

작은아들(이정석)이 결혼식과 관련하여 '신랑 신부가 할 수 있는 일과 하고 싶은 일만 하겠다'는 말에 사부인은 '딸이 없어서 딸의 어머니 실정을 모른다.'고 안타까워했다고 합니다. '예단과 폐백과 이바지 음식은 신부 측에서 당연히 준비해야 되는데, 신랑이 어떻게 못하게 하느냐?'고 하였답니다. 사부인이 '어머니를 만나서 자세한 이야기를 들어보고 결정하겠다.'고 했을 때, '예단 등의 문제라면 어머니 소관이 아니고 신랑의 소관'이라고 단호하게 이야기를 했다고 들었습니다. 사부인은 결혼식에 경험이 많은 지인들과 의논했을 때 '신랑 측에서는 그렇게 말해도 신부 측에서는 당연히 준비해야 된다.'고 들었답니다. '신랑과 신랑 측 가족이 겉말과 속마음이 다른 사람이라는 뜻으로 들린다. 받을 준비가 안 되었는데 예단을 경비실에 맡기겠느냐?'고 해서 많이 웃었답니다. 남들처럼 하기도 힘들지만, 남들처럼 안 하기도 어려운 것이 결혼식과 관련한 여러 가지 절차임을 알게 되었다고 합니다. 남들에다 기준을 두고 '당연히'라는 말을 수없이 들었는데 '당연히'는 없다고 '단호히' 말했다며 뿌듯하게 생각한다고 하였습니다. 함, 예단, 폐백, 이바지 음식 없고, 주례 없는, 5무 결혼식까지는 쉽지 않게 진행되었답니다.

고정 관념에서 벗어난, 명절이나 제사 혼사 등 집안 행사에 대해 작은며느리(이명아)는 자부심을 가지고 지인들에게 이야기한다고 하였습니다. 우리 집안 가풍은 앞으로도 언제든지 새로워질 수 있습니다.

예쁜 하원이에게

강남구 역삼동 0아파트 0동 1004호
하원이 천사네가 이사 왔네요.

아빠는 행복한 천사
엄마는 사랑의 천사
시원이는 희망의 천사
하원이는 기쁨의 천사

햇살 잘 드는 따뜻한 거실
온 가족 웃음이 함빡
욕조에서 목욕하면 언제나 즐거워요.
엄마 아빠 방은 행복과 사랑의 싹이 자라는 방
시원이 방은 희망의 나무가 무럭무럭 자라는 방
하원이 방은 기쁨의 꽃이 방긋방긋 피어나는 방

하원이 예쁜 말은 말꽃이지요.
하원이 행복한 웃음은 웃음꽃이지요.
식탁에 모여 앉으면 감사의 열매가 주렁주렁

온 집 안에 웃음, 행복, 사랑, 희망, 기쁨, 감사
가득가득 채워 가네요.

역삼동 0아파트 0동 1004호
하원이네 천사들이 사는 집에
주님의 은총과 평화의 축복이 가득하게 하소서.
아멘.

2010. 1. 17.
할아버지 할머니
(축하금은 집들이 축하하는 마음을 가득 담았어요)

송판에 그린 이하원 그림

집들이 축하금과 편지는 시원이, 하원이게 따로, 큰아들(이정호)과 큰며느리(강유선)에게 각각 따로 주었습니다. 비슷한 내용이라 해도 개별로 자기 몫으로 받는 느낌과 온 가족 공동으로 받는 느낌은 다를 테니까요. 시원이는 할아버지(이조일) 손을 잡고, 하원이는 나의 손을 잡고, 이 방 저 방 안내를 해 주었습니다. 시원이 방에는 크고 작은 자동차들이 잘 주차되어 있었습니다. 하원이 방에는 동물 인형, 사람 인형, 소꿉놀이 주방 세트 등으로 방 안에 또 집 한 채가 있었습니다. 시원이는 화장실 사용법도 우리 부부에게 가르쳐 주었습니다. 행복이 가득한 집이라는 느낌을 충분히 받았습니다. 큰아들이 아들 딸 4인 가족의 구성원을 다 갖추었다는 뿌듯한 마음을 다시 확인하고 밤늦게 돌아왔습니다.

태권도 이시원, 이하원

10&10 주제

주님의 축복을 받았다고 생각될 때는 언제입니까? 이에 대한 나의 느낌은?

+ 찬미 예수님! 내 안에 기쁨과 참평화 주시는 주님께 찬미와 영광과 감사를 드립니다.

사랑하는 요한! 우리에게 영혼 양식되시는 주님의 크신 사랑에 감사하는 시간을 함께 가질 수 있어 열 배로 감사드려요. 오른쪽 유방암 진단 받고, 입원해서 수술하기로 했다니 위로해 주고 싶어 하는 사람들이 많았어요. 이웃 사람들의 위로와 기도가 치료에 큰 힘이 되었지요. 수술해서 건강을 찾을 뿐만 아니라, 날씬한 몸매도 얻는 일석이조의 효과를 누릴 수 있는 조건에 감사한 마음이었지요. 요한은 정상적인 요한의 생활 리듬대로 활동하고, 난 요양을 하고, 각자의 자기 방식대로 행복하게 지내고 싶어요. 요한이 나의 간호에 너무 매달리는 일은 사양하고 싶어요. 자연스럽게 일상생활이 되면 또한 감사한 일이지요. 유방암 환자들이 진단받았을 때 의심, 거부, 부정, 분노, 슬픔, 후회, 죽음에 대한 두려움, 치료비 걱정이라는 반응을 보인다고 호스피스 · 완화의료 봉사자 교육에서 배웠지요. 난 '의료진의 오진인가' 의심되지 않고, '내가 왜 유방암에 걸려야 하나' 거부할 마음 조금도 없어요. 2년 동안 계속 치료 잘 받았는데 '그럴 리가' 하는 부정하는 마음도 없고, '왜 나한테만' 하는 분노도 없지요. 슬픔, 후회, 두려움도 없을 뿐만 아니라, 치료비 걱정하지 않고 최선의 치료를 받을 수 있음에 감사한다는 요한의 생각에 전적으로 동감이지요. 일생 질병에 걸리지 않을 수 있나요? 연령으로 봐서 젖먹이가 있다든지 너무 이른 시기도 아니고, 회복이 어려울 만큼 너무 늦은 시기도 아니지요. 2년 사이에 수술 2번 하고 오히려 더 큰 행복의 계단으로 오르게 하는 사다리 역할을 하겠지요. 고통은 이겨 내기만 하면, 곧 엄청난 은총과, 상상도 못했던 기쁨으로 변함을 이미 체험했지요. 내가 원하지 않아도 주님께서 다 알맞은 시기에 주신다는 생각으로 기쁨과 고마운 생각뿐이어요. 주님을 사랑하고 찬미하며 기도하는 시간을 듬뿍 선물로 받는 느낌이어요. '범사에 기뻐하라. 범사에 감사하라'는 말씀을 실천하며 지내고 싶어요.

2008. 8. 19. 화요일
주님을 믿으며, 나를 지극히 사랑하는 요한에 감동하는 헬레나

가톨릭 대학교 간호대학 호스피스 연구소
호스피스 장진순 이조일 (2015)

반장단 월례회의 시간에 묵주 기도를 하면서 주님과 주변의 모든 사람들에게 감사기도를 했습니다. 11구역 반장들과 4반 반원들이 놀라고 걱정하였습니다. 수술하는 날 정해지면 바로 집중해서 기도하겠다고 하였습니다. 난 슬프거나 두렵지 않고 감사드린다고 하였습니다. 주님의 은총을 충만하게 받는 모습을 보여준다고 반장과 구역장도 감동이라고 하였습니다.

성가대 지휘자가 나를 위해 미사봉헌을 하고, 성가대 단원에게 기도를 하자고 제의하였습니다. 기도가 큰 힘이 되니 주님께 의탁하여서 더욱 편안함을 구할 수 있게 되었습니다. 소중한 오늘은 감사하고, 내일에 대한 희망으로, 사랑과 믿음의 가치를 마음에 품고 살아갈 수 있게 되었습니다. 나를 지켜주는 남편과, 가족, 이웃, 주님의 사랑을 받는 저의 모습을 그려 보며 더욱 행복해졌습니다.

대천 해수욕장에서 석양을 뒤로하고

조상님께 올리는 글월

　우리네 즐거운 명절 설날이네요. 서로 덕담을 나누며, 세상을 떠난 조상님을 생각하는 명절이지요.

　저희들 모두 함께 모여, 그동안 지내왔던 이야기, 지금의 생각이나 느낌을 서로 나누게 되지요. 즐겁기도 하고, 먼 곳에서 오고, 함께 먹을 음식 준비하느라 고단하기도 하지요. 우리의 생활에 양면이 있다는 것을 터득했지요. 한편으로 힘들고 한편으로 의미 있는 일이 명절 지내는 일만은 아니라는 사실도 포함해서요.

　아이들이 어렸을 때, 건강하고, 심성 바르고, 독립심 있고, 원만한 대인관계를 위한 기술을 익히고, 자신감을 길러, 스스로 행복을 찾을 수 있도록 성장하기를 부모들은 희망하였지요.

　성장한 후 열심히 일하고, 가족과 사회에서 인정받으면 힘들어도 행복할 수 있다고 믿었지요.

　은퇴 후, 건강을 위해 노력하고, 봉사 활동과 취미생활을 통해 '자신에게 진정으로 만족을 주는 것은, 내가 줄 수 있는 것을 타인에게 주는 것'이라고 믿고, 행복을 나누며, 부부 화목하게, 이웃과 즐겁게 지낼 수 있기를 바라게 되지요.

　저희들이 어느 연령기에 있든지, 각자 위치에서 조상님을 기억하며 존경하는 마음으로 살면, 후손에게나 조상님에게 떳떳할 수 있으리라 생각하지요.

이 순간까지 조상님께서 베풀어 주신 모든 은혜에 감사드립니다. 조상님을 본보기로 삼아, 성실하게 살아갈 수 있도록 조상님께서 지켜 주소서!

주님, 조상님께 영원한 안식을 주소서!

영원한 빛을 조상님께 비추소서!

조상님과 세상을 떠난 모든 이가 하느님의 자비로 평화의 안식을 얻게 하소서. 아멘.

2011. 2. 3. 설날
고마우신 선조의 후손들 올립니다

앞줄 오른쪽 끝 이조일, 전가족 모임 (2008.10)

　설날 전날에는 남편 4형제 가족이 모여 윷놀이도 하고, 아이들 자라는 이야기, 손자들의 이야기로 꽃을 피웁니다. 저녁 음식 준비 등으로 힘들었던 아들 내외와 조카들은 각각 자기들 집에 가서 자고, 설날 아침에 다시 모여 차례를 지냅니다. 큰손자(이시원)가 할아버지를 도와 순서와 격식에 맞게 집사 역할을 잘해 냅니다. 차례를 지낸 후에는 온 가족이 세배를 합니다. 부부끼리, 형제끼리, 사촌끼리, 백부모에게, 숙부모에게, 부모에게, 할아버지들 내외에게, 고모(당고모 포함)들에게, 삼촌(5촌 포함)들에게, 모두 돌아가며 세뱃돈 받고, 포옹하고 악수하고, 덕담을 나눕니다. 절을 할 줄 모르는 아기와 함께 아기 엄마가 절을 하기도 합니다. 손자들의 한복이 명절 분위기를 더욱 돋우기도 합니다. 나이가 어릴수록 최상의 칭찬을 듣게 됩니다. 명절 연휴에 해외 여행객으로 공항이 복잡하다는데도, 형제들 친척들 만나는 설날을 행복한 마음으로 모두 기다렸다고 합니다. 가정이 세상만사의 근본이라는 생각과, 설날 명절을 통해 가족의 소중함을 다시 한 번 확인하게 해 주는 풍요로운 시간이 되었습니다. 손자들이 더 태어나면 30명이 만나게 되는 날이 얼마 남지 않았습니다.

사부인께 감사드립니다

재우가 태어나서 첫돌을 맞이하게 되었습니다.

재우엄마도 반듯하게 잘 키워주서서 늘 고맙게 생각하고 있는데, 재우까지 돌보시느라 고생이 많으십니다. 재우가 튼튼하게 잘 자라니 다 사부인 덕분으로 생각됩니다.

어린이 집에서 잘 놀고 잘 먹고, 잘 지낸다니 모두 사부인 덕분입니다. 이제 서서히 가족의 품을 조금씩 떠나 잘 지내도록 준비하는 과정인가 생각됩니다.

재우엄마와 아빠가 직장에서 인정받고 일 잘 할 수 있는 것도 사부인 덕분임을 재우아빠 엄마도 저희들도 잘 알고 있습니다. 재우에 대해서 안심할 수 있게 해 주서서, 모두가 편안하게 자기 위치에서 잘 지낼 수 있습니다.

재우가 잘 자라서 할머니 공을 알고, 할머니 품을 그리워하게 되겠지요. 부모의 사랑보다 할머니 사랑을 더 많이 받고 자란만큼, 할머니에 대한 사랑을 남다르게 품고 있을 테지요. 재우 친할머니가 두 번이나 큰 수술 받았을 때 먹기에 좋고, 몸에 좋은 음식을 해 주서서 늘 고마운 마음 간직하고 있습니다. 계속하여 저희들에게 오이소박이, 열무김치, 호박무침, 우엉조림, 멸치조림 등 많은 반찬을 해 주서서 저희들이 건강하게 손자 재롱 보면서 행복하게 지낼 수 있네요. 정성이 담긴 음식을 냉장고에서 꺼낼 때마다 사부인을 위해서도 기도하고, 고마운 마음을 언제까지나 가슴에 품고 살게 되리라 다짐하게 되네요. 재우아빠도, 엄마도, 재우도 세월이 갈수록 어머니, 할머니의 공을 새록새록 새기게 되겠지요.

감사하는 마음의 표시로 함께 이야기하는 자리를 마련하고 싶었는데, 시간 맞추기 어렵다고 해서 염치없이 미루다가 재우 첫돌을 맞이하게 되었네요. 어려운 시기가 지나면 좀 편안하게 지내실 수 있기를 바랍니다. 힘드시더라도, 건강하시고 행복하게 지내시기를 기원합니다.

베푸신 사랑 보답하기엔 부족하지만, 마음으로 거듭 감사드립니다. 감사합니다.

2011. 3.
이조일 장진순 올립니다
(감사의 마음을 가득 담아 핸드크림과 현금으로 선물을 마련하였습니다)

선물이 좋을까 현금이 좋을까 고민하게 됩니다. 특히 사돈에게 선물은 정성과 감사의 마음이 담겨 있더라도 마음에 들어 할지 걱정이 앞섭니다. 한때는 내 기준으로 좋은 선물이라고 생각하고 드린 적도 있습니다. 마음에 들면 다행이지만, 마음에 들지 않으면 억지로 기뻐해야하는 감정의 숙제가 생길 수 있다는 생각이 들었습니다. 돈을 그대로 전달하는 민망함을 줄이면서 상대방에게 넓은 선택의 자유를 준다는 생각으로 상품권을 드린 적도 있습니다. 며느리에게 현금을 주고 부모님이 좋아하실 선물을 사서 드리라고 한 적도 있습니다. '현금은 상대방의 취향을 존중하며, 상대편이 원하는 선물'이라는, 지금의 생각은 언제 또 바뀔지 모르는 일입니다.

사부인이 목요일 아침까지 손자를 돌보고, 목요일 저녁에 제가 어린이집에서 아이를 우리 집으로 데리고 옵니다. 목요일 퇴근길에 작은아들(이정석)이 우리 집에 들러서 아이를 데리고 갑니다. 금요일 작은며느리(이명아)가 출근 전에, 제가 아이를 맡아서 어린이집에 데려다 주고, 오후에 데리고 우리 집에 옵니다. 작은아들과 며느리가 퇴근길에 우리 집에서 아이를 데리고 갑니다. 비교적 순조롭게 아이 돌보는 문제가 해결된 셈입니다. 사부인은 금요일 아침까지 돌볼 때가 많습니다. 엄격하게 분담한 것은 아니지만 사부인에게 늘 미안하고 고마운 마음이 있습니다.

재우 첫돌 축하해요

재우 태어나서 1년이 되었네요.
재우는 엄마 아빠도 좋아하고,
할머니도 좋아하고,
재우 돌보는 이도 좋아하지요.

엄마 아빠도, 할머니도, 돌보는 이도
재우를 좋아하지요.

재우는 떡국도 좋아하고,
우유도 좋아하지요.

우리 모두는 재우와 함께 있으면 행복해요.
재우를 보면 힘이 솟아요.

재우는 우리 집에 귀한 보물이지요.
하루하루 자라나는 보물.
쑤욱쑤욱 자라서 웃음 커지게 하는 보물.

재우는 형과 누나와 같이 놀기를 좋아하지요.
할아버지 할머니와 놀기도 좋아하지요.

우리 모두의 사랑 많이많이 받아요.
재우도 우리 모두를 사랑하지요.
주님, 재우를 축복하여 주소서.

2011. 3.
할아버지 할머니

이재우 첫돌 (2011)

재우는 일찍부터 독립하고 싶어 했습니다.

걷기가 익숙하지 않은데도 유모차 타기를 싫어하고, 손잡고 걷기를 싫어했습니다. 어린이집에서 우리 집으로 데리고 올 때 유모차를 타지 않으려고 해서, 어린이집 선생님한테 도움을 청한 적이 있습니다. 어린이집 선생님이 재우를 유모차에 태웠습니다. 재우 얼굴을 봤더니 눈물이 맺혀 있었습니다. 선생님에게 거역할 수 없다는 규범을 따르고, 타기 싫은 유모차를 타게 된 재우를 보며 나도 눈물이 났습니다. 재우아빠한테 이야기했더니 유모차를 어린이집에 두고 재우와 함께 걸어서 집에 오면, 재우아빠가 퇴근길에 유모차를 가지고 집으로 오겠다고 하였습니다. 다음부터 즐겁게 걸어올 수 있었습니다. 걸어오는 길에 개미와 놀기도 하고, 민들레꽃과 놀기도 하였습니다.

횡단보도를 건널 때도, 재우가 손을 잡지 않으려고 해서, 재우 뒤를 걸어서 오는데 수산나를 만났습니다. 수산나가 재우를 번쩍 안고 횡단보도를 건넜습니다. 수산나는 우리 집까지 재우를 안고 오겠다고 하였습니다. 고맙기는 하지만, 걷고 싶은 재우의 선택으로 내 앞에서 재우는 아장아장 걸었습니다. 좀 빨리 걷고 싶은 마음에, 재우 앞에서 내가 뒤돌아서 걸으면 재우도 뒤돌아서 걷습니다. 재우 옆에서, 내가 옆으로 서서 걸었더니 재우도 옆으로 걷습니다. 화단에 있는 꽃을 가까이서 보는 재우와, 눈높이를 맞추기 위해 화단 경계석에 앉았습니다. 재우도 나를 따라서 경계석에 앉습니다. 말과 행동을 배우는 과정은 신비스럽습니다. 걸으면서 걷기가 익숙해지는 걸, 걷기에 익숙한 다음에 걷기를 나는 바라고 있었습니다.

재우가 잘 걸을 수 있을 때, 재우와 함께 재우아빠가 마트 갔을 때 일입니다. 엘리베이트 안에 재우를 세워 놓고 카트를 밀고 들어가려는데 문이 닫히고 엘리베이트는 내려갔답니다. 옆에 있는 엘리베이트를 타고 재우아빠가 지하 5층 주차장에 내렸더니 재우는 없고, 재우가 탄 엘리베이트는 도로 올라갔답니다. 재우아빠는 엘리베이트를 타고 지하 1층에 올라가 내려서, 재우가 탄 엘리베이트의 문이 열리고 재우를 만났답니다. 재우는

'아빠와 떨어졌을 때는 당황하지 말고, 그 자리에 가만히 있으라고 해서 내리지 않고 가만히 있었다.'고 하고는 아빠 품에 안겨 흐느껴 울었답니다. 아주 잘했다고 토닥이며 칭찬해 주었다는 이야기가 생각날 때마다 나는 목이 메었습니다. '아빠를 만날 수 있다는 믿음으로 울음을 참고 견디기는 했지만, 얼마나 무서웠을까?' 현실에 부딪치면서 배우고 익혀야 할 일은 언제나 중요한 과제임을 알게 됩니다.

왼쪽부터 재승 재우 시원 하원 (2015)

어머님께 드리는 글월

주님의 아버지시며, 우리의 아버지이신 하느님, 찬미 받으소서. 아멘.

천지를 물들이는 향기로운 꽃들의 고운 빛깔에서도, 주님의 자애로운 모습을 뵐 수 있습니다. 저희들의 마음에는 계절 없이 피어나는 참된 사랑, 깊은 겸손의 꽃을 볼 수 있게 은총 주소서! 아멘.

어머님 세상을 떠나신 지 6년째인 음력 4월 보름 오늘, 멀리서도 가족들이 모였습니다. 저희 후손들이 부모를 존경하고, 자녀의 뜻을 존중하며, 화목한 가정을 이루게 하시고, 참된 희망과 보람을 찾도록 늘 도와주심에 감사드립니다. 세월이 갈수록 어머님의 손맛이 담긴 음식 생각에 어머님을 향한 그리움이 절절해집니다. 어머님을 사랑하여서, 저희들은 어머님을 기억하고 그리워합니다. 또한 어머님에 대한 그리움으로 어머님을 더욱 더 사랑하게 됩니다. 신은 너무 할 일이 많아서 각 가정에 천사를 한 명씩 보냈는데 그 분이 바로 어머니라는 이야기가 있답니다. 이제 어머님은 저희 가슴속에서 숨 쉬고 계시니, 어머님은 영원히 저희와 함께 계십니다.

6년 사이에 가족들이 많이 늘어나고 성장하였습니다.

정호와 유선이의 아들 시원이는, 도성초등학교 1학년이 되었습니다. 시원이 엄마가 졸업한 학교를 시원이가 다니게 되었습니다. 반에서 키도 크고, 태권도 실력도 있고, 친구들 사이에 인기가 좋다고 합니다.

하원이는 묘동유치원에 다닙니다. 하원이 아빠가 졸업한 유치원을 다니게 되었습니다. 반에서 애교도 많고, 말도 예쁘게 잘 하여 인기가 좋다고 합니다.

정석이와 명아의 아들 재우는 어린이집에 다닙니다. 돌도 지나기 전부터 어린이집에 다니기 시작하여, 잘 적응한다고 하니, 대견스럽기도 하고 안쓰럽기도 합니다.

신애와 서윤호의 딸 윤하는 방긋방긋 웃으며, 온 가족에게 기쁨과 행복을 가득 안겨 줍니다. 자식 키울 때는 모르고 지나갔는데, 아기가 이렇게 예쁘고 귀한 줄을 손자를 보고나서 안다고 모두가 말합니다.

의광이와 연보라의 아기는, 엄마 뱃속에서 힘 있게 발길질을 하며 잘 놀고 있습니다.

인자이신 어머님께서 생시와 마찬가지로, 늘 저희와 함께 하시고, 축복하여 주셔서 저희들 모두 행복한 마음으로 감사드립니다.

자비하신 주 하느님, 어머님의 기일에, 천국 영광을 바라보며 비오니, 세상에 사는 저희가 주님의 말씀을 따라 살게 하소서. 우리 주 그리스도를 통하여 비나이다. 아멘.

† 주님, 어머님 백아네스에게 영원한 안식을 주소서.

영원한 빛을 어머님에게 비추소서.

어머님과 세상을 떠난 모든 이가 하느님의 자비로 평화의 안식을 얻게 하소서. 아멘.

2011년 음력 4월 보름
사랑하는 어머님의 자녀들 드립니다.

어머니가 떠나신 후 후손들은 나날이 성숙해지고 있습니다. 몸이 자라는 것을 성장이라 하고, 생각이 자라는 것을 성숙이라고 합니다. 성장이 혼자 사는 법을 배우며, 빠르게 변화하는 것이라면, 성숙은 함께 사는 법을 배우며, 바르게, 가치 있게 변화하는 것이라고 합니다. 현재 속에서 미래를 보는 안목이 키웁니다. 과거의 행동이 현재의 원인이기도 하지만, 우리가 과거에 하지 않은 일이 현재를 만든다는 생각도 합니다. 햇빛이 머물던 자리에 새싹이 돋듯이, 새들이 노래하다 간 자리에 열매가 열리듯이, 어머니의 빈자리에 형제간의 사랑으로 채우려는 모습을 볼 수 있습니다. 어머니 생전의 제사상과 달라진 제사상에도 점점 익숙해지고, 제사 예식에도 익숙해졌습니다. 사랑은 인간 본성에서 나오는 천성으로, 내가 상대에게 흡수될 수 있으며, 스스로 기쁘지 않으면 남에게 기쁨을 줄 수 없다는 진리도 터득하게 되었습니다. 삶의 좌표가 조금씩 나은 쪽으로 이동하며, 삶에 대한 새로운 의욕이 솟으면서 마음이 풍성해져가고 있습니다. 감사와 축복의 말은 늘 화목함, 평온함을 선물하고, 어려움을 이겨내는 데 큰 힘을 주며, 소중한 사람들을 따뜻하게 감싸 안을 수 있습니다. 어머니 떠나신 후 어머니의 삶이 아름답고 성공적이었다는 성숙한 눈으로 세상을 바라보며, 삶이 가르쳐준 인생의 교훈을 인정하고, 다음 세대에도 그것을 전해주는 시간이 되고 있습니다. 제사 예식을 통해, 새로운 인생의 길을 가는 여정과, 죽음이라는 인생의 완성과 맞닥뜨리는 순간을 대비하며, 지금 이 시간을 누리며, 소중한 관계들을 아름답게 꾸려 나갈 생각을 다짐하곤 합니다.

"주님, 제가 맞이하는 오늘이, 세상을 떠난 이가 그토록 바라던 내일임을 잊지 말게 하소서. 아멘."

현아의 결혼을 축하해요

현아와 김진석의 결혼을 진심으로 축하해요.

현아 부부가 즐거울 때나 괴로울 때나, 잘살 때나 못살 때나, 성할 때나 아플 때나 서로 사랑하고 존경하며, 신의를 지키기로 서약하고 부부가 된다니 대견하다는 생각이 들어요.

신랑과 신부가 혼인 서약을 지킬 때, 참 잘 한 결혼이라 하게 되겠지요. 사랑이 혼인의 서약을 지켜주지 못하더라도, 혼인의 서약이 사랑을 지켜 주리라 믿어요. 서로 사랑하고 존경할 수 있는 사람을 만났다면 이미 큰 축복이지요.

레오나르도 다빈치의 그림 '모나리자'의 얼굴을 과학적으로 분석한 이야기가 있대요. 모나리자의 얼굴에는 기쁨과 만족의 감정과 두려움과 슬픔의 감정이 섞여 있다고 해요. 모나리자의 미소가 아름다운 것은 그 얼굴 안에 기쁨과 만족, 두려움과 슬픔이 조화롭게 담겨 있기 때문이라고 해요. 우리가 추구하는 행복, 평화, 기쁨, 사랑의 이면에는 외로움, 고통, 불안, 분노, 슬픔, 절망이라는 감정이 하루에도 수없이 밀려들지요. 신랑 신부가 이 모든 것을 안고 살아야 한다는 결심이 섰을 때는 최상의 아름다운 부부의 모습이지요.

우리도 신랑 신부를 믿고 존경하는 마음을 가지고 있지요. 괴로울 때나 아플 때 가족을 더욱 사랑하고 존경하는 모습을 보여 준다면 아주 큰 축복이지요.

배를 탈 때는 한 번, 전쟁터에 나갈 때는 두 번, 결혼할 때는 세 번 기도한다는 말이 있는 만큼, 결혼 생활이 얼마나 어렵고 중요한지 이미 선조들이 다 알려 주었지요. 그러나 아기가 걷기를 다 배우고 나서 걸을 수 있겠어요? 걸으면서 걷기에 익숙해지고, 위험에 대처하는 방법도 터득하게 되지요. 결혼 생활도 마찬가지로 신랑과 신부가 함께 사랑도 행복도 키워나가야 되겠지요.

거듭 현아의 결혼을 축하하며, 새가정에 행복과 평화가 가득 차기를 기원해요.

2011. 12. 10.
큰아버지 큰어머니
(축의금에 현아의 결혼을 축복하는 마음을 가득 담았어요.)

이현아, 김진석, 나연, 도윤, 민우 (2015)

　결혼식장에서 신랑 신부의 아름다운 모습을 보는 것만으로도 감동할 때가 많습니다. 양가 부모님의 모습에서 '참 애 많이 쓰셨습니다. 참 훌륭하십니다.'라고 혼자 뇌며 모두를 위해 짧은 기도를 바칩니다. 신랑과 신부가 결혼식에 이르기까지, 부모님과 선생님, 형제, 친척, 이웃, 친구 등 좋은 사람들에게서 가르침과 용기와 위안을 받으며 성장했겠지요. 결혼식을 끝낸 신랑 신부와 양가 부모님들은 대부분 정신이 없었다고 합니다. 정신이 없을 만큼 긴장이 되었는지, 실수하지 않으려고 너무 긴장하였는지.

　혼인은 단순한 동행이 아니라 서로를 사랑과 인내로 다듬어가는 가장 큰 축복입니다. 가장 가까이 있기에 가장 큰 믿음을 필요로 합니다. 축하를 많이 받고, 행복하고, 기쁜 결혼식이지만, '일생에 한 번, 단 한 번, 단 한 사람'과만 해야 할 결혼식이라는 생각이 들었습니다.

이조천 가족모임, 오른쪽 끝 김진석, 두번째 이현아 (2015)

설날을 맞이하여 윤하에게

2012년 1월 1일이 되어
"새해에 복 많이 받으세요."
인사를 했지요.
오늘은 음력으로 1월 1일
설날이래요.
또 "새해 복 많이 받으세요."
하면서 인사를 하네요.
윤하가 태어나
처음으로 설날을 맞이했지요.

시원이오빠와, 하원이언니와
재우오빠와 나연이도 만났지요.
외할아버지들과 할머니들
외삼촌들과 이모들과
외숙모와 외삼촌도 만났지요.

우리 모두는 윤하를 아주 좋아하지요.
윤하도 우리 모두를 좋아하게 되지요.

윤하와 함께 있는 사람들은
모두 행복한 마음으로 가득 차게 되지요.

윤하는 마음도 몸도 건강하지요.
윤하는 나날이 새로운 날을 맞이하고
새로운 말을 배우게 되겠지요.
춤도 추고 노래도 좋아 하겠지요.

임진년 설날을 맞아
윤하와 온가족에게
큰외할아버지도 할머니도
감사하는 마음과 기쁜 마음을 전하지요.
윤하를 사랑해요.

2012년 1월 22일 설날
큰외할아버지 큰외할머니

서윤하, 서재혁 (2013)

설날에 둘째시동생(이조차)의 첫외손녀(서윤하)가 집안에 들어서니까 온 집 안이 꽉 찬 느낌이었습니다. 큰외갓집 첫나들이에 낯선 사람들도 많고, 모두 함께 현관을 향해 일어서니까 윤하는 울기 시작하였습니다. 전날 먼저 와 있던 넷째시동생(이조천)의 첫외손녀(김나연)가 잘 놀다가 우는 윤하를 따라서 크게 울었습니다. 온 집 안이 아기 우는 소리로 꽉 찼습니다. 아기들은 우는 아기를 따라서 운다고 합니다. 남의 슬픔에 공감하는 능력을 타고 났다는 이론이 있습니다. 아기 울음소리를 녹음해 두었다가 들려줄 경우에 자기가 우는 소리에는 반응을 하지 않고, 남이 우는 소리에 따라 운다는 실험 결과가 있다고 합니다. 태어났을 때부터 남의 울음소리를 구별하고 공감하는 능력도 있다니 놀라운 일입니다. 이 능력이 자라면서 관용과 이해, 포용과 동화로 어우러지리라 생각됩니다. 여러 아기들이 모여서 울고 있을 때, 아기 엄마는 자기 아기 울음소리를 구별해 낸다고 합니다. 나는 내 아기 울음소리를 구별하지 못했을 듯합니다.

나연이와 윤하는 곧 친하게 되어 거실을 함께 기어 다니고, 장난감을 가지고 잘 놀았습니다. 나연이는 팔꿈치를 바닥에 대고 기고, 윤하는 손바닥을 바닥에 대고 기었습니다. 누가 시범을 보여 주지 않았을 텐데 처음부터 기는 자세가 다른 것을 보면, 날 때부터 각각 다르게 태어났다는 것을 알 수 있습니다. 두 아들과 친손자들이 기었던 모습은 다 잊어버렸는데 종손녀 2명이 기는 모습이 신비로워 감탄하게 됩니다.

부모님 영전에 올리는 글월

　어머님 세상 떠나신 지 7년이 지났네요. 음력 4월16일 양력 5월 23일 은 성모성월을 맞아 어머님이 좋아하시던 장미꽃이 성당 담장에 활짝 피었었지요. 여러 가지 꽃이 수를 놓은 듯 아름답게 피었었지요. 녹음 상쾌하고, 바람 시원하며, 햇빛 찬란한 계절에, 온 가족의 애도 속에 어머님 떠나셨지요. 늘 어머님 그리워하며, 어머님의 영원한 안식을 위해 기도하였지요. 어머님 떠나신 후 정호 딸 하원이, 정석이 아들 재우, 신애 딸 윤하, 현아 딸 나연이, 의광이 아들 시우가 태어났지요. 7년 사이에 어머님 후손이 9명이나 더 늘었네요. 어머님이 저희들을 위해 천국에서 기도해 주신 덕분이라 생각됩니다. 감사드립니다.

　이번부터 어머님 기일에 아버님과 함께 두 분의 사랑을 기억하며 화목하고 행복한 부부일치 중심으로 지내기로 하였습니다. 아버님은 28년 전 1984년 음력 6월 초하루, 양력 6월29일 떠나셨지요. 아버님은 28년 전의 모습으로 저희들에게 기억되지요. 건강하시고, 바르게 사시면서, 꽃을 사랑하고, 부지런하며, 가족을 알뜰살뜰 보살펴 주셨지요. 어머님이 마음이 넓고, 융통성이 많아서, 의견 차이는 있었지만, 아버님과 어머님이 적절한 선에서 의견 조율되고, 저희 6남매를 다 바르게 키우셨지요. 저희가 부모님으로부터 받은 가장 큰 유형의 선물은 여섯 남매이지요. 또한 저희들은 부모님으로부터 바르게 생각하고, 바르게 판단하는 능력과 성실함을 물려받아 가장 자랑스러운 무형의 유산으로 생각하게 되었지요.

부모님은 천국에서 행복하게 지내시겠지요. 천국에는 고통도 없고, 이별도 없다니 영원한 행복을 누리시며 저희 후손들을 지켜봐 주시리라 믿지요.

아버님 기일에는 저희들이 함께 모이지 않아도 후손들 각자의 형편에 따라 부모님을 위해 기도하든지, 가족과 함께 산소를 가든지, 각자 자유롭게 부모님의 공덕을 기리는 시간을 가지며 지내게 되겠어요. 일상생활을 부부가 함께하는 행복한 부부일치 중심의 가족단위로 늘 부모님을 생각하며, 서로 이해하고 공감하며, 부모님의 후손임을 자랑스럽게 생각하는 시간을 가진다면 아버님 어머님도 천국에서 큰 기쁨이 되시겠지요.

부모님 기일을 맞이하면서 부모님과 함께 지냈던 시절을 돌이켜 보고, 떳떳한 후손이며 조상이 되겠다는 다짐도 하게 되지요. 아이들도 조상님 덕분에 모두 잘 지낼 수 있다는 생각을 하게 되지요.

아버님과 어머님이 병환 중에 영세를 받고, 주님의 자비로 평화의 안식을 얻게 되어 저희에게도 큰 위안이 되었지요. 저희가 기도 중에, 주님의 품에 안기신 부모님 뵙는 기쁨에 푹 빠지곤 하지요.

✝ 주님, 아버님 이마지아와 어머님 백아네스에게 영원한 안식을 주소서.

영원한 빛을 부모님께 비추소서.

부모님과 세상을 떠난 모든 이가 하느님의 자비로 평화의 안식을 얻게 하소서. 아멘.

2012년 음력 4월 보름
자녀들 올립니다

  6남매 내외와 우리 두 아들 내외는 명절 차례와 기일 제사가 힘은 들어도 의미도 있고 재미있다고 하였습니다. 그래도 부모님 제사를 합동으로 지내면 제사 예식이 더 밀도 있게 된다는 남편의 생각이었습니다. 횟수가 중요하지는 않다고 하였습니다.

  처음은 아주 중요하고, 무엇이든 처음으로 시도할 때는 어려움이 많음을 잘 알고 있습니다. 독립해서 사는 동생들한테 '형님이 하는 대로 따르기만 하라'고 할 수는 없었습니다. '형님 집'이라는 장소에서 진행하지만 각각 동생들의 부모님이기도 하니까요. 전통을 그대로 답습하는 데만 그친다면 새로운 문화 발전은 어려울 것입니다. 우리 집안은, 조상에 대한 기억공유의 저장소로 그 의미를 확장하면서 제사 형식에 얽매이지 않을 것입니다. 앞으로도 변화할 수 있다는 가능성이 늘 열려 있습니다. 사랑과 죽음이 우리 모두의 가장 큰 관심이며, 숙제이며, 은총이며, 동시에 선물임을 제사 때마다 확인하게 됩니다.

가양동 화단에서 가족사진 (1977. 6)

재우아빠 생일 축하

재우아빠가 34번째 생일을 맞이하게 되어 축하해.

재우와 가족을 위하는 방법도 익숙해지고, 재미도 체험할 수 있어 고맙게 생각돼.

재우아빠는 가족을 1순위로 생각하는 세대에서 자신과 가족의 행복을 위해 일하는 행운을 누리게 되었지. 재우와 가장 소통이 잘 되는 아빠가 되어 함께 행복을 축적하는 모습이 아름다워. 어릴 때 행복했던 기억은 성인이 된 후 난관을 극복하고 삶을 건강하게 지탱해주는 힘이 되겠지. 행복한 경험을 많이 하고, 행복을 연습해 두면, 훗날 어려움이 닥쳐도 행복했던 경험이 백신처럼 힘을 발휘한다는 말에 공감할 수 있어. 희망과 용기라는 면역물질이 분비되어 자신과 가족을 지킬 수 있겠지.

우리가 성당에서 보내는 시간이 많아지고 있어. 어머니가 성당 사목회에서 중요한 역할을 새로 맡은 것은 우리 연령에 맞는 생활 패턴이라고 생각해. 나이가 들면 신앙생활이 삶의 질을 결정하게 된다고 들었어. 노후 생활에서 종교 활동은 개인의 행복을 위해 권장할 사항이라는 이론도 있어. 인생의 주기로 보면 내리막길 같지만, 내세(來世)를 향해 새 인생을 시작할 때라는 생각이 들어. 가족과 함께 하는 시간보다, 신앙생활에 우선순위를 둘 때도 있는데, 가족의 따뜻한 이해를 전제로 하고 있지.

영아기, 유아기, 유년기, 소년기, 청년기 등 시기별로, 재우아빠는 바람직하게 보냈다고 생각하고 있어. 무엇보다도 재우에게 사랑받고 있음은 어느 날 갑자기 이루어진 것이 아니잖아. 지금까지의 우수한 종합성적표를 받은 것으로 만족하고 있어.

재우의 성장과정에 따라 역할이 달라지면서 재우아빠도 계속 성장하게 되겠지. 재우가 '행복'을 선택하는 연습을 지금 하고 있으니 볼 때마다 재미있어. 우리 집에서 재우네 집에 갈 때 재우는 가기 싫어하는데 "걸어갈까, 지하철로 갈까, 버스로 갈까, 택시로 갈까, 할아버지 차로 갈까?"하고 빠르게 물었을 때, 재우가 선택의 자유를 누리며, 존중받는다는 느낌으로 행복한 결정을 하게 되었지.

비가 온다든지, 짐이 많다든지 해서, 걸어가자는 재우의 선택을 따르기 어려울 때는 충분한 설명을 해서 다시 선택하도록 하기도 했지. 어릴 때부터 선택의 자유를 인정받으면서 성장하여, 자기의 자유와 행복을 선택하는 힘을 기르고, 남의 자유와 행복도 존중하게 되겠지.

아름다운 가정이 성장하는 모습을 옆에서 보는 것으로 우리도 행복을 느끼고 있어. 어쩌다 보니 온 국민이 '행복 행복'하는 시대에 살게 되었네.

행복은 미래의 목표가 아니라, 재우아빠처럼 바로 지금 여기에서 선택한 생활이라는 말에 공감을 하게 돼. 회사 워크숍 때 전체 직원 가운데 재우아빠가 행복지수 1위였다니, 재우아빠 마음가짐에 존중과 감사를 듬뿍 보내게 되었어. '행복 에너지'를 끊임없이 만들어내는 재우아빠의 삶의 모습을 늘 볼 수 있어 또한 고맙게 생각하고 있어.

일마다 성취감을 느껴서 행복하다니 한없이 고맙지. 과정을 즐기며, 만족하는 삶에서 행복을 느낀다는 재우아빠의 말을 듣고, 우리도 행복을 맛보게 되었지.

재우아빠의 생일을 맞아 행복을 다시 생각할 수 있어 고마워.
늘 건강과 행복을 바라며 기쁜 나날을 지금처럼 지내기를 기원할게.

2013. 1.
아버지 어머니

이재우와 이재승 (2015)

 프란치스코 교황님은 '하느님께서 바라시는 것은 우리의 행복이라는 사실을 잊지 말라'고 당부하셨답니다. 우리에게 행복은 삶의 목적인 동시에 의무이기도 합니다. 우리나라 국민의 행복지수가 OECD 가입국 가운데 최하위로 나왔다고 걱정을 하는 사람도 있습니다. 그래서 상품 광고를 할 때 '행복'이라는 단어를 많이 쓰게 되나 봅니다. 주유소에서는 '행복도 채우라'고 하고, 지자체에서도 '행복한 부부'와 '행복한 엄마'를 위해 준비한다고 하고, '행복한 육아', '행복한 출산'을 교육한다고 하고, '행복한 도시'를 만든다고 합니다. '행복주택'도 있고, '행복의 터전'인 아파트도 있습니다. '오늘도 행복하세요.'라는 인사를 아파트 입구나 어디서든 볼 수 있습니다. '당신의 미소가 이웃을 행복하게 합니다.'라는 아파트 게시판을 보면 이제 '행복'이라는 글자를 보지 못한 사람은 없을 듯합니다. '행복기업', '행복 일자리', '행복한 금융', '행복카드', '행복한 밥상', '행복한 가격', '행복한 가게', '행복수업', '행복교실', '행복한 학교생활', '행복도시락', '행복한 신앙생활', '행복하게 살 권리', '행복'이라는 글자를 자꾸 보면 '행복'해 지는지, 광고대로 하면 '행복'해 지는지 기대가 됩니다.

 작은아들(이정석)이 군대 있을 때, 대대장에게서 아들 소식을 전해주는 편지를 받으면 큰 위안이 되었습니다. 하루는 병사들에게 위안을 주기 위해 부모의 목소리로 아들에게 주는 글을 녹음해서 보내달라는 편지가 왔습니다. 우리 부부는 녹음테이프를 대대장에게 보냈습니다. 대대장은 병사들의 정신 안정에 많은 도움이 되었다고 답장을 보내 왔습니다. 정훈교육 자료의 우수 사례 평가에서 최고 점수를 받았다고 하였습니다.

 초등학교 입학할 때, 상급학교 갈 때마다, 긴장과 두려움, 불안감이 있었지만, 친구들과 선생님과 잘 지냈다는 이야기를 썼습니다. 입대할 때도 긴장과 두려움, 불안감을 떨칠 수 없었으나, 신체적 정신적으로 선택된 집단이고, 국가가 안전에 대해 책임지고 관리해주며, 생사를 함께 할 수 있는 청년들의 모임이니, 많은 성장을 하는 계기가 될 것이라고 하였습니다. 정신력을 강하게 해 주는 시스템으로 교육을 받고, 전국에서 모인 사람들과 함께 생활하니, 생각의 폭이 훨씬 넓어질 것이라고 하였습니다. 고생스럽기도 하겠지만, 자랑스러운 군 복무 시절의 경험을 자산으로 만들어, 평생 효력을 내는 보약의 에너지로 활용하게 될 것이라고 하였습니다. 취침 시간 잠들기 직전 방송으로 들었다고 하였습니다. 군대 생활도 작은 아들은 행복하게 지냈답니다.

이재우와 이재승 (2015)

재우엄마 생일 축하

　재우엄마가 우리와 함께 8번째 생일을 맞이하게 되었네요. 그동안 참 많은 역사가 이루어졌지요. 재우를 어린이집에 보내는 엄마가 되어 엄마의 비중이 커졌지요. 재우가 멋진 재우, 더 멋진 재우가 되어 가는 모습을 보며, 우리도 행복해졌지요. 언제나 엄마 아빠보다 한 발 앞서려는 재우를 보며 우리도 손자에게 큰 희망을 품게 되었지요. 엄마 아빠를 좋아하는 재우를 보면 가족을 좋아할 때 큰 힘을 얻게 되었음을 알게 되었지요. 재우가 할아버지 할머니를 좋아하면 우리는 온 세상을 얻은 기쁨을 맛보게 되었지요.

　재우엄마가 우리를 만나러 오면, 우리 집은 환해졌지요. 식사 메뉴도 화려해지고, 예쁘게 깎은 과일도 먹게 되니 우리의 격식이 높아진 기분이었지요. 재우뿐만 아니라 온 가족이 활발해졌지요. 온 집안에 살맛나는 생기와 향기가 가득 찼지요. 재우엄마는 신선한 삶의 활력소를 만들어 우리에게 가득가득 채워 주곤 했지요. 재우엄마의 건강하고 행복한 모습을 보면서 우리도 건강과 행복을 누리게 되었지요.

　재우엄마가 작은엄마와 작은아버지들의 사랑을 받을 때, 우리는 아주 자랑스러워요. 재우엄마가 조카들을 사랑으로 대하니까 온 집안에 웃음꽃이 피었지요. 재우엄마가 사촌들한테 친근하게 대해주니까 명절이 축제 분위기가 되었지요. 재우엄마가 형님과 아주버님을 존중하니까 우리 집안은 질서가 잘 유지되고 있지요. 재우엄마를 사랑하고 아껴주며, 우리 부부도 서로 아껴주며 살아가야지요.

　재우엄마의 34번째 생일을 축하해요. 재우엄마가 주님께 큰 축복 받기를 기원할게요.

2013. 2.
아버지 어머니

이재우와 이재승 (2015)

새롭고 신기한 것만 좋아하지 않고, 흔한 것에서도 그냥 지나치지 않으면 아름다움을 발견할 수 있습니다. 내 마음의 눈이 새로워지면 행복해집니다. 나의 30대와 작은며느리(이명아)를 비교해 볼 때가 있습니다. 30대의 나는 불평과 비판을 젊음의 패기로 생각하며, 예리한 비판력을 키우기 위해 노력까지 한 기억이 납니다. 내가 본 작은며느리는, 남들과 문제를 일으키지 않고, 모두 다 함께 돕고, 다른 사람들과 유대감을 가지며, 과시하려고 하지 않고, 소중한 사람들과의 지금을 귀하게 여깁니다. 정치가, 기업가에게 과거보다 더 나은 세상에서 우리들을 살게 해 달라고 요구하지 않고, 우리가 사는 오늘의 세상보다 더 나은 세상에서 소중한 내 아기가 자라기를 바라는 마음으로, 아프리카 어린이 돕기 등에도 적극적입니다. 월드비전을 통해 일대일 결연으로 에티오피아 어린이를 돕고, 소식지를 재우와 함께 보며, 재우도 장난감 사고 싶을 때 덜 사고 먼 나라 친구를 돕겠다고 한답니다.

재단법인 예수의 꽃동네 유지재단에 빌딩을 기증한 우리 동네 사람 이야기를 작은며느리와 나누다가, 멋진 사람이라고, 감동하는 작은며느리의 모습에서 나도 새로운 감동을 받습니다.

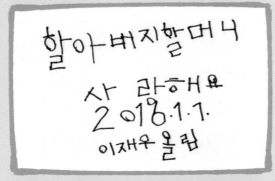

이재우 편지

10&10 주제

부모로서 우리 부부의 장점은 무엇입니까? 이에 대한 나의 느낌은?

† 찬미 예수님!

좋으신 주님, 오늘 하루도 웃음과 건강을 주시어 감사합니다. 사랑의 빛으로 오셔서 영원한 생명을 주시는 주님, 찬미와 영광을 영원히 받으소서. 아멘.

사랑하는 헬레나에게

요즘 손자들과 함께 놀며, 노래하며, 환한 웃음 짓는 당신의 모습에서 나도 큰 행복감에 푹 젖어 있게 된다오. 조부모로서 장점이 아주 많은 헬레나인데 부모로서 장점을 찾으라는 주제를 받았네요.

우리 두 아들이 초등학교 졸업할 때까지는 부모님과 나의 중병으로 아이들을 돌볼 여유가 없었지요. 아이들이 중·고등학교 다닐 때는 고액과외, 그룹과외, 비밀과외 등이 성행하였던 시기였지요. 우리 부부는 '사교육 폭풍'의 진원지에서 살고 근무할 때도, 우리 두 아들이 사교육에 의지하지 않는 '준문화재'로 보호 받는다고 하였다지요. 사교육에 관심 없는 당신을 '별종인가?'라는 의구심이 들었다는 이웃 사람들도 있었다지요. 아들에게나 당신에게, 협박에 가까운 현직 교사의 과외공부에 대한 권유를 뿌리칠 수 있는 힘은 어디서 나왔을까요? 걱정하는 마음에서 우러나온 과외 전문 교사의 과외공부에 대한 권유에서 자유로울 수 있었던 믿음은 어디서 나왔을까요? 대부분 사람들은 '공부도 잘하고, 친구들 사이에 사랑도 받고, 강력한 리더십도 갖추고, 사회에 이바지할 수 있는 건강한 인재를 키우는 것'에, 자녀 교육의 목표를 두고 있다고 들었지요. 자녀 교육의 좋은 목표라고 하더라도, 부모의 계획대로 키울 수 있는 부모가 얼마나 있었던가요? 당신은 공부뿐만 아니라 먹는 것도 잘 챙겨주지 않으니, 아이들이 자기 살 길을 스스로 찾을 수밖에 없었겠지요. 부모의 무관심과 방심인 듯 보일 뻔했던 단점이, '신뢰와 기다림'이라는 장점으로 바뀐 셈이 되었지요. 당신의 현명한 자녀 교육관의 결과라고 생각하니 당신과 결혼하여 오늘에 이른 것은 그야말로 대박이지요. 아이들이 간절히 요구하는 것만 최소한으로 들어주며, 독립적인 인생을 살며, 진정으로 자기가 원하는 삶이 무엇인지 스스로 알아낼 수 있도록, 지켜보는 부모 역할이 부모의 의무이겠지요. 당신은 우리 두 아들이 진학, 취업, 결혼 등 전적으로 자기 판단으로 할 수 있게 하였지요.

이에 대한 나의 느낌은, 장자(莊子)의 무위자연(無爲自然)사상에서, '억지로 함이 없이 스스로 이루어지는 지혜'가 당신의 생각과 일치한다는 생각이 떠오른다오. 당신이 끼니때마다 밥걱정하지 않아도 스스로 온 가족이 해결하니, 우리는 '참자유가족'이라고 해도 과언이 아니지요. 당신이 '행복한 부부, 행복한 부모, 행복한 자녀에 대한 처방전'이라도 공개하면 베스트셀러가 되겠지요. 남편 밥걱정에서 해방되고, 손자들과 즐기면서, 동네 안에서, 밖에서, 웃는 모습만 보여주는 당신의 행복을 위해 주님께 기도하겠소.

2015. 3. 16.
만 년 소녀 헬레나를 사랑하는 요한

평범하게만 들렸던 '사랑'이라는 말이 고귀해지는 순간을 맞을 때가 있습니다. ME부부 모임에서 친교와 나눔의 신비를 체험하고, 작은 교회인 가정을 성가정으로 만들기 위해 기도할 때입니다. 끊임없이 기도하고, 새로운 결심을 하고, 실천하고, 우리의 삶을 돌아보고 나누는 시간이, 건강하고 행복한 결혼 생활을 위해서 필요함을 절감합니다.

2011년 7월 남편(이조일)은 위암 수술을 받았습니다. 입원하기 전 바오로 주임신부님께 병자성사를 받고, 입원하는 날부터 구역 교우들이 모여서 9일기도를 바쳤습니다.

수술 받는 날 아침 일찍 두 아들이 휴가를 내고 병원으로 왔습니다. 스테파노 구역장님 내외분도 출근 전에 병원으로 와서 기도해 주었습니다. 두 아들과 구역장님 내외분은 우리에게 큰 힘이 되었습니다.

큰아들(이정호)이 고등학교 때, 농구하다가 발목을 크게 다쳐서 입원하고 수술하는 동안, 3개월 후 철심 제거 수술하는 동안, 우리 부부는 정상 근무를 하였습니다. 작은아들(이정석)이 제대 후 무릎 수술을 하였을 때도 우리는 정상 근무를 하였습니다. 씩씩한 아들들의 치료에 부모는 별 도움이 되지 않는다고 생각했습니다. 아들 친구들과 친구 엄마들은 걱정을 하고 정성스럽게 손수 만든 간식과 밑반찬을 가지고 방문했던 때가 기억났습니다.

남편은 마취에서 깨어난 후에도 통증 없이, 감사한 마음으로 기도하고, 단전호흡하고, 웃고 기도하다가 퇴원하였습니다. 병문안 온 사람들은 위문하러 왔는지 위문 받으러 왔는지 모르겠다고 하면서 함께 웃고, 기도하곤 하였습니다.

남편은 한 끼 식사의 총량을 0.5L 정도로 제한합니다. 위를 3분의 2이상 절제한 후 4년 적응 기간을 거치고도 양을 늘릴 수가 없습니다. 남편은 이제 뭘 더 바라겠느냐고 하면서 느긋하게 즐기며, 여건이 되면 작은 봉사하는 일만 남았다고 하였습니다.

사돈 내외분께

한 해를 보내고 새해를 맞이하는 시기가 되었네요. 한 해 동안 시원네 온 식구는 많은 성장을 하였지요. 특히 시원이와 시원엄마 아빠까지 천주교 세례를 받고, 성당에서 행복한 시간을 지낼 수 있게 되었지요. 모두 사돈 내외분의 기도와 사랑으로 생각되어 감사드립니다.

가족에게 기쁨이 되고 위로가 되기 위해서, 서로 사랑하기가 점점 중요해짐을 느끼게 되네요. 서로의 행복을 위해, 서로의 기쁨을 위해 주님과 함께하는 2014년 새해가 더 기다려지지요. 새해는 열어보지 않은 선물 꾸러미입니다. 하루하루 행복한 일이 끊임없이 따라오기를 기대해 봅니다. 새로운 진실을 발견하는 기쁨으로 새로운 기운을 얻게 되리라는 생각도 듭니다.

사부인에게서 선물로 받은 누비 가방은 가볍고 예뻐서 지인들에게 자랑하며 잘 쓰고 있습니다. 한복 입을 때도, 성당 갈 때도, 외출할 때도, 두루 쓸 수 있으니, 사용할 때마다 사부인의 선물에 대한 안목과 정성에 감탄하곤 합니다.

명절 때마다 보내주신 한과와 약과 선물로 저희들의 차례 상이 한층 더 화려해집니다. 형제들에게 나눠 주기도 좋고, 두고 먹기에도 좋아서 인기가 좋은 제수입니다. 사돈 내외분의 사랑과 배려에 늘 감사드리곤 합니다.

새해를 맞아 사돈 내외분이 더욱 건강하고 행복하시기를 기도드립니다.

감사합니다.

2013. 12. 23.

이조일 장진순 올립니다

(감사의 마음을 가득 담아 핸드크림과 현금으로 새해 선물을 마련하였습니다.)

왼쪽부터 오숙방 이정호 강유선 강우준 강창덕 (2001)

사돈 내외분은 월드컵 축구 경기를 사돈댁에 모여서 함께 응원하자고 저희들을 초대
해 주었습니다. 색다른 그릇과 음식과 음료 주류 등 저희들을 황홀하게 해 주었습니다.
특별히 준비한 것이 아니라 그냥 평상시와 같이 차렸으니 부담 갖지 말라고 하였습니다.
우리 사돈끼리 모여서, 아들(이정호) 딸(강유선), 사위(이정호) 며느리(강유선)와 함께 크게 응
원한 덕분에 2002 월드컵은 큰 성과를 내었나 봅니다. 큰아들(이정호) 생일이나 큰손자
(이시원) 백일 등 기념일에도 자주 우리들을 초대해서 즐거운 시간을 보냈습니다. 큰아들
이 해외 파견 근무 후 돌아 올 때, 사돈 내외분은 며느리와 손자를 데리고 인천공항까지
마중 나가기도 하였습니다. 큰아들은 성장기에 대접 받지 못했는데, 결혼 후에 처부모에
게 사위대접을 융숭하게 받습니다.

재우아빠 생일 축하

재우아빠 35번 째 생일 축하해요.

재우아빠는 태어났을 때도 우리를 기쁘게 해 주었지요.

재우아빠는 자라는 동안에도 우리를 많이 기쁘게 해 주었지요.

요즈음 재우 엄마와 재우와 함께 우리를 더 기쁘게 해 주네요.

여름에 태어날 재우동생과 함께 우리를 더 기쁘게 해 주겠네요.

건강하고 행복하게 지내면서 우리에게도 행복하게 해 주어서 늘 감사해요. 행복한 사람들은 같이 있는 사람들도 행복하게 만들어 주니까요. 행복한 사람만큼 함께 지내고 싶은 사람은 없겠지요.

재우아빠는 행복을 느끼는 특별한 능력과, 재우에게 행복을 느끼게 해주는 능력이 있어요. 재우에게 초콜릿을 줄 때도 행복을 더 많이 느끼게 했지요. "소라 모양 초콜릿 먹을래, 불가사리 모양 초콜릿 먹을래, 조개 모양 초콜릿 먹을래, 새우 모양 초콜릿 먹을래, 고래 모양 초콜릿 먹을래?"하고 빠른 속도로 물어보면, 잠시라도 행복한 선택에 손이 여기저기 가 보다가 최종 선택할 때 재우는 얼마나 행복할까. 맛에서 찾는 행복보다, 선택하는 즐거움에서 찾는 행복이 훨씬 크다는 것을 경험으로 체득하고 있겠지요. 만족하는 법을 모르고, 행복 누리는 법을 잘 알지 못하는 사람들이 많다고 의학자, 교육자, 심리학자 등 대책을 제시하는 사람들이 많은데, 재우아빠가 답을 주었으면 최상이겠어요. 자신에게 없는 것을 부러워하지 않고, 있는 그대로에서 충분히 행복을 선택했기 때문이겠지요. 그래서 세계적 문호 톨스토이는 소설 '안나 카레니나' 첫 문장에서 '행복한 가정은 서로 엇비슷하지만, 불행한 가정은 제각기 다른 이유로 불행하다.'라고 했겠지요. 한두 가지 이루지 못한 조건이 불행의 씨앗이라고 생각했겠지요.

　거듭 재우아빠 생일 축하해요.

　주님, 레오나르도에게 큰 은총을 주소서. 아멘.

2014. 1.

아버지 어머니

이재우와 이재승 (2015)

작은아들(이정석)은 휴학과 입대 사이, 제대와 복학 사이에 빈 시간을 충분히 만들었다고 하였습니다. 학생도 군인도 아닌, 아무 곳에도 소속되어 있지 않은 상태가 필요하다고 하였습니다. 무소속의 시간은 인간으로서 또 다른 성장하는 시간이 된다고 하였습니다. 제대하기 전날까지 맡은 일을 깔끔하게 마무리하고, 인계인수를 정확하게 하였다고 하였습니다. 휴학 후 바로 입대, 제대 후 바로 복학하는 사람들도 많고, 3월 제대를 앞두고 3월 초에 미리 복학하는, 군인과 학생의 신분을 동시에 가지는 사례도 있다고 들었습니다.

작은아들이 제대한 후 얼마 되지 않았을 때 대대장 결혼식이 용산에서 있다고, 경상도 전라도 충청도에서 같이 제대했던 청년들이 우리 집에 모였습니다. 금요일부터 만나서 놀고, 일요일에 결혼식 갔다가 월요일 각자 고향으로 갔습니다. 현역 대대장 결혼을 축하해 주기 위해, 시간을 내고, 축의금을 준비하고, 새 옷을 사서 입고 온, 전국에서 모인 제대한 청년들의 마음에 감격하였습니다. '우리 아들들 참 장하다. 대대장님 참 훌륭하십니다. 대대장님 감사합니다. 대대장님 행복하십시오.' 생각날 때마다 감동의 눈물을 참을 수가 없습니다. 대대장님을 위한 기도도 바칩니다. 작은아들의 군대 생활에서 얻은 많은 체험 가운데 중요한 자산입니다.

재우엄마 생일 축하

재우엄마 생일 축하해요. 우리와 함께 9년 째 생일을 맞이했네요. 홑몸도 아닌데 설 명절 준비하느라 고생 많았네요. 과일 예쁘게 깎고, L.A 갈비 굽고, 연근전, 굴전, 호박전 예쁘게 부쳐서, 26명에게 기쁨과 행복과 웃음 주고… 구운 채소 샐러드(발사믹드레싱), 골뱅이맛살무침(고추냉이소스), 등갈비 김치 찜 등 새로운 메뉴로 명절을 화려하게 보냈지요. 하하하 호호호… 재우엄마 수고 덕분에 돌 지난 재혁이부터 70세 넘은 아버지까지 세배와 덕담을 나누며 행복했지요.

재우동생 태어나면 더 힘들 텐데 명절 참가 가족 더 많아지네요. 재우와 재우동생이 여러 어른들, 형, 누나, 동생과 행복해 하면서 재우엄마에게도 행복하게 해 주기를 기대하게 되네요.

재우에게 자기존중감과 자아정체성을 확고하게 해주는 모습, 배울 수 있는 능력이 있다는 자신감을 갖게 해주는 모습, 하고 싶은 마음이 생기게 영감을 주는 모습 등 훌륭한 어머니의 역할을 잘해내는 재우엄마에게 늘 감사하는 마음이네요. 시원네 가족과 우리에게 마음을 써 줄 때마다 고마울 뿐이지요. 우리가 생각하지 못할 때도, 시원이나 하원이를 위해서나 시원엄마와 시원아빠를 위한 생각을 재우엄마가 할 때, 생각이 깊고, 가족을 배려하는 여유 있는 모습에 감탄할 때가 여러 번 있었지요. 사람을 대할 때, 인정하고, 이해하고, 공감하며, 배려하는 재우엄마 모습에서 우리가 배울 때가 참 많았지요.

재우네 가족이 늘 건강하고 행복하기를 기원해요.

재우엄마 생일을 거듭 축하해요.

주님, 세라피나와 모든 가족에게 큰 은총을 주소서. 아멘.

2014. 2.
아버지 어머니

이정석 이명아 결혼 사진 (2005.9)

재우엄마(이명아)는 맏동서(강유선)를 극진하게 대우합니다. 하루는 재우네 가족이 차를 타고 우리 집에 먼저 왔습니다. 큰아들(이정호)은 근무하는 날이라, 시원네 세 식구가 걸어서 우리 집에 오기로 된 날이었습니다. 갑자기 비가 쏟아지는데, 작은아들(이정석)을 보고 형수님을 차로 모시고 왔으면 좋겠다고 재우엄마가 말하였습니다. 재우아빠는 '우리 집 교육방법은, 갑자기 비가 오면 택시 타고 오든지, 차를 가지고 데리러 오라고 형수님이 전화할 때까지 기다리기로 되어 있다.'고 했습니다. 어릴 때 교육은 그 때 필요했고, 지금은 형수님과 조카들을 배려하면 좋겠다고 재우엄마가 말했습니다. 재우엄마가 시원 엄마한테 전화하니, 집에서 출발하려고 하는 중이라고 해서, 재우아빠가 데리러 갈 때까지 집에서 기다리라고 하였습니다. 재우아빠는 학교에서 집에 올 때, 비가 온다고 우산 가지고 마중 가는 부모가 되지 않겠다고 말한 적도 있습니다. 자립심을 길러야 하는 자식한테 교육시킬 때와, 형수님한테 대하는 배려 차원을 작은아들이 혼동하지는 않는다고 하였습니다. 큰아들이 주말에 시간이 없으면, 작은아들이 형수(강유선)와 조카들(이시원과 이하원)에게 차량 서비스를 하도록 작은며느리(이명아)가 배려하곤 합니다. 작은아들의 신혼여행 경비 전액을, 큰아들 부부가 결혼 선물로 주었다고 나중에 들었습니다.

재우 생일 축하

인사대장 이재우의 네 번째 생일 축하해요.
재우는 배꼽 인사를 아주 잘 하지요.
재우는 만들기도 잘하지요.
만들기 대장도 되겠어요.
재우는 태권도를 좋아해요.
태권도 대장도 되겠어요.

재우는 동생을 많이 사랑하겠지요.
좋은 형이 되겠지요.
재우는 엄마 아빠와
우리 모두를 사랑해요.
우리 모두는 재우를 사랑하지요.

재우는 시원이형과 하원이누나도 좋아해요.
형과 누나도 재우를 좋아하지요.
재우는 어린이집 친구들도 좋아해요.
친구들도 재우 좋아하지요.

재우가 건강하고 바르게 자라기를
모두가 바라고 있지요.
재우 생일 축하하며
재우를 위해 기도해요.

2014. 3.
할아버지 할머니

이재우 (2015)

이재승 (2015)

재우를 어린이집에 데려다 주는 일을 스스로 맡은 지 2년이 되었습니다. 잠시라도 아이를 안고 싶은 마음에, 남편(이조일)이 운전하고, 함께 어린이집에 가는 새로 찾은 즐거움입니다. 남편이 아침에 시간을 내서, 바람이 부니까, 황사가 심하니까, 미세먼지 경보가 있으니까… 등의 나쁜 날씨에만 데려다 주기로 했다가, 아침마다 연락하는 일도 번거롭고, 혹시 연락이 잘 못될 경우도 있을까 걱정이 되어 아침에는 매일 데려다 주기로 하였습니다.

차안에 잠시 있는 동안에도 아들 시대에 불렸던, '은하철도 구구구', '태권 브이' '매칸더', '마징가 Z' 같은 노래를 재우한테 듣습니다. 타임머신을 타고 30년 전 시절로 돌아가는 느낌 좋은 어린이 만화영화 주제가를 들으면 기운이 납니다. 씩씩하고 용감하게 정의를 외치는 소리가 고 조그마한 입에서 나오다니… 멋지고 신나는 세상으로 헤쳐 나가겠다고 고 작은 주먹에 힘이 불끈불끈 솟으니… 함께 따라 부르면 저도 온몸에 힘이 솟고, 가슴 속 깊이에서부터 아름다운 세상을 그려보게 됩니다. 어린이 집에 도착하면 어린이집 선생님께 큰 소리로 손자와 저는 소리 맞추어 인사를 합니다. 그래서인지 지난달부터는 손자가 '인사대장'이라는 리본을 어린이집 가방에 달고 다니기 시작하였습니다. 우리 가족들은 손자를 '이재우 인사대장'이라고 부릅니다. 다른 친구는 무슨 별칭이냐고 물어봤더니, '정리대장' '미소대장' 등이 있다고 했습니다. 할머니는 무슨 별칭으로 부르면 좋겠느냐고 물었더니 1초도 망설이지 않고 '방귀대장'이라고 합니다. 그러면 할아버지는 무슨 별칭으로 부르면 좋겠느냐고 했더니 역시 '방귀대장'이라고 합니다.

"어머, 우리 집은 '방귀대장'집이라고 하면 좋겠어요? 어떤 아이가 저기 '방귀대장 가신다.'하면 재우는 좋겠어요?"

까르르까르르 웃으면서 이렇게 재미있는 풍경은 처음이라는 듯 '방귀대장'만 고집합니다.

"할아버지는 재우한테 여러 가지 장난감을 만들어 주기도 했는데 '만들기 대장'이라면 더 좋을 텐데. 할머니는 재우한테 떡국을 여러 번 끓여 주었는데 '떡국대장'이라면 더 좋을 텐데."

아무리 좋은 말도 손자한테 다 거절당했습니다.

"할머니를 '떡국대장'이라고 불러 주면 떡국에 파도 마늘도 넣지 않고, 더 맛있게 끓여주고, 새우튀김까지도 더 맛있게 해 줄 수 있어요. 할아버지를 '만들기 대장'이라고 불러주면 바람개비도 더 예쁘게 만들어 주고, 종이비행기도 더 멋지게 만들어 줄 수 있어요."

우리 부부 일생에, 언제 누구한테 이렇게 환심을 사려고 눈웃음을 치면서 예쁘게 말해서 인정을 받으려고 노력해본 적 있었던가요? 우리 부부 언제 누구한테 진심으로 간곡한 부탁을 해본 적 있었던가요? 가문의 영광이라도 되는 듯한 '만들기 대장', '떡국대장' 별칭은 듣지 못해도 '방귀대장'만으로 만족해야 되겠지요.

"♬방귀대자~앙~♫, ♬방귀대자~앙~♪ ♫♩"

우리 집안이 2014년에 '대장' 집안이 되었습니다.

세상을 더 맑고 더 밝게 만드는데, 좋은 말과 행동으로 미소 짓는 삶, 웃을 수 있고, 희망을 느낄 수 있는 즐거운 노래, 다섯 살 손자에게서 받는 행복. 사랑을 베풀 수 있어 더욱 행복해하는 저희 부부 모습이 참으로 아름답습니다. 직장 생활할 때 맛보지 못한 인생의 절정기 같은 여유 있는 모습, 혼자 있을 때도 미소 지을 수 있는 스스로의 숙성을 대견스럽게 생각합니다. 저희를, 이웃 사람들이 '롤 모델'이라고 부르는 호칭에 맞게, 누구에게든지 웃음을 선사할 수 있고, 기쁨을 줄 수 있게 해달고 주님께 기도합니다.

* 아이들이 방귀와 똥에 대해 관심을 가지는 시기가 있답니다. 똥과 방귀에 대한 이야기책도 많습니다.

미카엘에게 어린이날 축하해요

+ 찬미예수님! 풍부한 은혜를 베푸시는 주님께 찬미와 영광과 감사를 드립니다. 아멘.

어린이날을 맞이하는 시원 미카엘에게

시원이는 이번 어린이날이 특별한 날이지요.

5월 2일 '성모님의 밤'에 '아베 마리아'를 라틴어로 불렀지요.

대치동성당 사크라멘토 미노라 〈Sacramenta Minora〉[1] 소년소녀합창단 창단 멤버로 '성모님의 밤' 묵상곡을 통해, 참석한 교우들에게 인자하신 성모님을 찬미하는 마음을 더 깊게 하였지요.

'4월 17일 한국 뿌에리칸토레스 합창 연합[2] 소속 PBC소년소녀 합창단과, 뿌에리칸토레스 광주 PBC 피아트 도미니 소년 합창단과, 서울 대치동 본당 사크라멘토 미노라 소년소녀 합창단과, 서울 목5동 성당 아우름 성가대와, 서울 반포4동 안젤루스 어린이 합창단 등 어린이 150여명은 소년 성가대의 수호성인인 도미니코 사비오를 기념하며 명동대성당에서 성음악 미사봉헌이 있었다'고 4월 26일자 평화신문에서 보았지요.

평화신문은 "신자 600여 명이 함께 한 이날 미사는 연합회장 조규만(서울대교구 총대리) 주교님을 비롯한 부회장 안병철(평화방송 평화신문 사장) 신부님과 박선환(PBS소년소녀합창단 단장) 신부님 등 사제단 공동 집전으로 봉헌되었다. 조 주교님은 강론에서 '나 자신이 태어날 확률은 수억 분의 일, 다시 말해 기적'이라며 '늘 하느님 기적 안에서 살아가고 있다는 것을 기억하며 주님의 은혜를 생각하자'고 말했다. 뿌에리깐토레스는 라틴말로 '노래하는 아이들'이라는 뜻으로, 전례 성음악 보급에 힘쓰는 국제 합창 연합이다. 2008년 창단한 한국 뿌에리깐토레스 합창 연합은 매년 성음악 미사를 봉헌하고 합창제를 개최하는 등 성음악을 통해 주님 사랑을 전하고 있다."라고 전했지요.

미카엘이 아름다운 노랫소리로 마음의 평화를 얻고, 행복하며, 주님 안에서 기쁘고 아름답게 열매 맺기를 기도해요.

미카엘은 대치동을 넘어, 서울을 넘어, 한국을 넘어, 세계 문화 교류와 가톨릭 복음 전파의 '작은 성사'로서의 역할을 맡게 되었네요. 로마교황청 무대에서 아름다운 노래를 부를 수 있는 시간도 오겠지요.

하느님의 작은 표지가 되어 원대한 꿈을 실현할 미카엘의 미래를 그려보며 행복한 미소가 온 몸을 기쁘게 하네요.

우리 모두에게 즐거운 어린이날이 되었어요.

주님! 이시원 미카엘이 주님의 뜻을 이루는 일꾼이 되게 하소서. 아멘.

2015. 5. 5.
할아버지 할머니

2015년 4월 명동성당 한국 뿌에리 깐또레스 합창연합 소속
대치동 성당 사크라멘토 미노라 소년소녀 합창단 성음악 미사, 오른쪽 맨 앞줄 네번째 바로 뒤 이시원

1) 사크라멘토 미노라〈Sacramenta Minora〉작은 성사의 뜻 (라틴어)

　　작은 성사: 하느님의 은총의 작은 표지

2) 한국 뿌에리깐또레스 합창연합〈National Congress Pueri Cantores

　　of the Republic of Korea〉(교황청 산하 소년소녀합창연합)

싱그러워진 신록의 계절에 녹음 잔치에도 참여해야지요. 꽃과 나무와 하늘과 구름에게도 웃음과 행복을 줄 수 있습니다.

아침에 창문을 열어보니 상큼한 공기가 온몸을 시원하게 합니다. 반짝반짝 빛나는 나뭇잎에서 신선한 초록색이 묻어날 듯합니다. 바람까지 상쾌하여 '아, 내 즐거운 인생이 오늘도 새로이 시작되누나!' 하고 기지개를 켜며 저절로 나오는 행복한 웃음을 참지 않습니다.

4명의 손자가 모여서 성도 쌓고, 보물섬도 만들고, 전함도 만들면서 놀 때는 전쟁터가 될 때도 있습니다. 전쟁이 끝나면 곧 평화로운 세계가 펼쳐집니다. 사랑, 평화, 행복, 지혜, 열정, 자유, 믿음, 정직, 기쁨, 인내, 선의, 성실, 온유, 절제… 인생의 소중한 가치가 융합하여 실현되는 시간이기도 합니다.

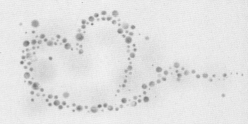

선종하신 부모님께 드리는 글월

＋ 찬미 예수님! 만천하에 사랑을 펼치시는 하느님! 찬미와 영광을 영원히 받으소서. 아멘.

사랑하는 어머니 아버지, 참 좋은 계절이네요. 어머니 떠나신 지 10년, 아버지 떠나신 지 32년이 지났네요. 멀리서 온 형제와 친척을 만나, 반갑고 재미있고, 의미 있는 축제가 되는 날이네요. 제사(祭祀)와 축제(祝祭)의 제(祭)자가 같은 글자인 것은, 우리 조상들도 이미 제사를 숙제(宿題)하듯이 대할 것이 아니라, 축제에 참여하듯이 기쁜 마음으로 준비하고 참가하라는 교훈을 남겼나 봐요. 번거롭고 힘들어도, 형제들과 친척들 만나는 의미가 더 커서 기꺼이 축제에 참석하게 되지요. 무엇이든 처음에는 낯설고 어렵겠지요. 천주교 예식으로 제사를 지내면서 섬김과 나눔과 친교의 시간을 통해, 다양한 기쁨을 체험하게 되었지요.

큰딸(이숙자)과 큰사위(정근옥)가 각각 교장선생님에서 정년퇴임을 했네요. 이제 교직에는 셋째며느리(윤여옥)와, 교장인 넷째며느리(최재순)가 남았네요. 손자 대에는 두 외손자부부, 정의광과 연보라, 정광철과 김미영이 교직에 있고요. 외손자 최병희박사가 6월 13일에 김수현과 결혼식을 올리게 되는 경사스러운 일도 있네요. 어머니 아버지의 후손들이 성장하고 자립하여, 자식으로서 부모로서 형제로서 자기 할 일을 잘 완수

해 가고 있네요. 천국에서 어머니 아버지가 후손들을 위해서 기도해 주신 덕분이라고 생각되네요. 생전의 인자하신 모습 그대로 자손들을 위해서 밤낮으로 마음 쓰시는 모습이 그려지네요. 이제는 천국에서 영원한 행복을 누리소서.

주님, 어머니 아버지께 영원한 안식을 주소서.

영원한 빛을 어머니 아버지께 비추소서!

어머니 아버지와 세상을 떠난 모든 이가 하느님의 자비로 평화의 안식을 얻게 하소서! 아멘.

2015년 음력 4월 보름(양력 6월 1일)
자녀들 올림

추석 명절 가족모임 (2015)

　세월은 흘러도 추억은 아름다운 빛깔과 향기를 잘 유지하고 있습니다. 추억이 있는 한, 삶은 더욱더 풍요로워집니다. 사랑은 '하였다'나 '하리라'보다, 언제나 사랑은 '한다'는 현재 진행형이어야 한다고 생각합니다.

　최후 순간까지 우리 스스로의 신념에 따라 살고, 죽음까지 책임지는 인간다운 방식의 죽음에 대한 생각을 한 적이 있습니다. 삶이 의미가 큰 것은 죽음이 있기 때문입니다. 죽음에 대한 성찰은 삶을 풍요롭게 하며 '잘사는 삶(well-being)'은 '품위 있는 죽음(well-dying)'을 필연적으로 내포합니다. 죽음은 우리네 삶속에 깊이 녹아 있습니다. 삶과 죽음은 서로 비출 때 비로소 같이 빛나게 된다는 진리를, 제사 때나 명절 차례 때마다 되새기곤 합니다. 죽음을 생각하면서, 슬픔보다는 위안과 평화가 가득 찬 축제이면서, 은총에 대한 감사의 최절정이 되는 날이 되기를 희망하게 됩니다. '당신이 이 세상에 태어났을 때 당신만 울고, 당신 주위의 모든 사람은 미소를 지었습니다. 당신이 이 세상을 떠날 때는 당신 혼자 미소 짓고, 당신 주위의 모든 사람이 울도록 그런 인생을 사십시오.'라는 김수환 추기경님의 어록을 되새겨 봅니다. 사랑하는 삶을 살아야 함을 절감합니다.

10&10 주제
지금 내가 가장 행복해 하는 것은 무엇입니까?
이에 대한 나의 느낌은?

＋ 찬미 예수님!

주님을 따르려고 노력하는 저희에게, 맑은 지력 주시는 주님께 감사 드립니다. 사랑은 모든 것을 덮어 주고, 모든 것을 믿으며, 모든 것을 바라고, 모든 것을 견디어 낸다고 가르쳐 주신 주님, 찬미와 영광을 영원히 받으소서. 아멘.

사랑하는 헬레나에게

아침에 거실에 나와서 '와! 마루가 번쩍번쩍 빛이 나네요.'하는 헬레나의 탄성과 환한 웃음이 그려졌다오. 헬레나의 '와!' 또는 '어머나' 하고 뒤에 나오는 말은 언제나 나에게 큰 행복을 안겨 주었다오.

지난 주말에 시원엄마가 왔다가 발바닥에 가시가 박혀서 뽑아준 적이 있었지요. 15년이 지난 마룻바닥을 어떻게 수리할까 여기저기 알아봤지요. 살고 있으면서 거실만 수리하는 방법, 유해 성분이 없는 접착제를 사용하는 방법 등을 찾게 되었지요. 기어 다니는 재승이에게 가장 적합한 방법을 마침내 찾아냈지요. 현재 있는 마룻바닥에 그대로 왁스칠을 하는 방법이었다오. 최소 비용으로 최대 효과를 내는 거실 공사를 당신의 현명한 판단으로 시작했지요.

인터넷으로 왁스를 구입하고, 스폰지로 붓을 만들고, 간이 의자에 앉아서, 당신이 고이 잠든 사이에 조용조용 왁스칠 공사를 하는 내 모습에서 가장 행복한 순간을 느꼈다오. 한밤중에 왁스칠 공사를 하는 내내 우리들의 행복을 만들었다오. 당신은 나에게 행복한 시간을 만들어 주고, 나는 우리에게 깨끗한 마루를 만들어 주었지요. 새 아파트에 올 때는 직접 손을 댈 필요가 없었는데 살다 보니 내 손으로 직접 마룻바닥에 왁스칠을 하게 되었네요. 내 작은 노작(勞作)으로 우리의 행복을 만들어 갈 수 있도록, 함께 이야기하고, 함께 생각하는 우리들에게 주님은 많은 은총을 베풀어 주셨지요.

헬레나의 행복을 위해 주님께 기도하겠소. 주님, 헬레나에게 언제나 웃음을 지켜주소서. 아멘.

2015. 6. 15.
만년 소녀 헬레나의 웃음을 사랑하는 요한

성바오로 병원 호스피스
미카엘 신부, 이조일 (2015)

하고 싶은 일과 해야 할 일 사이에 선택한다면 당연히 해야 할 일을 선택해야 도리에 맞는다고 생각한 시기가 있었습니다. 이제 하고 싶은 것을 선택해도 무리가 없다고, 가볍게 마음이 더 끌리는 편을 선택할 때가 되었습니다. 퇴임한 후 바쁘게 생활하며 서로 응원하고 지지하는 관계가 되었습니다. 상대방에 대한 배려와 존중이 밑바탕이 되고, 감사함과, 함께 하는 시간을 통해 사랑을 느끼는 것은 나이가 든 후에도 마찬가지입니다.

남편(이조일)은 성당에서 색소폰 동호회 활동을 즐겁게 하고, 성당 시니어 아카데미(노인대학)와 아파트 문화교실에서 국선도 사범으로, 심신 단련과 봉사를 겸한 활동에서 행복을 찾습니다. 국선도 본원에서 정기적인 사범들의 무예 수련을 통해 지도자와 수련생의 자질을 향상시키고 있습니다. 호스피스·완화의료 자원봉사자로 죽음을 가까이 앞 둔 가족을 만나며, '모든 언행에서 너의 마지막 때를 생각하여라. 그러면 결코 죄를 짓지 않으리라.'(집회 7,36)를 되새기며, 죽음을 준비하고 있습니다. 고인과 고인의 가족을 위해, 상차림, 입관 예절, 연도(위령 기도), 출관 예절, 장례미사, 위령미사 등의 성당 연령회 활동은 죽음의 의미를 인정하고 받아들여, 고인의 구원을 도우며, 고인의 정화에 도움을 주고 있습니다. 성가대 활동으로, 성가를 통해 주님께 감사와 찬미와 기도를 드릴 수 있습니다. 동네 뒷산에 부부가 함께 가거나, 한강 공원 자전거 도로를 지나면서, 주님께서 창조하신 세상이 얼마나 아름다운지, 나 자신과 내 주위의 모두가 얼마나 소중한지 체험하곤 합니다.

이제 우리는 인생의 황금시기를 만났습니다. 생각이 깊어지고, 행복이 무엇인지, 세상을 어떻게 살아야 하는지를 알게 되었습니다. 우리 부부는 우리 스스로의 노고에 '상'을 준다는 생각으로, 우리가 하고 싶은 일에 몰두하면서, 삶이 목적이 아니라, 순례의 길임을 인식하고 오늘 하루를 충실하게 지내기로 하였습니다. 세월에 지혜와 경험을 녹여낼 수 있는 인생의 여유와 타인에 대한 배려로, 사랑하기 위해 살아야 한다고, 또는 사랑하는 일은 사람을 살린다고, '사랑, 사람, 삶의 어원이 같다.'는 말에 동의합니다. '나에게 힘을 주시는 분 안에서 나는 모든 것을 할 수 있다.'(필리 4,13)

재승이 첫돌 축하

우리 재승이 첫돌을 맞았네요.
잘 때는 귀엽지만 울 때는 왜 우는지 걱정이 되지요.
웃을 때는 온천하의 행복을 재승이가 다 주지요.
엎치고, 기어보고, 앉아보고…
"와! 장하다!" 서고 나서 두 팔을 번쩍 들었지요.
'미피'와 재미있게 놀 수 있지요.
'둘이 살짝 손잡고'도 재미있지요.
재승이는 웃음으로 온 세상을 기쁘게 하지요.
재승이의 웃음을 보며 우리 모두가 기뻐하지요.
재승이는 날마다 행복을 만들어요.
재승이 첫돌을 맞아 온 가족에게 기쁨 주지요.
우리 모두 재승이와 함께 행복해요.
주님! 재승이가 행복하게 자랄 수 있게 축복해 주소서. 아멘.

2015. 7.
할아버지 할머니
(재승이를 축복하는 마음을 가득 담아서)

　동생이 태어나면서부터 맏이는 더욱 맏이다워집니다. 재우는 재승이를 보살펴야 할 상황도 알고 보호자가 됩니다. 재승이가 가지고 놀만한 자전거를 가지고 놀다가, 재승이가 타고 싶어 하면 재승이에게 양보한 다음, 재우는 더 좋아하는 차를 탑니다. 양보와 협상과 타협의 과정을, 말도 못하는 동생을 통해서 익힙니다. 똑같이 자전거를 타고 싶을 때는, 재승이가 끌거나 밀고, 재우는 페달을 밟습니다. 하나를 둘이 동시에 가지고 놀 수 있는 방법도 찾아내고, 각자 다른 장난감으로 함께 놀 수 있는 방법도 찾아냅니다. 장남은 타고 난다고 들은 적이 있는데, 장남은 동생을 통해서 장남다워집니다. 동생이 태어나기 전에는 형이 아니었습니다.

　어른들은 상생(相生), 원원(win-win)을 큰 전략 전술인 것처럼 대책을 강구하는 위원회도 만들고, 회의도 수없이 한다는데 아이들은 놀이를 통해서 배웁니다.

이재승 첫돌 기념. 오른쪽 끝 이조일(2015.7)

바람 같은 세월을 헤아리며 결혼 40주년을 축하합니다

찬바람이 옷깃을 여미게 하는 겨울, 내년 1월이면 오빠가 결혼한 지 40년이네요. 결혼식 날 밤에 함박눈이 하얗게 내려 우리 집에 복덩이가 들어 왔다고 아버지 어머니가 기뻐했던 일이 생각나네요. 신혼여행 갔을 때 부산 용두산공원에서 아버지를 우연히 만났다며 행복해하신 기억이 지금도 생생하게 떠오르네요.

부모님께서는 우리들을 모두 지극히 사랑하셨는데, 그 중에 장남인 오빠의 말을 특히 신뢰하셨지요. 그래서 목돈을 받는 일시금으로 신청하려고 하다가, 1976년 아버지 퇴직금을 오빠의 의견대로 연금으로 선택하신 것이 아주 잘한 일이라고 몇 번을 강조하셨지요. 어머니는 당시 주변 사람들보다 교육열이 앞서는 특출한 분이셨지요.

교직에 있던 오빠의 소개로 만난 우리 부부가, 교장으로 정년퇴임을 했으니, 세월의 빠름이 실감나네요. 오빠는 퇴임 후에도 봉사활동과, 색소폰 연주로 멋진 삶을 이어가시지요. 가끔 오빠가 보내주신 색소폰 연주곡을 듣다 보면 참으로 훌륭한 삶을 살고 계시구나 하는 생각이 들 때가 있어요. 사람들과의 관계, 취미 활동 등의 아름다운 모습으로 우리가 오빠를 기억하게 되겠지요.

이씨 집안의 맏이로 태어나 남 모를 어려움이 있었겠지만, 이 모두를 극복한 오늘의 오빠를 보면 무척 든든해요. 다섯 동생들과 화목하게 지내며, 부모님을 그리워하니, 천국에 계신 부모님이 보시기에도 흐뭇한 모습이라 생각될 때마다 고맙기만 하지요. 조카들도 부모와 조상의 뜻을 헤아려, 4촌간 5촌간 6촌간에도 가깝게 지내고 있으니, 오빠의 공이라고 생각되어 감사하고 있어요.

오빠 결혼 40주년을 진심으로 축하드려요. 여러 사람들과 주고받은 편지로 책을 내니, 사랑이 가득 찬 글에서 큰 감동을 받을 수 있겠지요.

늘 건강하고 행복하고 아름다운 생활이 되시기를 기원합니다.

2015.10.10.
동생으로부터

뒷줄 왼쪽부터 시계방향 정광철, 김미영, 연보라, 정의광, 정근옥, 정시우, 이숙자 (2013)

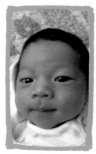

정유현 (2015)

왼쪽부터 시계방향 정시우, 정의광, 연보라, 정유빈 (2015)

책 출간을 축하드립니다.

저는 어렸을 때부터 큰외숙모와 큰외삼촌의 사랑이 담긴 편지를 받은 적이 많았습니다. 받을 때마다 '내가 외갓집 가족에게도 사랑을 받고 있구나.'하는 생각이 들어서 기뻤습니다. 이번에 큰외숙모와 큰외삼촌이 지금까지 여러 사람들과 주고받은 편지로 책을 낸다고 듣고 감동하였습니다. 다른 사람들이 개인적으로 받은 편지도 같이 읽어 보게 된다니 다른 사람들은 어떤 편지를 받았는지 궁금해지기도 합니다. 제가 받은 편지도 책에 나온다면, 제가 직접 받았을 때의 감사한 마음이 다시 떠올라 더욱 재미있을 것 같습니다. 어느 시인이, 내려올 때 본 꽃을, 올라갈 때 못 보았다는 내용의 시를 썼다고 들었는데, 저희들이 일상에서 지나친 것을 다시 생각할 수 있게 된다면 더욱 의미 있는 일이 되겠습니다. 큰외숙모와 큰외삼촌과 함께 외갓집 가족과 깊은 유대감을 느낍니다. 온 가족이 함께 겪었던, 크고 작은 일을 한 권의 책으로 볼 수 있을 테니 얼마나 뜻 깊은 일인지요. 지난 추억들을 돌이키며 한 가족이 모여 다시 그 때에 대한 이야기꽃을 피울 수 있고, 그러한 따뜻한 추억을 한 권의 책으로 공유될 수 있다는 점에서 매우 아름다운 가족문화라고 생각됩니다. 각각 따로 사는 많은 가족들의 정성과 협력으로 만들어진 책이라 더욱더 큰 기대를 하게 됩니다.

이 책은 우리 가족과 외갓집 가족뿐만 아니라, 일상을 사느라 바쁜 모두에게 잠시 그리운 추억을 되새기며 자신을 돌아볼 수 있는 쉼터가 되겠다는 생각이 듭니다.

문집 발간을 축하드리며, 큰외숙모와 큰외삼촌의 건강과 행복을 기원합니다.

2015. 11. 11.
최현정 드립니다

왼쪽부터 이명자 최순영 최병희 최현정
(2015.2)

신부 김수현 신랑 최병희 (2015.6)

문집 발간 감사드리며 축하합니다.

　우리 6남매의 정성을 모아 형님과 형수님이 내년 1월에 문집을 발간한다니 대단히 기쁩니다. 지난 삶의 추억들을 하나씩 다시 볼 수 있으리라는 기대에 가슴이 설렙니다. 세상을 떠나신 부모님의 따뜻한 사랑과, 우리 6남매의 우애와, 자녀와 조카들, 손자와 종손들의 이야기를 한 권으로 볼 수 있는, 온 가족의 살아있는 이야기를 책으로 볼 수 있어 자랑스럽습니다. 가족의 화목을 위해 정성을 다 하신 형님과 형수님은 저희들에게 마음의 버팀목이 되십니다. 동생들은 형님과 형수님께 늘 감사하는 마음으로 존경합니다. 형님과 형수님, 동생들, 제수, 매제 등, 형제들이 있어 행복합니다. 모두에게 감사드립니다. 형제들의 우애를 키워나가는 형님과 형수님과 동생들의 건강과 행복을 기원합니다. 내년 1월에 출간되는 책을 기대하며 감사드리고 축하합니다.

이조차 (2015)

2015. 11. 13.
둘째 드립니다.

왼쪽부터 최동렬, 서윤호, 이신애, 이장욱, 이조차 (2008)

왼쪽부터 시계방향 이신애, 이조차, 최동렬, 서윤호, 서윤하, 서재혁 (2014)

아버님, 어머님께

　지난 5월, 아버님 어머님 결혼 40주년 기념 책 발간 계획을 듣고, 아버님과 어머님께 받은 편지를 챙기다 보니 저희 네 식구가 받은 편지가 참 많았어요. 시원이와 하원이에게 '너희가 얼마나 사랑받는 존재인지' 알게 해 주고 싶어서 각자 받은 편지를 따로 모아 두었는데, 그 중에서도 아버님 어머님께서 주신 편지가 가장 많았지요. 시원아빠와 연애하던 때부터 두 아이가 초등학생이 된 지금까지 아버님 어머님께서 주신 사랑이 그 편지 속에 고스란히 담겨 있었어요. 너무나 감사하면서도 저는 그 사랑에 제대로 응답을 못한 것 같아 죄송한 마음이 먼저 들었어요. 저를 '강선생' 또는 '유선이에게'라고 부르시던 편지를 다시 보니까 옛날 생각이 나서 웃음도 나고 감동이 새로웠어요.

　어머니께서 e-메일로 보내주신 문집 원고를, 아이들이 성당에서 합창 연습하는 동안 틈틈이 카페에 앉아 읽었어요. 1970년대부터 2015년까지 부모님의 역사가 담겨 있는 편지와 덧붙인 글을 읽는 시간은, 지금의 저보다 더 젊은 시절의 부모님부터 지금의 부모님까지 만날 수 있는 시간이었어요. 그 시간 여행 동안 카페에 앉아 남들 모르게 눈물도 많이 흘렸어요. 같은 여자로서 어머니의 30대가 가슴 아팠어요. '어머니께 이런 힘든 일이 있었구나. 이때는 이런 생각을 하셨구나.'하면서 저를 뒤돌아보기도 했어요. 아버님 어머님께서 그 힘든 과정을 이겨내시고 지금의 화목한 가정을 이루셨다는 생각이 들어 존경스럽고, 저희에게 주어진 매 순간이 참 소중하다고 느꼈어요.

　2013년 3월, 저희 부부가 세례를 받을 때까지, 교리 공부를 하는 동안은 돌아가신 외할머니 생각이 많이 났어요. 어렸을 때 외할머니께서 저희 집에 오시면 제 방에서 주무셨는데, 아침에 일어나 보면 할머니께서는 늘 온 식구들을 위한 묵주기도를 바치고 계셨어요. 그 모습을 뵐 때마다 그 기도가 우리 가족을 든든하게 지켜줄 것 같은 믿음이 생겼어요. 그런데 세례를 받고 보니 기도하시는 할머니 모습을 통해 하느님께서 신앙의 씨앗을 저에게 심어 주신 게 아닐까하는 생각이 들었어요. 할머니께서 돌아가셨을 때보다도 할머니 생각에 눈물이 더 났어요. 그리고 세례를 받고 나서 바로, 시원이의 첫 영성체를 위한 부모교리를 시작하게 되었어요. 부모교리를 받는 동안은 아버님 어머님 생각이 많이 났어요. 시원이와 하원이에게 제가 어떤 엄마인가를 생각하면서, 한편으로 아버님 어머님은 저에게 어떤 부모님이신지를 생각해보는 시간이었어요. 저희가 결혼 후 10년이 넘는 동안, 신앙에 대한 강요 없이 묵묵히 기다려주신 덕분에 저는 제 의지로 세례를 받을 수 있었어요. 아버님 어머님의 그 기다림에 감사드려요. 시원아빠를 통해 아버님 어머님을 만나고, 지금까지 지내온 모든 과정이 저를 사랑하신 하느님께서 계획하신 일이라는 생각이 들어요. 결혼 전에는 할머니를 통해 하느님의 사랑을

느끼게 하셨고, 결혼 후에는 아버님 어머님께서 서로를 아끼시고 저를 아껴주시는 모습을 통해 하느님의 사랑을 보여 주시는 것 같아요.

예전에, 어머님께서 글을 쓰는 것이 꿈이라고 하셨는데, 이 문집이 어머님의 꿈에 다가가는 시작이었으면 좋겠어요. 그리고 국선도 수련으로 건강을 위해 노력하시고, 멋진 색소폰 연주로 저희를 기쁘게 해주시는 아버님, 열정적인 삶의 본보기가 되어 주셔서 고맙습니다.

아버님 어머님, 결혼 40주년을 축하드려요. 사랑합니다.

2015. 11. 25.
시원 엄마 올림

이하원 입학식, 왼쪽부터 이시원 강창덕 오숙방 강유선 이정호 이조일 (2014.3)

누님 같은 큰형수님께

　푸근하고 인품 좋은 큰형수님이 누님 같고, 때론 부모님처럼 느껴질 때가 있습니다. 전에는 이런 생각조차 못 했지만, 부모님이 세상을 떠나시고 나니 어려운 일이 있을 때면 큰형수님이 먼저 떠오릅니다. 아마 '저의 부족한 점을 자식처럼 감싸주시고 이해해 주시는 큰형수님이라서'라고 생각됩니다. 우리 집안은 경제적으로 넉넉하지 않았는데, 며느리를 배려하지도 않았습니다. 큰형수님은 동생이 다섯이나 되는 맏며느리로 시집오셔서 가정 대소사에 늘 크게 베푸셨습니다. 솔직하게 말씀드리면 너무 많은 희생을 하셨습니다. 버려지는 거 하나 없고, 사치품 하나 없이 검소하시면서, 형제들과 부모님에게는 항상 큰손이셨습니다.

　큰형수님이 시집오신 첫날 어려운 시집에서 하룻밤을 보내시고, 가까운 동학사로 여행 떠나시는데 제가 따라 나섰습니다. 고등학교 다니던 저는 겨울 방학 때라 큰형님과 큰형수님을 따라 나섰지만, 지금 생각하면 철이 없어도 너무 심했지요? 그 빛바랜 신혼여행 사진 속의 형수님의 앳된 모습이 제 마음속엔 큰형수님의 영원한 모습입니다. 온 산을 덮은 흰 눈에 무릎까지 푹푹 빠지기도 하면서, 계룡산을 넘어서 갑사로 내려오니 해가 저물었지요. 철이 없다 해도 눈치가 아주 없지는 않았을 텐데, 큰형수님이 싫어하거나 저를 미워하지 않은 것은 확실하지요?

　정호(큰아들)와 정석(작은아들)이가 바르게 장성해서 행복한 가정을 이루며 사는 모습에서도 큰형수님의 가정교육의 큰 힘을 볼 수 있습니다. 정호와 정석이가 어렸을 적에 큰형수님께서는 현관 안에 작은 바구니에 용돈을 넣어 두신다고 하였습니다. 정호와 정석이는 돈이 필요할 때마다 쓸 만큼 가져다가 쓴다고 하였습니다. 그리고 자녀들에게 '왜 늦었니?' 이런 질문을 하지 않으신다는 말씀도 생각납니다. 늦을 만한 상황을 부모님께 말하면 들어주면 되는 거라고 하셨습니다. 자식이 자율적으로 생활하도록 한없이 믿어주시는 큰형수님의 가정교육으로, 자녀들은 부모님을 신뢰하고 존경하며 살게 되니, 큰형님 댁은 정말 화목한 가정의 표본입니다. 존경합니다. 큰형수님!

내년 1월에 나올 책의 원고에서, 큰형수님과 큰형님의 삶의 일부분을 읽고, 참으로 아름다우며 소중하다는 생각을 하였습니다. 삶의 본보기로 여기며 저희들도 많이 느끼고 열심히 살겠습니다. 내년 1월 출간을 함께 기뻐하며, 우리 가족 모두가 자랑스럽게 여깁니다. 진심으로 축하드리며, 부디 건강하시고, 행복한 웃음이 가득 넘치시기를 기도하겠습니다.

2015. 11. 19.
막내 시동생 이조천 드림

동학사에서 이조일 장진순 이조천 (1976)

사랑하는 어머님, 아버님께

어머님과 아버님 결혼 40주년에 책을 내려고 준비 중이라 하셔서 저는 반가운 마음이 제일 컸어요. 어머님, 아버님께서 저희의 생일마다, 기념일마다 빼곡하게 적어 주시던 편지를 저 혼자 보기는 너무 아까웠거든요. 받은 편지를 한동안 회사 다이어리에, 지갑에 넣어 두고 꺼내볼 때마다 느낌이 새롭고 감사한 적이 많았거든요. 저희 아이들에게도 잘 전해주면 좋겠다고 생각했는데 이렇게 좋은 기회가 생겨 정말 기쁘네요. 그리고 그동안 저는 늘 받기만 해 정말 죄송스러웠는데 이렇게 책에 저의 글이 들어가게 되어서 대단히 감사합니다. 어머님과 아버님께서 내시는 책에 어떤 내용을 쓸까 고민하다가, 제가 생각하는 어머님의 모습, 평소 어머님께 본받고 싶은 점들을 적어보기로 했어요.

먼저, 어머님을 아는 분들은 모두 다 인정하겠지만 칭찬의 달인이시지요. 어머님께서 주신 편지들을 다시 읽어보니 얼마나 과분한 칭찬이 많은지요. 어머님은 생활에서도 늘 칭찬을 아끼지 않으셨지요. 과일 하나에도 "작은아기가 오니 이렇게 예쁘게 깎은 과일을 먹네." 하시며 별로 하는 일 없는 저를 칭찬하시며 감사하는 표현을 꼭 하셨지요. 생활 속에서 당연하게 생각하지 않고 늘 감사하시는 어머님 덕에 저는 저절로 칭찬을 받게 되지요. 공짜로 훌륭한 며느리가 될 때가 많아 부끄럽기도 하고, 그에 맞게 더 잘 해야겠다 생각하지만 늘 부족하지요.

무엇보다도 어머님은 감사를 실천하는 분이시지요. 행복은 감사로부터 시작된다고 하는데, 어머님의 감사하는 마음으로 가족 모두의 행복이 더 커지는 거 같아요. 주말에 간단히 식사를 하고 헤어질 때도 어머님께서는 저희들에게 어김없이 "고마워"하고 인사하시지요. 명절이나 제사 때면 늘 미리 꼼꼼히 준비하시는 형님께 죄송하게도, 저는 정말 하는 일 없이 묻어가는 둘째며느리이지요. 한번은 어머님께서 주시는 상금(?)을 받기가 너무 죄송스러워 "어머님, 오늘은 상금 받기가 정말 민망한데요." 하니 "집안 행사에 많은 어른들 모시고 자리 지키는 것도 얼마나 소중하고 어려운 일인데. 고생했어." 하시는 말씀에 정말 송구스러웠던 기억이 나네요. 당연한 일도 고마운 일로 만들어 주시는 어머님이시기에, 제가 어머님의 편지에서는 집안의 활력소가 되고, 수호천사가 되기도 했지요. 쑥스럽고 부끄럽기도 하지만, 이렇게 감사를 실천하시는 어머님 덕에 저도 늘 더 많이 감사하게 되지요.

또 어머님은 간섭 대신 늘 진심으로 배려하시는 모습을 자주 뵈었어요. 생각나는 일은 너무나 많은데, 그 중 하나는 결혼하고 저희 큰아들 재우가 생기기 전 일이었어요. 저희는 비교적 일찍 결혼했지만, 결혼 후 4년 동안 아이 소식이 없었어요. 잘 자라는 시원이, 하원이를 보며 늘 궁금하고 기다리셨을 텐데 그동안 정말 단 한번도 "아이는 언제 낳을 생각이니?"같은, 비슷한 질문도 하신 적이 없었어요. 저도 눈치가 없어 한참이 지난 명절 어느 날, 작은어머님께서 "근데 아이는 언제 낳으려고?" 하

시는 질문에, 표시나지 않게 제 대답을 들으시는 어머님의 모습을 뵈며 "아, 어머님이 얼마나 궁금하셨을까."하는 생각이 들어 지금도 죄송하고, 감사합니다.

또 제가 얼마 전에 본 육아서적에서 감명 깊었던 말 중에 "아이는 부모의 앞모습이 아닌 뒷모습을 보고 배운다."는 말이 있었는데 그 말에 가장 먼저 아버님, 어머님의 모습이 떠올랐어요. 자녀들에게 가르치고 강요하지 않고 늘 기다려 주시던 어머님께서는 지금도 아들이나 며느리들에게 드물게 "이런 건 어떨까?"하고 물으실 때, 어머님의 깊은 속도 모르고 저희들이 부정적인 답을 했을 때라도 "그래도….".라고 말씀하시지 않고 "그렇지."하고 말씀하시지요. 이제 제가 부모가 되니 조언과 걱정도 한 번 더 아끼시는 깊은 마음을 어렴풋이 알 것 같네요.

재우아빠가 대학 졸업하기 전에, 대학원에 진학하면 어떨까 생각하셨다는 말씀을 하신 기억이 나네요. 아들의 장래를 생각해 권유하고 설득하셨을 법 한데도, "대학원 진학은 전혀 고려하지 않나?"라고 딱 한번 물으시고, 아니라는 재우아빠의 답에 "그렇군"하고 다시 말씀을 꺼내지 않으셨다는 일화에 좀 놀라기도 했어요. 재우아빠는 어머님이 내심 그런 생각을 하신 줄도, 그런 말씀을 들은 기억도 없다 하더군요. 어떤 상황에도, 앞서서 걱정을 대신하고 간섭하기보다는 도움이 필요한 순간을 살피고 지켜보시며 아들들을 키우는, 전적으로 아들들을 믿어 주시는 부모님의 마음을 짐작해 보았어요. 저는 어머님처럼 마음을 내려놓고 기다려주는 부모가 될 자신이 아직은 없지만, 아이 일로 고민이 될 때 어머님 아버님을 떠올리는 일이 점점 더 많아지겠지요.

회사에서 저는 자칭, 타칭, 남편 걱정, 시댁 걱정 없는 행운의 워킹맘이에요. 모두 부모님의 덕이라고 진심으로 생각합니다. 늘 가정과 아이들을 먼저 생각하는 가정적인 재우아빠의 모습은 아버님을 꼭 닮았고,

가사 분담에서 평등한 부부의 모습은 부모님을 조금은 닮았나 봐요. 재우와 재승이를 어린이집에 매일 데려다 주시는 아버님과, 말씀드리기도 전에 배려해 주시는 어머님 덕분에 부족함 없이, 걱정 없이 아이들을 키우고 있어요. 그리고 늘 물심양면으로 도와주시고, 마음을 써 주시며, 부모님 다음으로 저희에게 본보기가 되어 주시는 형님, 아주버님께도 언제나 감사한 마음이지요. 재우에게 든든한 형이 되어 주는 시원이 형과, 사랑스러운 우리 집의 천사 하원이 누나에게도요.

어머님과 아버님이 준비하신 원고를 메일로 받아 지하철에서 읽다가, 감동, 감명, 여러 가지 기억에 눈물을 참을 수가 없었어요. 그래서 이번 기회에 늘 감사하고, 한편으로 죄송스러운 마음을 표현하고 싶었지만 제 부족한 글 솜씨로 반도 담지 못한 것 같아 아쉽기만 하네요.

어머님, 아버님, 존경하고 사랑합니다. 고맙습니다. 그리고 꼭 건강하세요.

2015. 12. 1.
작은며느리 올림

부모님께

저 둘째아들 정석이는 16년 전 군대 갔을 때, 집으로 보낼 옷을 포장하며 포장지 안 쪽에 조금이나마 제 소식을 전하고자 급히 편지 쓰고, 군대에서 효심을 자극받아 쓰고, 전역 후 처음 써보는 편지네요. 지금 생각해보면 그 때 편지 쓸 때의 효심이 최고조로 올라갔지요. 전역 후에는 복학해서 취업 준비하면서 저를 불합격시키는 많은 회사들에게 거짓 애사심을 보이기 위해, 효심은 잠시 접어둔 상태에서, 취업 후 결혼하고 애 키우고 살다 보니 어느덧 저도 결혼 11년차가 되었네요.

재우가 성장하는 것을 지켜보며 '과연 부모님께서 저를 키우실 때의 마음이 어떠하였을까?'라는 생각을 많이 했습니다. 또 어떤 경우에는 '아, 이래서 그 때 나에게 부모님이 그렇게 하셨구나.' '아, 자식이 이럴 땐 부모도 어쩔 수 없는 거구나.'라는 생각으로, 아직은 훨씬 더 갈등할 기간이 많을 재우를 보며 부모님 인내심에 대해서 다시 경의를 표하게 됩니다.

가끔 제가 가장으로서 잘 하고 있는지 생각할 때가 있습니다. 아직 어린 두 아들을 키우고 있기에 가장이라고 할 것도 없이 아이들 뒷바라지에 바쁘지만, 얼마 전 새벽에 출근하는 저에게 재우가 현관문 밖에까지 나와서 인사하는 모습에 감동받은 적이 있습니다. 평소 때는 그 시간에 잘 시간인데도 불구하고 뭔가 제 눈치를 보며 졸린 것을 참고 앉아 있다가 제가 문을 열고 나가자마자 바로 쫓아와서 인사를 할 때, 기특하고 고마웠던 적이 있습니다. 재우는 알고 있을까요? 자기 아빠가 어렸을 때 할아버지 할머니가 출근하실 때 한 번도 현관문 밖에까지 나와서 인사해본 기억이 없다는 사실을… 아이를 길러봐야 효자가 된다는 말이 실감나더군요. 저 또한 어린 시절 아버지를 가장으로 대접해드렸던 기억은 전혀 없고, 그 때는 가장이라는 의미도 몰랐었던 것 같습니다. 제가 가장이 되어 책임감을 느끼고 있을 때 비로소 가장의 의미를 알게 되었고, 가장의 의미를 알고 난 후에는 저를 키워주셨던 부모님에게는 그렇게 해드리지 못한 것에 대하여 제 자식을 보며 부끄러워하고 있습니다. 입대하고, 집으로 보낼 옷을 포장하며 포장지 안 쪽에 급히 편지 쓸 때의 효심을 그리워하기도 합니다.

아버지 어머니 결혼 40주년을 미리 축하드리며, 저희들은 부모님을 본보기로 삼아 살고 있으니, 건강하고 행복한 생활을 쭉~ 이어 가시기를 기도합니다.

2015. 12. 5.
둘째 아들 올림

아버지 어머니께

　아버지 어머니께 편지를 써 본 기억이라고는 어렸을 때 어버이날뿐인 듯한데, 이렇게 편지를 쓸 수 있게 되어서 참 다행이라고 생각합니다.

　먼저, 제가 아무 탈 없이 지금까지 잘 지낼 수 있도록 키워주신 점에 감사드립니다. 돌이켜보면 저는 참 어려움 없이 자랄 수 있었던 것 같습니다. 어려움 없이 지내는 게 얼마나 어려운 건지 요즘 다시 느끼게 되는데요, 제가 어려움을 느끼지 않고 자랄 수 있도록 아버지 어머니께서 그동안 얼마나 힘드셨는지, 이 문집의 원고를 읽고 다시 깨닫게 되었습니다.

　아버지 어머니께서는 힘들게 저를 키워주셨지만, 정작 제가 성인이 된 후에는 아버지 어머니의 마음을 헤아리기보다는 저 편한 대로 지내 왔던 적이 훨씬 더 많았던 것 같습니다. 컸다고 버릇없이 구는 저를 보실 때마다 매번 마음 아프셨을 것 같습니다. 제 버릇없는 말과 멋대로 했던 행동들에 대해 이 자리를 통해 용서를 구합니다.

　아버지 어머니는 언제나 저에게 튼튼한 지붕이었습니다. 제가 한 번도 표현한 적은 없지만, 제가 성인이 된 후 지금까지도 여전히 아버지 어머니는 제 마음속의 든든한 기둥이시기도 합니다. 제가 시원이 또래일 때의 기억이 아직도 생생한데, 내년이면 저는 벌써 마흔입니다. 아버지 어머니께서 겪으셨던 시련이 제게 닥쳐오면 과연 제가 아버지 어머니처럼 그 시련을 잘 견디낼 수 있을까, 그 시련을 견디면서 시원이 하원이를 잘 키울 수 있을까, 아직 저는 자신이 없습니다.

요즘 저는 아버지 어머니께 의지하고 싶은 마음이 다시 점점 커집니다. 자식을 키워봐야 부모된 마음을 알 수 있다는 옛말이 딱 맞는 것 같습니다. 그러나 아직 제가 아버지 어머니의 마음을 다 알 수 있다고는 생각하지 않습니다. 그러니, 부디, 제가 아버지 어머니의 마음을 더 깊이 알 수 있을 때까지, 더 오랫동안 건강하게 제 마음의 기둥이 되어 주셨으면 좋겠습니다. 이제부터는 제가 아버지 어머니의 지붕이 되어 드리고 싶습니다.

3년 전 어버이날에 아버지 어머니를 모시고 제주도 갔을 때의 추억을 잊을 수가 없습니다. 그때 매년 한번 이상은 여행을 같이 가겠다고 마음 먹었습니다. 벌써 12월인데, 올해는 그 다짐을 실천하지 못했습니다. 내년부터는 그 다짐을 꼭 실천하고 싶습니다. 그렇게 매년 아버지 어머니와 함께 어린 시절로 돌아가서 행복한 시간을 만들고 싶습니다.

아버지 어머니 결혼 40주년을 축하드립니다. 그리고 아버지와 어머니의 건강과 행복만을 바랍니다. 아버지, 사랑합니다. 어머니, 사랑합니다.

2015. 12. 7.

큰아들 정호 올림

할아버지, 할머니께

할아버지, 할머니, 안녕하셨어요? 어느덧 2015년도 저물어가니, 새해를 맞이하며 계획했던 긍정적인 의욕도 차츰 희미해지는데, 가족이 큰힘이 된다는 것을 새삼 느끼게 됩니다.

올해 참 많은 일이 있었네요. 대치동 가족 모두의 생일, 하원이와 저의 성당활동, 할아버지의 국선도 활동과 색소폰 연주, 재우네 이사… 그러나 언제나 가장 중요했던 것은 만남이 아니었나 싶습니다. 하느님께서 가족을 사랑하고 형제자매를 용서하라 하셨듯이, 우리 가족이 자주만나고 서로에게 힘이 되는 것은 천주교 신자로서 아주 좋은 일인 것 같아요.

공자는 '배우고 때때로 익히면 또한 기쁘지 아니한가?'라는 말을 남겼습니다. 이 말이 우리 가족에게는 '만나고 때때로 웃으면 또한 기쁘지 아니한가?'라는 식으로 적용이 될 것 같네요. 주말에 짧은 시간이라도 서로 만나서 웃고 모두에게 힘이 되어주는 것이 일주일을 힘겹게 살아가는 우리에게 큰 활력소가 되었다는 생각이 듭니다.

저 또한 동생들과 함께 놀아주다 보면 평소에 잊고 있던 소중한 것을 깨닫게 된답니다. 저는 동생(사촌동생과 친동생)들과 놀 때에는 초등학생이지만, 할아버지 할머니 앞에서는 저절로 어른스러워집니다. 작은아빠는 "시원아, 너 초등학생 맞아?" 하면서 어린이인지 어른인지 구별하기 어렵다고 하였지요. 작은아빠는 제가 때때로 어른처럼 생각하고 말할 때가 있다고 했지요.

내년에는 제가 6학년이 되고, 아빠가 40세가 되네요. 2016년에는 가족과 함께 더 희망차고 밝은 은총의 삶이 되기를 기원합니다. 할아버지, 할머니, 오래오래 건강하세요!

길지만 가족과 함께하기에는 너무나도 짧았던 2015년의, 12월 21일
할아버지, 할머니를 사랑하는 손자 이시원 올림

대치동성당 사크라멘토미노라 소년소녀 합창단
대치동성당 설립 35주년 기념 음악회, 맨 왼쪽 이시원 (2014.10)

놀라움과 감동...

　처음 접해 보는 '가족 친지 편지 글 모음' 출간을 축하드립니다. 1차 교정본을 밤새워 읽고 그간 몰랐던 사실에 놀라고 감동했습니다. 한마디로 편지는 왜 쓰나, 이렇게 쓰고, 이렇게 답한다는 전형을 보여 주는 문집이라는 생각이 듭니다.

　시집 간 딸이 간간히 들려주는 '시댁 칭송'이 사실임을 알았습니다. 매사를 긍정, 베풂, 믿음으로 사시는 사돈 내외분의 의지와 삶의 향기를 다시 접했습니다. 가톨릭 신앙심과 이웃 사랑의 깊이가 헤아릴 수 없음을 보았습니다. 딸이 신혼 때 어떻게 지내고 시댁 어른들과 동기들 간의 관계가 잘 형성되었는지는 딸 가진 부모들의 관심사가 아닐 수 없었습니다. 그 궁금한 점을 시부모님의 편지 글귀로 미루어 짐작하고 안도하고 고마워하던 기억이 생생합니다.

　사돈 내외분께서는 서로 존경과 사랑을 적나라하게 편지로 소통하셨습니다. 늘 올곧은 삶을 사시려고 애쓰시는 대목을 많이 발견했습니다. 투병하시며 역경 속에서도 긍정의 삶을 일궈내셨습니다. 잘 죽기 위해 잘 살아야겠다는 구절도 있습니다. '유통기한 없는 상비약'이라는 '사랑'을 실천하고 전파하셨습니다. 제 사위가 아들 찾으러 아파트 14층을 초인적인 속도로 뛰어 갔다고 쓰셨습니다. 문집 곳곳에서 제 외동딸을 칭찬하고 애틋한 사랑으로 보듬어 주셨습니다. 사위, 딸, 시원, 하원이가 나오는 대목에서 저희 부부는 눈물을 흘렸습니다. 동시대의 동년배가 공감할 수 있는 숨결이 면면히 배어 있습니다.

제가 좋아하는 시구가 있습니다.

"대추가 저절로 붉어 질리는 없다. 저 안에 태풍 몇 개, 천둥 몇 개, 벼락 몇 개…."

그렇습니다. 사돈 내외분의 발자취에는 인고의 세월이 얼마나 길었겠습니까. 사랑이 있음으로 해서 삶이 아름답고 살만한 가치가 있다는 평범한 사실을 "혼인 40년" 동안 실천하셨습니다.

딸이 결혼하기 전까지는 사돈어른이 술도 안하시고 저희들과 취미도 달라 어울리기 어려운 사돈을 만났다고 생각했습니다. 하지만 저희들 생각은 딸의 결혼 후에 완전히 바뀌었습니다. 부족한 딸을 잘 거두어 주시는 어른을 넘어서, 가정에서 학교에서 성당에서 들려오는 소식은 평범함을 뛰어 넘은, 이 시대의 사표이자 모범 그 자체라는 평판이었습니다.

안사돈과 상주 청리중학교 동창이자 제 회사 후배인 진영태씨가 한 말이 생각납니다. "장 선생도 대단한 동창이지만 그 부군 되시는 이 선생은 큰 키만큼이나 인품이 좋으신 분이셔요." 이 말은 딸의 입을 통해서도 사위의 됨됨이를 봐서도 알 수 있었고 곧 이어 "존경스러운 사돈"으로 바뀌었음을 고백합니다.

그 뒤 시간이 갈수록 딸이 시댁 어른들로부터 존중 받고 사랑받는데 뭐라 더 할 말이 있겠습니까? 한 마디로 남편 잘 만나고 훌륭한 시부모님 모시게 된 것이지요.

편지마다 덧붙여진 장 선생님의 멘트들…. 잔잔한 울림과 삶의 지혜가 묻어나며 진솔한 인품이 엿보입니다. 사돈 내외분께서는 운명적으로 만나시고 40년을 이토록 아름답게 함께 하셨으니 여생도 멋지게 동행하시리라 믿습니다.

스산한 연말에 참 살맛나는 편지글을 읽고 저희 부부는 마음도 영혼도 맑아짐을 느낍니다. 디지털 시대에 아날로그식 접근이 얼마나 호소력 있는가도 보여 줍니다.

모든 이들에게 의미 있고 고맙게 읽힐 "편지글 모음" 책자임을 확신합니다.

이 세상에 둘도 없는 편지들, 한데 모아 출간 하심을 거듭 감축드립니다.

2015. 12. 30.
시원 · 하원이 외조부모

사돈 내외분께

사돈 내외분의 결혼 40주년을 축하드립니다. 아울러 사돈 내외분과 가족의 이야기가 담긴 아름다운 책을 출간하게 되심도 축하드립니다.

딸이 사돈댁의 작은 며느리가 되어 사돈을 맺게 됨으로 인연이 되어 벌써 10년이 흘렀네요. 딸이 결혼하고 저는 손자들을 키우며 정신없이 보낸 시간을 돌이켜 보니, 사부인과의 첫 만남이 떠오릅니다. 첫 만남은 상견례 자리였는데, 큰딸의 결혼을 앞두고 부담이 컸던 저에게 하신 사돈의 말씀이 지금도 기억나네요. '살아가면서 냄비가 필요하면 냄비 하나 사고, 수저가 부족하면 수저 하나 더 사게 하면 된다.'고 하시며 "살림살이 준비는 아이들에게 맡기고, 우리는 예식장에서 뵙지요." 하시는 말씀에 "예, 그렇게 하지요." 하면서도 '그래도 되나?' 하는 생각이 들었지요.

상견례 이후 남들과는 다른 결혼으로 예단도 혼수도 하지 않고 딸을 결혼시킬 때까지, 처음 딸을 결혼시키는 신부 편에서는 마음이 편치만은 않아 걱정과 염려가 컸습니다. 하지만 허례허식이나 불필요한 과정 없이 본인들의 의지로 결혼식까지 차근차근 진행해 가고, 결혼 후 부부가 잘 살고 있는 모습을 보며 두고두고 참으로 좋은 결혼식이었다는 생각을 하게 되었습니다. 그리고 앞으로 저희 아들도 이러한 방식으로 결혼의 참된 의미에 걸맞은 결혼식을 해야겠다는 생각이 들었습니다.

딸이 결혼 후 자주 뵙지는 못하지만 딸을 통해 사부인의 말씀을 전해 들을 때마다, 이론으로는 알고 있지만 실천하기는 어려운 일들을 삶으로 보여주시는 모습에 깊은 감명을 받았습니다. 사부인께서 큰 수술을 받아 병원에 계실 때 뵙고 나누었던 말씀이 생각나네요. 아이가 언덕을 뛰어 내려가면 그냥 두고 지켜본다 하시며, 그 아이도 넘어져 아파 봐야 다시는 언덕길을 뛰지 않든지, 뛰는 속도를 조절하게 될 것이라는 말씀에 감탄한 적이 있습니다. 저 같으면 아이 뒤에서 뛰지 말라고, 넘어지면 다친다고 고함을 칠 텐데 말입니다. 이렇게 양육할 때 아이도 스스로 깨닫고, 하지 말아야 할 일이 무엇이며 어떻게 하는 것이 좋을지 스스로 알게 되겠지요. 반듯하면서도 남을 배려할 줄 아는 사위의 모습을 보며 사돈내외분께서 그렇게 키우셨으리라 짐작이 가네요. 그 덕분에 제가 이렇게 훌륭한 사위를 얻게 되었으니 감사할 따름입니다.

제가 사부인에게서 받은 '편지 선물'은 서로를 존중하며, 아름다운 관계를 지속시켜 주었습니다. 딸과 사위와 손자가 받은 편지 이야기를 듣고, '믿고 존중하고 기다려 주는' 사돈 내외분의 사랑이 표현되었음을 알았습니다. 결혼 제사 등 우리들의 삶과 직면한 갖가지 문제들을 사랑으로 풀어 가며 사는 모습을 딸을 통해 볼 수 있었습니다.

훌륭하신 사돈과 좋은 인연을 맺고, 계속 좋은 관계가 이어질 수 있도록 해 주신 주님께 감사드립니다. 사돈내외분이 행복하게 사시는 모습에 감동 받으며, 지금처럼 행복한 여생이 이어지기를 기원합니다. 또한 모든 가족의 삶에 하나님의 은혜가 있기를 간구합니다. 늘 건강하시고 행복하세요.

2015. 12. 31.

둘째사돈 정석분 올림

큰아들 가족과 함께 제주도 여행 (2012)

제주도에서 승마체험 (2012)

6남매 제천 가족모임을 마치고 (2015)

대명중학교 학생수련 인솔교사와 장진순, 앞줄 오른쪽에서부터 두번째 (2003)

2

학
교
생
활

정동에서 개포동으로 이전한 경기여자 고등학교 이전 기념비 앞 이조일 (1988)

첫 번째 제자 형진에게

벚꽃이 눈보라처럼 바람에 날려 하롱하롱 떨어질 때, 아름다움을 자랑하는 순간을, 청춘의 격정과 비교한 시인이 있었지요. 가뭄 끝에 단비가 꽃비와 함께 내려 제자들과 만나는 날에 축복을 받는다는 생각에 더없이 행복했었지요.

훌륭하게 장성한 제자들을 보며 감격하고, 미안하기도 하고, 고맙기도 하고, 만 가지 느낌이 교차되는 동안에도 최교수가 분위기를 잘 이끌어가서 아주 즐거운 시간이 되었지요. 너무 감격해서 나 혼자 눈물만 흘리면 어떻게 하나 내심 걱정이 컸었거든요.

최교수가 딱지치기 할 어린 시절부터 대단히 열정적으로 놀이에 몰두했었다고 했지요. 중학교에 와서도 열정적으로 공부를 하더니, 힘든 공학 박사 과정을 잘 마치고, 능력 있는 교수가 되어 학생들과 열정적으로 연구하는 모습이 눈앞에 보이는 듯하네요. 군대 생활이나 유학생활도, 아프리카 같은 곳에 학회 갔을 때도, 삶의 중심이 어디에 있어야 하는가를 확실하게 했다니 얼마나 자랑스러운지요.

20대 초반에 처음으로 교단에 선 나는 참으로 부끄러운 모습이었겠지요. 그런데도 나의 단점까지 기억해 주고 사랑해 주어 고마울 뿐이지요. 전 세계에 수많은 사람들과 친분을 유지해야 하고, 직접 도움을 받거나 주어야 하는 바쁜 일정에서, 나를 만나기 위해 시간을 내고 정성을 기울인 제자들이 한없이 자랑스러워요. 스승을 생각하고, 죽마고우와 아름다운 우정을 유지하며, 훌륭한 가장으로, 모범적인 시민으로, 능력 있는 교수로, 어느 한 곳도 모자람이 없는 제자를 대하니, 마냥 기쁘기만 했지요. 다음에 사모님(제자 부인에 대한 지칭이 적절한지?)을 모시고 나오면 내가 맛있는 밥을 산다고 했을 때, 그러시면 뵈러 올 수 없다고 하니 내가 대접만 받아야 하나 생각했지요. 제자들이 좋다면 나도 좋은 일이지만, 스승에게 대접받는 제자들의 모습을 사모님께 보이고 싶네요. '우리 남편이 많은 사람들에게 대우받지만, 40년 전 스승에게 훌륭한 제자로 대우받는 모습'도 아내에게는 자랑스럽고 기쁜 일이 되겠지요. 하긴 최교수의 오늘이 있기까지 사모님의 공로가 대단히 컸을 테지만요.

제자들과의 만남을 오랫동안 생각하면서 나의 하루하루가 기쁨과 보람의 연속이 되겠어요.

최교수의 건강과 행복을 기원하면서 거듭 고마운 마음 전하고 싶어 몇 자 적었어요.

2009. 4. 17.
장진순

'교사'하면 상대어가 '학생'이 떠오르지만 교사가 학생만 생각할 수는 없습니다. 비교적 70년대까지는 '학생을 위한 교사', 또는 '교사의 영향을 많이 받는 학생들'이 가능했습니다. 차츰 교사의 관심이 학생뿐만 아니라, 교사 상호간의 권익 문제, 학부모와의 관계, 상급 기관과의 문제가 생기기도 하였습니다. '교사는 많지만, 스승은 적다' 또 '학생은 많지만, 제자는 적다'는 말이 교사를 반성하게 하지만, 학생 지도에만 집중할 수 없는 세태를 반영하기도 합니다.

저의 초임 교사 시절에는 학생은 존경하는 교사를 따르고, 교사는 학생을 사랑으로 지도하는 관계가 비교적 원만하였습니다.

김포중학교 3-2반 학생과 장진순 (1971)

존경하옵는 선생님께

안녕하세요.

무엇보다도 먼저 아름답고 소중한 편지를 보내주셔서 정말 감사드립니다.

제가 늘 우리글의 접두사 내지는 단어로 '첫--', '처음--' 그리고 '참--'을 아주 좋아하는데, 저희들이 선생님의 '첫 제자'로 불리는 것에 감사드립니다.

더욱이 그냥 '형진'이라고 옛날 학생 때의 이름으로 불러 주시는 것도 감사드리고요. (저 역시 저의 대학원 제자들, 그 중에는 박사도 여럿 있는데, 사석에서는 '이름'을 불러주는 것을 더 좋아합니다.)

선생님의 편지를 한 구절 한 구절 음미하면서 마치 그 옛날 국어시간으로 돌아간 느낌이었습니다.

그동안 여러 가지 꽉 찬 일정으로 뵙지 못하다 2년 만에 다시 뵈어도 더 젊어지신 듯 해 기뻤습니다. 더욱이 선생님의 말씀을 더 많이 들었어야 했는데도, 제가 너무 말이 많았나 하는 자괴심도 들었지만, 너그럽게 이해하여 주셔서 감사드립니다.

바로 답장을 드렸어야 했는데, 내일 모레 월요일(20일) 새벽같이 프랑스 파리에서 북서로 한 시간 거리에 있는 노르망디 지방의 루앙(Rouen)이라는 도시에서 개최되는 국제학회에서 초청강연을 하게 되어있습니다. 그러다 보니 발표 준비 및 논문 작성으로 분주하였습니다. 일주일 간 다녀와서는 바로 국내 학회에서 또 특강을 해야 하고, 다시 5월 3일 에는 미국 캘리포니아의 주도(State Capital)인 새크라멘토(Sacramento)에 서 개최되는 학회에 가서 논문을 또 발표해야 하구요. 서로 다른 주제들 로 발표를 연속적으로 하다 보니 조금은 준비에 신경이 쓰입니다.

이제는 어느 정도 마무리가 되어, 오늘 오후에는 저희 학교 근처의 '문 학산'에도 잠시 다녀왔습니다. 높지 않고, 아담하면서도 예쁘고, 제가 아 주 좋아하는 등산로 겸 산책로가 있어, 머리 식힐 겸 또 건강을 생각해 서 종종 가는 곳입니다. 선생님께서도 오늘 강화도 다녀오신다고 하시 지 않으셨는지요? 잘 다녀오셨겠지요.

문학산과 학교 교정에서는 개나리, 목련, 산수유, 매화 등이 자리를 미리 내주자, 벚꽃, 진달래, 제비꽃, 돌단풍, 조팝나무 등이 제 자랑을 하 고, 이제는 라일락, 철쭉, 영산홍 등이 얼굴을 내밀고 있습니다. 김포에 서만큼 할미꽃을 구경할 수는 없었고요. 전에는 꽃들도 어느 정도 순서 를 지켜 얼굴들을 보였는데, 요즈음은 온난화 영향인지 한꺼번에 피는 것들을 좋아하는 것 같습니다. 그래도 '화무십일홍', 꽃도 예쁘지만, 며 칠 전에 약간의 비로 초록으로 활짝 피어나는 신록이 산을 더 아름답게 합니다. 그리고 그 신록은 꽤 오랫동안 그 푸르름을 유지할 것이고요.

마치 막 신록의 잎처럼 푸르름이 피어나던 '중 3학년' 저희들의 모습 을 떠 올려 보았습니다. 이처럼 신록이 무르익어 갈 때면, 김포 고향에 서는 한낮에는 장릉산 기슭을 붉게 물들인 진달래에 눈을 물들이고, 그 런 봄밤이 깊어갈 때면 뒷산에서는 '소쩍새'의 울음이 들리곤 했는데요. 그리고 그럴 때 김소월의 '첫치마'란 시와 그 시에 김형주 곡의 가곡, 또 같은 채동선 곡에 서로 다른 세 시인의 가사에 의한 즉 박화목의 시 '망 향', 정지용의 시 '고향', 이은상의 시 '그리워' 등이 아주 잘 어울렸었습니다. 지금도 이런 곡들을 들으면 이 때쯤의 김포가 그리워집니다. 가까워도 자주는 못가지만….

다시금 선생님께 감사드립니다. 뵈온 것만으로도 기뻤는데 또 귀한 선물을 준비해 주신 것 한 번 더 진심으로 감사드립니다.

잠시나마 사부님을 뵈어서 기뻤습니다. 같이 저희를 배웅해 주시던 두 분의 모습 또한 정말 아름다웠습니다. 저희들이 다들 아직은 각자의 위치에서 더 노력을 해야 할 때여서, 같이 자주는 뵙지 못하더라도 너그러이 이해하여 주시겠지만, 그래도 틈나면 뵙도록 애쓰겠습니다. 그리고 기회가 되면 집사람과도 같이 뵙도록 해보겠습니다.

늘 건강하시고, 모든 일에 기쁨이 가득하시길 기원하며, 오늘은 여기서 줄이겠습니다.

안녕히 계십시오.

2009. 4. 19.
제자 최형진 드림

김포중학교 학생 시절 (1971)

최형진
인하대학교 고분자공학과 교수, 서울대학교 공업화학과 공학사,
미국 카네기멜런(Carnegie Mellon) 대학교 화학공학과 공학박사.

　사회적으로 잘 성장한 대기업 임원, 공무원, 교수들이 된 제자를 만나고 또 편지를 받으니 만감이 교차하였습니다. 훌륭한 제자를 만난 행복감, 고마움이 무엇보다도 컸습니다. 연구하고, 강의하고, 학회에 참석하고, 학생들 상담하고, 가족 모임, 친목 모임 등 어느 하나도 소홀하게 할 수 없는 교수의 하루 24시간, 주 7일의 일정 가운데, 옛 스승 만나기 위해 친구들과 연락하고, 약속 장소 예약하고, 선물 준비하는 등 아름답고 감동적인 모습으로 가슴이 꽉 찼습니다. 제자들이 주선해서 이루어진 만남에 대한 답례 차원이라 하더라도, 인생에서 한창 바쁜 시기인데 스승이라고 내가 만나자고 제의하기엔 조심스럽습니다. 편지하기에도 부담을 줄까 걱정이 됩니다.

　남편의 편지 외에 이렇게 긴 편지를 받아보는 일은 드문 일이었습니다. 남편과 함께 읽으며 고마움의 눈물을 흘렸습니다.

김포중학교 (1971년 3학년 2반)

253

문집 출간을 축하드립니다

장진순 선생님과 이조일 선생님의 결혼 40주년 문집 출간을 축하드립니다. 생각해보면 두 분 선생님과 저의 인연은 참 소중하다는 생각이 드네요.

면목중학교에서 같이 근무하며 한 솥 밥을 먹었고, 장선생님 큰아들 정호와 우리 아들 효석이가 같은 해에 같은 대학에 합격하여 더 친밀감이 생겼지요. 당시 태릉고등학교 근무하시던 이조일 선생님이, 우리의 리더가 되어 청계산, 관악산, 유명산 등으로 자주 등산을 갔지요. 면목중학교 근무 후부터 '로터리 모임'이라는 이름으로 시작했다가 이제 8명이 남아 20년 가까이 매월 얼굴을 대하니 보통 인연이 아니지요? 모두 퇴임한 후 매달 만나서, 맛있는 점심 먹고, 좋은 영화 보고, 차 마시며 사는 재미가 쏠쏠하지요. 봄가을에는 국내 좋은 관광지 유람도 하고요.

이선생님은 퇴임 후에도 학교에 나가시며 열정적으로 학생생활지도 봉사도 해 주셨지요. 지금까지도 동네와 성당에서 국선도 수련 자원봉사, 병원에서 호스피스·완화의료 자원봉사, 성당에서 여러 가지 봉사 활동, 취미 생활로 색소폰을 연주하시는 모습이 존경스럽지요. 장선생님과 함께 가톨릭대학교 간호대학에서 호스피스 봉사도 하신다니 부럽기도 하지요.

이번에 결혼 40주년을 맞이하여 책을 내신다니 어찌나 기쁜지요. 두 분의 주옥같은 글이 기대되네요.

 이 세상에 왔다가 어떤 흔적이라도 남기고 싶은 것은 우리 모두의 바람이 아닐까요? 가장 큰 흔적은 자식이란 생각이 드네요. 나의 유전자를 50% 가지고 있으니까요. 다음이 나의 작품인데 미술 작품도 있고 음악도 있지만, 글도 그에 못지않게 좋은 방법인 듯싶습니다.

 내가 세상을 떠난 후에도, 내 글은 남아 내 아이들과 내 손자를 대할 수 있다는 생각을 하면 기쁘기 그지없지요. 내 아버지 어머니, 할아버지 할머니가 남긴 글을 본다면 얼마나 애틋하고 친밀감이 우러나겠어요? 아하, 할아버지와 할머니가 이런 생각을 하고, 이런 생활을 하셨구나 하며 감회에 젖을 것 같아요.

 결혼 40주년을 맞이하여 부부가 함께 활발하게 생활하기도 쉽지 않지요. 거기다가 한 인생의 큰 획을 긋는 시점에서 자신을 뒤돌아보며 한 번 정리하고 가는 것도 참 보람 있는 일인 듯싶네요. 앞으로도 결혼 50주년 60주년까지 부부 문집이 나오기를 기대하며 축하의 말씀을 드립니다. 축하합니다. 건강하고, 행복하세요.

2015. 11. 12.

아! 네모네~ 이현숙

이현숙 선생님의 호는 '아! 네모네~'입니다. 예쁜 꽃 이름 '아네모네'가 아니고, 얼굴이 네모꼴을 이루었다고, 면목중학교 학생들이 붙여준 별명입니다.

이현숙 선생님은 32년간 중학교 교사로 근무하다가 2004년 명예퇴임한 후 산행과 여행 재미로 지냅니다. 2007년 한국수필로 등단하였고, 미래수필문학회 회장을 역임하였습니다. 현재 한국수필가 협회, 미래수필문학회 회원으로 활동 중입니다. 수필집으로 '혼자서 해 본 소리(2009년)', 공저로는 '담장을 허무는 사람들', '오래된 정원으로 가는 길', '내안의 숨은 끼를 찾아서', '길 위에서 눈을 뜨다' 등이 있습니다.

공립(사립보다 교육비 저렴) 경기여고와, 등록금 없는 국립 서울대 사대를 선택의 여지없이 졸업할 수밖에 없었다는 이선생님의 사연은, 딸에게 교육비를 쓰지 않으려는 부모님 덕분이었다고 합니다.

학생들은 별명 부르기를 좋아합니다. 면목중학교 S교장 선생님은 교내 순시를 중요하게 생각하셨습니다. 아침 일과 전, 수업 중, 점심시간, 쉬는 시간, 방과 후, 퇴근 전 등 수시로 순시를 하며 학생들과 만나기도 하고, 시설의 안전도 직접 점검하셨습니다. 학생들이 붙인 별명은 24시간 돌아다니신다고 '이사도라'였습니다. P교감 선생님도 순시를 중요하게 여겼습니다. 학생들은 '따라도라'라고 불렀습니다. K행정실장도 열심히 순시를 하였습니다. 학생 생활과 직접 연관이 적은 행정실장은 학생들이 보기에는 '괜히 돌아'로 보였습니다. '쓰리도라'가 계속 도는 동안 학교는 행복의 터전이 되었습니다. 인격 수련, 체력 단련, 지성 함양도 안전이 받쳐 줄 때 그 목표를 더 잘 이룰 수가 있었습니다.

면목중학교 3학년 10반에서는 선생님들에 대한 인기투표를 한 적이 있었습니다. 인기투표 1위에 제가 뽑혀서 저를 '인기 짱 선생님'이라며 '짱샘'이라고 불렀습니다.

저는 3월 첫 수업시간에 발표를 시키고, 학생들에게 '최고 수준'이라고 칭찬해 주었습니다. 대명중학교 학생들은 저를 '최고 수준'이라고 불렀습니다. 학생들은 은연중에 선생님들 흉내를 냅니다. 거울을 보고 자기 모습을 보듯이, 학생들을 통해서 나를 봅니다. 편지에서도 "최고 수준 선생님 안녕하세요?"로 시작하곤 하였습니다. 이 학교 저 학교에서 학생들에게 여러 가지 별명을 듣게 되었습니다. 모두가 소중한 이름이고, 사랑과 활력을 받았던 추억입니다.

어린이대공원에서, 이현숙 장진순 (2005. 4. 21)

나의 스승 장진순 선생님!

불러보고 싶고 또 보고 싶던 장진순 선생님!

빠른 세월 속에 속절없이 38년이라는 세월이 흘렀습니다.

주변의 환경과 강산이 너무 많이 변했습니다. 그렇지만 선생님에 대한 끝없는 사랑, 그것은 누구도 막을 수가 없습니다. 지금까지 앞만 보며 달려 왔더니 38년 만에 이제야 선생님을 뵙게 되었습니다.

학창 시절 선생님께 잘못을 저지른 저의 모습, 그것이 선생님에 대한 더욱 큰 그리움으로 승화되었던 것 같습니다.

초임으로 부임하신 선생님께 너무 많은 심려를 끼쳐서 죄송스럽고, 무릎 꿇고 사과드려야 하오나, 지금까지 저의 멍에로 남아 있었습니다. 선생님을 한시도 잊은 적이 없으며 마음에 담아 생각하고, 때로는 경주 수학여행 때 빛바랜 사진을 보면서 뒤안길을 잠시 생각해보기도 하였습니다.

강남의 한 울타리 안에서, 만나도 그냥 스쳐 지나가는 나그네에 불과했던 것 같습니다. 김포중학교 학창 시절 당시 저에 대해서는 이해보다는 속상하고 미운 감정이 많았으리라고 생각이 됩니다. "세월이 약이겠지요"라는 노래 가사처럼, 오랜 세월 속에 파묻혀 이해의 차원에서 이제는 이해와 용서하는 마음으로 저를 대해 주셔서 감사합니다. 선생님, 이제야 선생님께 지면을 통해 용서를 빌겠습니다.

선생님을 38년 만에 뵙지만 그 당시 아름다움을 간직한 그대로의 모습에 매우 기뻤습니다. 스스로 끊임없는 祈禱와 믿음의 생활에서 젖어 나오는 면도 있겠으나, 그 뒤 배경에는 아껴주고 많은 사랑을 베풀어 주는 夫君으로 가능하다고 생각되었습니다.

夫君은 키가 훤칠하고 잘생겼다는 생각을 했으며 '결혼을 잘 하셨구나. 행복한 생활을 하시는구나. 그러하기 때문에 부부동반에 대한 자신감으로, 스승이 제자에게 베풀 수 있는 즐거움을 찾고자 하시는구나.' 생각하며 선생님의 마음을 미처 헤아리지 못해 죄송한 생각이 들었습니다. 친구들과 상의하여 부부동반에 대한 선생님의 뜻 전달하고 실현되도록 하겠습니다.

교직으로 일생을 살아온 선생님은 제자들을 많이 배출시켜 저에 대한 기억은 매우 희박하시리라 생각했으나, 과거의 저를 잊지 않고 모두 기억하심에 희비가 엇갈렸습니다.

과거를 돌이키며 얼굴이 붉어지는 선생님의 모습을 보며 제자에 대한 진정한 사랑이 배어 있음을 알 수 있었습니다. 이러한 훌륭한 스승을 마음속에 간직하고 있어 저에게는 큰 영광이며, 우리 김포중학교 제자들에게는 아름다운 행운입니다.

손뼉은 마주쳐야 소리를 내는 법, 앞으로의 남은 인생에 짧지만 스승과 제자와의 관계가 원활히 잘 이루어지는데 조역 역할을 해나가도록 하겠습니다.

선생님은 많은 환경의 변화 속에서도 흔들림 없이 '겸손한 마음' '소박한 마음' 등 저희에게 좋은 기억들을 그대로 간직하고 계십니다. 이는 선생님이 中庸의 도를 존중하며 제자들에게 실현하고 있었기 때문에 가능한 것입니다. 오늘의 영광을 주신 하나님과 선생님께 다시 한 번 머리 숙여 감사 인사를 올립니다.

선생님이 제자들에게 꿈을 이루기를 바라듯이, 제자들도 선생님이 꿈을 이루시기를 희망합니다. 제자가 보는 선생님의 꿈은 이루어졌다고 생각됩니다.

1. 자식⇔ 부모에 대한 사랑
2. 남편⇔ 아내에 대한 사랑
3. 스승으로서 제자에 대한 사랑

세 가지가 실현되기 위해서는, 선생님의 겸손한 마음속에서, 굳건한 신앙심과 끊임없는 기도와, 평화와 기쁨을 추구하며, 하나님의 축복의 결과라고 생각합니다. 제자들이 이렇게 축복받은 선생님을 만나니 이보다 더 큰 영광은 어디에도 없을 것입니다.

※ 참고 말씀
제주도 세미나 갔다가 답장이 늦었습니다. 죄송합니다.
선생님의 정성이 담겨있는 선물 잘 받았습니다.
이 선물은 스승님 특유의 깊은 뜻의 향수가 배어 있습니다.
이 향수의 향기는 꿈을 실현하는 마음으로, 종착역이 아니라 출발하라는 신호탄으로 생각하고, 앞으로 할 일이 많은 사회에 공헌하는 제자가 되도록 하겠습니다.

꽃향기 날리는 요즘 선생님 건강하시길 빌며 다시 연락드리겠습니다.

2009. 4. 19. (4.19혁명 기념일)
김포중학교 제자 강진권 拜上

※ (주) : 祈禱(기도), 夫君(부군), 中庸(중용), 拜上(배상)
지면 관계상 원문을 그대로 싣지 못하였습니다. 학력과 연령의 폭이 넓은 이 책의 독자를 배려하겠다고 양해를 구하였습니다. 원문에는 논어와 성경과 앙드레말로의 인용문에 (주)를 붙였습니다.

김포중학교 학생 시절 (1971)

강진권

건국대학교 경제학 교수
학사2 (연세대학교 경제학, 법학), 석사1 (연세대학교 경제학), 박사1 (건국대학교 경제학)
CEO, MBA (16년 대학생활에서 학생지도와 연구에 유익한 지식기반을 확보)

  어린 그 시절 좀 더 살갑게 다가서고, 따뜻한 마음으로 감싸주지 못한 미안함, 그리고 내 불완전한 판단으로 상처 받았을 수많은 학생들의 가슴, 이제 소식마저 끊어진 학생에 대한 마음의 빚… 내가 용서를 비는 자리를 마련하고 싶습니다. 고향을 지키며 장년이 된 모습, 객지에서 고생하며 행복을 이루는 모습… 많은 친구들의 안부를 전해 줘서 고맙기도 하였습니다. 싸우고 울고 다치고, 가족이나 남에게 상처를 주고받고, 서로 사랑과 희망을 나누고… 많은 과정을 겪으며, 성장하는 삶인 줄 알고 있습니다. 자신에 대해 나쁜 기억이 선생님에게 남아 있을 것을 걱정했다면 전적으로 선생님의 잘못입니다. 알에서 애벌레, 번데기, 나비로, 눈에 보이는 곤충의 과정이, 사람은 눈에 보이지 않는 정신 세계에서 일어나고 있습니다. 화려한 날갯짓을 보이는 나비에게 알과 애벌레와 번데기 시절은 필수 과정임을 잘 압니다. 어느 한 단계에서 평균치에서 이탈했다고 해서 그 사람 전체인 것처럼 평가될까봐 걱정한 제자에게 미안한 마음이 가득 찼습니다. '자신의 일에 대한 결정을 스스로 내리겠다, 즉 자기 주도적 삶을 살아가려는 진취적 자세'의 시기가 조금 빨랐던 제자에게 선생님의 권유나 지도가 속도를 맞추지 못했습니다. 1970년대에 '미움 받을 용기'(기시미 이치로·고가후미타케 저서)를 가졌던, 건전하고 유능한 교수가 되는 과정에, 학창 시절이라는 추억의 보물로 간직할 수 있기를 바랍니다. 교육의 본질은 상태가 아니라 변화와 감동이며, 학생들의 독특함을 찾아 자아실현을 할 수 있도록 돕고, 잠재 능력을 계발할 수 있도록 도와주는 데에 있을 것입니다. 더 자기답게, 더 즐겁게, 더 유일하게, 더 행복하게, 더 아름답게 고유한 빛깔을 내도록 도와주는 길이 이상으로만 머물지 않기를 희망합니다. 새로운 제자 스승을 만나 더 행복했습니다. 제자로부터 배우며, 내 자신의 인생을 풍성하게 채울 수 있는 스승으로 발돋움할 수 있는 은총에 감사드릴 뿐입니다.

교사 명예 퇴임 인사 (요약)

지난날을 돌이켜보니 교직 생활 시작부터 10년까지는 열정만 있었습니다. 퇴근 시간 후까지 학생들을 남겨서 지도하고, 출근 시간 전에 학교도 둘러보고 교실도 둘러보곤 하였습니다. 그 때의 열정이 교육에 얼마나 효과가 있었는지는 아직도 모르지만 첫 학교 졸업생들 가운데는 진학, 졸업, 입대, 유학 갈 때, 결혼할 때, 스승의 날 같은 때는 인사를 오곤 하였습니다.

10년쯤 지나 교직에 기술이 좀 붙는 듯했습니다. 학교에서 해야 할 일을 집에까지 가져오는 일은 있었지만, 학생 개인을 지도하거나 일기장 등 과제물 검사는 근무 시간 안에 거의 끝낼 수 있었습니다. 교내 합창대회나 체육대회 때 학급별 특색 발표 준비가 있을 때마다 반 전체 학생들과 아침 일찍 또는 어두울 때까지 연습하곤 했습니다. 학생들과 호흡이 맞으면 신이 났습니다.

20년쯤 지나, 교직 생활에 지혜가 좀 붙는 듯 했습니다. 학생들한테 무리한 과제는 피하고, 수업 시간 안에 과제를 마치도록 하였습니다. 잘하는 점을 칭찬하면 학생들은 흥미를 가지고 성실하게 노력하였습니다.

30년쯤 지나 지혜와 기술과 열정이 조금씩 균형을 이루는 듯했습니다. 학생 개개인을 귀중한 인격체로 존중하고, 학생들에게 부드러운 음성으로 존댓말을 썼습니다. 학생들은 예의 바르고 겸손한 모습으로 친근하게 다가왔습니다.

우리 학교 학생들은 참으로 좋은 점이 많습니다.

우리 학생들은 인사를 잘합니다. 인사는 자기가 자기를 인정한다는 뜻이 있습니다. 자기를 소중하게 여기는 마음으로, 상대를 존중하는 마음의 표현이 바로 인사입니다.

우리 학교 학생들은 표정이 밝고 잘 웃습니다. '보물섬'의 작가 러디야드 키플링은 "네가 세상을 보고 미소 지으면 세상은 너를 보고 함박웃음 짓고, 네가 세상을 보고 찡그리면 세상은 너에게 화를 낼 것이다."라고 하였답니다. 우리 학교 학생들은 원대한 꿈, 아름다운 신념, 가슴 벅찬 야망이 있어서 자신 있게 웃을 수 있습니다.

우리 학교 학생들은 학교생활을 즐겁게 합니다. 도서관에 갈 때, 매점에 갈 때, 이동 수업할 때도 삼삼오오 이야기하며, 우정을 나누는 모습을 볼 수 있습니다. 우정을 나누기 위해 의도적으로 노력하지 않더라도 함께 지내는 것 자체가 우정을 나누고 키우는 일입니다. '어린 왕자'로 유명한 생텍쥐페리는 "사랑은 마주 보는 것이 아니라, 함께 같은 방향을 보는 것이다."라고 하였답니다. 중학교 때 친구를 사랑하고 즐겁게 지내는 것은, 어른이 된 후, 부모, 형제, 아내, 남편, 자녀들을 사랑하면서 가정과 이웃과 국가에 대한 책임감도 자연스럽게 몸에 배게 합니다.

이렇게 인사 잘하고, 잘 웃고, 친구들과 즐겁게 지내는 학생들과 함께 지내는 것은 저의 큰 행복이었습니다.

그 동안 저를 직접 간접으로 배려해 주신 여러 선생님들과 교직원, 학부모, 학생들에게 감사드립니다. 우리 학교 가족과 소중한 인연을 오래 유지하게 되는 것을 영광스럽게 생각할 것입니다.

자랑스러운 우리 학교 가족들과, 우리 학교의 앞날에 무궁한 발전과 영광이 있기를 기원합니다. 행복하십시오. 감사합니다.

2006. 8. 28.
장진순 올립니다

구룡중학교 국어과교사와 장진순 (2006.8)

10대에서 60대까지 성향도 각기 다르며, 이해 관계에 따라 의견도 각기 다른 9개 학교를 거치는 동안 36년이 지났습니다. 건강이 좋지 않아 명예 퇴임을 신청하기로 결정하였습니다. 학교가 학생만을 위한 제도나 정책이 있는 것은 아닙니다. 어쩌다가 사건이나 사고가 나면 이해 관계가 첨예하게 대립되기도 합니다.

하루는 L선생님이 수업시간에 늦게 온 학생 한 명에게 체벌을 가했습니다. 다음 날 학부모가 L선생님에게 항의하러 왔습니다. L선생님은 잘못했다고 사과를 하고, 다음부터는 학생에게 더 관심을 가지고 잘 지도하겠다고 하였습니다. 학부모는 경위서와 각서를 문서로 달라고 요구하였습니다. 또한 학생 전체 조회 시간에 공개 사과를 해야 된다고 하였습니다. 경위서와 각서는 확인하는 의미이지, 법적인 절차를 밟기 위한 수순은 아니라고 하였습니다. 퇴근 시간이 지났는데 L선생님은 '용서해 주십시오. 특별한 관심을 가지고, 재민(가명)이를 더 잘 지도하겠습니다.'를 반복했습니다. 10여 명 선생님들이 퇴근 못하고 있는데 저는 가만히 있을 수가 없었습니다. "재민이 아버님은 재민이가 L선생님에게 수업시간에 맞았으니, 재민이보다도 더 마음도 몸도 아프시겠지요. L선생님도 여러 번 진심으로 사과드리며, 이번 일로 재민이가 더 크게 성장할 수 있도록 마음을 쓰고, 지도 방법을 연구해 가겠다고 하시네요.

우리 선생님들은 5년마다 이동을 하면서 여러 학생들과 학부모님을 만납니다. 그러나 재민이에게는 우리 학교가 영원한 모교가 되겠지요. 재민이가 잘 성장하여 훌륭한 사회인이 되어 동창회에 갔을 때, 친구들 얼굴도 이름도 기억이 나지 않을 때도 오겠지요. 그 때 친구들 가운데는 '아! 그 때 L선생님한테 맞았다고 항의했더니, L선생님이 사표내고 학기 중에 학교에서 쫓겨났지.' 이런 상황을 예상해 볼 수도 있겠지요.

학부모에게서 수업 중에 있었던 일로 '경위서'를 끝까지 요구 받는다면, L선생님은 사표를 내고 다른 직장을 선택하실 것입니다. 재민이가 30년 후까지 떳떳할 수 있을까, 댁에 가셔서 재민이와 충분히 의견을 나눈 후 내일 다시 만나면 어떨까요? 재민이 자신보다도 더 재민이의 장래를 걱정하시는 아버님이시지만 재민이의 의견도 들은 후에 다시 만나지요. 날도 어두워졌는데 내일 다시 만나서 이야기할 수 있으면 어떨까요?" 재민이 아버지는 내일은 시간이 없다고 하였습니다. "그러시면, 재민이와 이야기 나눈 후 오늘 밤 10시에 L선생님과 전화 통화하시지요. 중요한 일일수록 생각할 시간이 많이 필요하겠지요." 재민이 아버지는 얼굴이 벌겋게 된 채로, 제가 내민 손을 뿌리치지 못하고 악수를 하고 떠났습니다. 다음 날 L선생님은 저에게 고맙다고 하였습니다.

신반포중학교 3-11학생과 함께, 앞줄 맨 왼쪽 장진순 (1990)

송권 선생님 영전에 올리는 글월

송형! 나 이조일이요.

숨을 거두기 3일전 내 손등을 잡은 날이 마지막이 될 줄이야. 대화는 할 수 없었지만 느낌은 나누었는데 이렇게 갑자기 떠나다니요. 쾌차하면 온 가족이 함께 보리밥 먹으러 가자고 약속했는데 잊기라도 하셨나요? 약속을 한 번도 어겨본 일 없는 송형이 어찌 이리도 급히 갈 길을 재촉하셨나요?

병상에 곧게 앉아 투병 의지를 보여주신 송형이었지요. 장애우를 비롯하여 많은 은혜 입은 사람들에게 은혜를 갚을 시간도 주지 않고 이렇게 야속하게 떠나시다니요.

세상에 태어나 인연을 맺고, 언젠가의 이별은 자연법칙으로 이해했지만, 막상 닥치니 하늘이 무너지는 심정이고 눈물이 앞을 가리네요. 이제 다시 다정한 음성 들을 수 없고, 그 인자한 모습 만날 수 없다고 생각하니, 억장이 무너져 내리는군요.

송형! 이제는 더 이상 불편도 고통도 없는 천국에서 영원한 평화의 안식을 누리시길 빌고 또 빌지요.

돌이켜보니 대학에서 처음 만난 이후 오늘까지 송형과 말 한 번 놓고 지내지 못했나 보구려! 송형을 학우이며, 인생 선배, 스승으로 만난 이후 45년이 흘렀네요.

대학생 때는 불편한 몸으로도 장학생 되고, 뛰어난 두뇌와 착한 심성에 남을 배려하고, 인생을 멀리 내다보는 심안을 가진 송형을 우리들은 정말 좋아했었지요. 학창 시절에 정원에 앉아서 우리 다음에 결혼하면 집은 달라도 울타리는 하나로 하자고 해서, 후에 아파트 동호수를 303호로 했던 일 기억나시나요? 술도 먹을 줄 모르고, 금전관계도 맺지 않고, 순수한 학우로의 우직한 만남이 있었기에 오늘에 이르기까지 45년이 지속되었는가 보군요.

송형 형제들은 남다른 우애로 나를 가족처럼 대해 주었고, 아들과 딸은 어릴 때부터 나를 삼촌처럼 따랐고, 사모님은 항상 따뜻한 마음으로 정성껏 대해주었지요. 우리 두 가정이 놀이 공원 가서 함께 사진 찍던 일도 엊그제 같군요.

직장에서는, 동료나 이웃의 어려움을 듣게 되면 발 벗고 나서서 돕고, 퇴임 후에도 장애우들의 복지를 위하여 불철주야로 애쓰는 모습은 만인에게 '존경 받는 삶' 그 자체였지요. 이 모두는 평생 송형의 눈과 손발이 되어준 헌신적인 사모님의 도움이 있었기에 가능했지요. 학교에서 해마다 효행상 받던 효성 지극한 남매, 그리고 며느리와 사위, 손녀 손자들은 송형의 사랑에 힘입어 얻어진 열매였지요.

대학원 공부하고, 맹학교 교장으로 근무하며, 장애우의 삶에 대해서 "시각 장애인이 일반인들과 공존을 유지하는 데는 장애인을 평범한 이웃으로 받아들이는 이해도 요구되지만, 장애인도 각성해야 한다."고 조심스럽게 걱정과 책임감을 강조하는 글도 남겨 주었지요.

긍정적으로 열심히 살며, 주위 사람들과 더불어 사는 사회를 위해 불철주야로 노심초사하고, 퇴임 후에도 대전 중구 구의원으로 활동하며, 장애우들의 소원을 이루어 내기 위한 사명감으로, 국회로까지의 꿈을 마다하지 않고 자신을 던지고자 했지요.

그런데… 송형의 지혜와 사랑이 수많은 장애우들에게 요구되는 이 시점에 안타깝게도 주님의 부르심을 받으셨네요.

송형! '절망의 심연에서 탈출하였고, 암흑에서 빛을 발견하였다.'라고 자부하는 송형은 먼 훗날 '장애를 뛰어넘은 입지의 인물'로 기억되겠지요.

송형! '손끝으로 살아온 인생 승리의 삶'을 우리 모두 사랑하고 존경합니다.

이제 계절이 바뀔 때나, 좋은 일, 어려운 일이 생겼을 때, 송형 생각나겠지요. 그러나 송형은 생전에도 우리의 죽음이 우리를 영원히 갈라놓지 못함을 굳게 믿었지요. 우리는 죽더라고 영생을 누릴 수 있다는 믿음이 얼마나 큰 희망인지 이제야 실감할 수 있네요.

사랑했던 사람들과 함께 했던 현세에서의 모든 시간들은 아름다운 추억으로 간직하시고, 부디 천국 낙원에서 영원한 천상 행복을 누리소서.

주님, 송형에게 영원한 안식을 주소서. 아멘.

2008. 6. 12.

송형 만난 지 45년 100일째 되는 날에

영원한 학우 이조일 올림

뒷줄 왼쪽에서 세번째와 네번째
송권선생 부부
맨 왼쪽 이조일, 맨 우측 장진순

송권 선생님과 남편(이조일)의 우정은, 사람 사이의 아름다운 우정이라기보다 천사들의 우정인가 싶은 생각이 들었습니다. 80년대 남편이 병원에 5개월 가까이 입원해 있는 동안, 퇴근길에 사모님과 함께 꼭 들러서 만져보고, 이야기 나누곤 하였습니다. 남편이 세상을 떠나면 송선생님이 어떻게 사실까 걱정이 되기도 하였습니다. 송선생님과 대학 다닐 때 있었던 이야기는 이해하기에 한계를 느끼게 됩니다. 4년 연령 차이에다가 주님이 묶어 주신 인연이 아니고야 어떻게 항상 함께 다닐 수가 있을까 하는 생각이 들었습니다. '서로를 위해주지만 짐이 되지 않고, 서로를 사랑하지만, 구속하지 않는 관계를 평생 유지할 수도 있구나.' 하는 생각이 들었습니다. 송선생님이 대학원 공부하다가 조용한 밤 12시쯤에 전화 오면 남편은 기다렸다는 듯이 반갑게 해결해주곤 했습니다. 전화로 충분하지 않으면 다음 날은 꼭 방문하였습니다. 두 분의 삶을 들여다보는 것만으로 위안을 받을 때가 많았습니다. '주님의 발자취를 이웃에서 본다.'는 성가 구절을 떠올리곤 하였습니다. 송선생님이 세상을 떠나신 후, 사모님과 아드님은 저희들을 위해 기도해 주시고, 저희에게 명절 때마다 건강에 도움 되는 선물을 보내주십니다. 저희들도 고인을 위해서, 남은 가족을 위해서 간절하게 기도 바칩니다. 만남과 이별, 삶과 죽음의 신비는 알 수 없다 하더라도, 우리에게 주어진 길을 가는 동안, 정다운 마음에 깃든 이야기는 살아 있습니다. 우리의 일과 사랑이 바로 기도임을 송선생님의 온 가족을 통해 배웠습니다. 송선생님에게 어려움을 주신 하느님을 원망하기보다는, 어려움을 극복해내고 삶을 사랑하려는 그 아름다운 노력이 보여서 존경스럽습니다. 또한 사회가 장애에 적응해 주어서 다양한 사회적 지원이 더욱 절실하다는 생각을 저희들도 하게 되었습니다. 결핍이 있어도 자신에게 주어진 그대로의 삶을 사랑하는 사람, 그 결핍마저도 사랑하는 사람, 송선생님과 가까이에서 함께 보낸 시간으로, 저의 영혼을 풍요롭게 해 주신 주님의 은혜에 감사드릴 뿐입니다.

친구 진순에게

　뜻 깊은 결혼 40주년을 기념하며 진순이가 문집을 출간한다니 가까운 친구들과 마음 모아 크게 축하해 주고 싶네요. 참으로 긴 시간들이 솔바람처럼 우리 앞을 은은히 스쳐갔고 또 지나가고 있네요. 중학교 때 처음 만나 여기까지 왔으니 감회가 새록새록 떠오르네요. 원대한 꿈 많던 시절이 우리에게도 역시 있었구나 싶어 행복해지고 작은 웃음이 나오네요.

　외남초등학교시절에도 진순이는 글 솜씨가 뛰어나, 전국 글짓기 대회에서 입상도 여러 번 했다고 청리중학교까지 소문이 이어졌지요. 중학교 1학년 때부터 보아온 진순의 명석한 두뇌와, 남다른 활달함과, 둥그런 성격은 지금도 변함이 없는 듯하네요. 전교 학생회장 선거가 있을 때 수업 끝난 후, 우르르 외남 진순이네 집으로 몰려가, 여학생이 회장을 해야 된다며 밤새도록 붓으로 포스터도 만들고, 캐치프레이즈를 궁리하고 흰 종이에 "장진순을 회장으로!" 라며, 남학생과 당당히 맞서던 소녀적의 기억이 떠오르네요. 밤을 새운 우리들에게 진순이의 어머님께서 해주신 따뜻한 아침밥을 먹고 곧장 학교로 갔던 추억도 그리워지네요. 여자는 외출도 제한되었던 시절에, 남녀공학 학교에서 여학생이 학생회 회장으로 입후보 한다는 생각만으로도 우리들은 흥분했지요. 우리가 여성의 지위를 한껏 드높이는데 일익을 맡았다는 우쭐한 마음까지 발동했지요. 반 친구들은 진순이를 몹시 자랑스러워했고, 소녀들의 어린 마음에도 여성의 권리를 많이 신장시킨 느낌이 든 것도 사실이었지요.

고향의 황금 들판이며, 넓은 신작로를 거쳐, 과수원 언덕도 오가며, 수상 동네의 시냇물이며, 청리중학교 옆의 자갈밭과 시냇물, 교정의 프라타나스 나무의 두 손바닥보다 더 넓은 나뭇잎 등, 모두가 우리들에게 정겨운 고향 풍경이었지요. 많고 많은 직업이 있지만, 뜻있는 교육자의 길을 택해 자라나는 아이들에게 품성을 다듬어주고, 사람답게 살아가도록 진순이는 든든한 디딤돌이 되어 주었지요. 수많은 제자들이 제 몫을 다하여 우리 사회에서 계속 중요한 자리를 이어 나가리라 믿지요. 부군께서도 역시 훌륭한 교육자의 길을 걸으심에 부부 두 배의 기여를 하신 것으로 이미 알려져 있지요. 청소년들을 위해 인생의 황금기를 쉼 없이 달려온 진순의 노고를 칭송하며, 밝고 통쾌한 지금처럼의 큰 웃음을 우리들은 늘 기대하지요.

일생에서 가장 소중한 인연인 두 분이 건강과 행복을 누리기를 기원합니다. 진순이가 결혼 40주년을 맞이함에 축하의 박수를 마음껏 보내네요. 진순이와 청리중학교 동창회와 우리 친구들 모두의 건강과 행복을 위해! 홧팅!

2015. 12. 2.
진순이를 좋아하는 명암이가

한국인물전기학회, 앞줄 오른쪽 끝 이조일, 두번째 장진순, 네번째 최종고 (2015.9)

청리중학교 동창회, 뒷줄 오른쪽 세번째 이명암, 앞줄 왼쪽부터 네번째 장진순, 다섯번째 최종고
(2015.5)

3

종
교
생
활

교황청산하 한국 뿌에리깐또레스 연합합창제 대치동성당 출연
맨 뒤 왼쪽 네번째 이시원, 앞줄 맨왼쪽 이하원 (2015.11)

편지로 하는 효율적인 반장 활동

반원께 퇴원 인사, 감사 인사 드립니다.

† 찬미 예수님!

우리 아파트 정원 나무들의 푸르름이 오늘따라 더욱 선명하게 다가옵니다. 바람에 흔들리는 모습도 참 아름답지요. 이렇게 아름다운 모습을 볼 수 있다는 것은 누구에게나 감사해야 할 또 다른 행복이지요. 이 세상 창조하시고 어두움 비추는 생명의 빛으로 이 세상 밝히신 주님께 감사드립니다.

사랑 많으신 반원들의 정성된 기도에 힘입어, 저는 2006년 8월 왼쪽 유방 절제 수술 후, 서울아산병원에서 이번 8월 28일 오른쪽 유방암 수술을 하고, 경과가 좋아 9월 4일에 퇴원하였습니다. 입원 기간에도 기쁨으로 감사로 기도로 주님을 찬미할 수 있는 시간이었습니다. 거듭 반원들께 감사드립니다.

언제 오는가 했는데 9월은 왔고, 언제 가는가 했는데 늦더위는 여전하네요. 그래도 아침저녁으로 제법 선선한 바람 불어오니 자연의 섭리에 더욱 겸손해야겠다 싶지요. 살아있는 것만으로도 가슴 뛴다는 아름다운 계절에 상쾌한 날씨네요. 추석 명절 잘 보내시고, 건강과 행복한 시간을 주님께 봉헌 하시기를 바랍니다.

주님의 은총 충만하시길 빕니다.

2008. 9. 7.

장진순 헬레나 올림

편지로 하는 효율적인 반장 활동

퇴원 후 반원들은 저에게 맛있는 반찬을 해다 주었습니다. 다른 반 교우도 건강에 좋은 반찬을 손수 해 주어 행복한 나날을 보내고 있습니다. 길에서 만난 교우가 곱고 순수한 웃음을 보여 주었습니다. 저도 행복한 웃음으로 답하면서 힘을 얻습니다. 반장을 맡은 후 주님의 은총으로 건강하고 행복해 보인다고 만날 때마다 이사벨라는 극찬을 했습니다. '내가 행복해야 이웃에게 행복을 전해줄 수 있다'고 합니다. 행복을 전해주고 싶은데, 가방에 담아 줄 수 있을까요, 보자기에 싸서 줄 수 있을까요? 웃음이야말로 행복을 전하는 가장 좋은 매체임을 체험합니다.

저는 반모임 안내와 성당 행사 안내도 편지로 전했습니다. 세례나 견진을 받은 교우 선물, 수험생 응원 선물, 부활 계란 선물, 전입 교우 환영 안내, 전출 교우 인사, 반원 회비 결산 보고, 헌미헌금 봉헌 안내도 다 편지와 함께 전했습니다. 직장일 등의 사유로 반모임에 참석을 못하는 교우에게도 편지 잘 받았다는 인사를 들었습니다. 온 가족이 함께 그 편지를 읽는다는 가정도 있습니다. 반원이 반모임을 깜빡 잊었을 때, 편지를 읽은 가족이 반모임에 가라고 챙겨 주는 일도 있었습니다. 이사 온 지 얼마 되지 않아 이웃과 낯선 관계에서 도움을 청하는 교우도 있었습니다. 가정 내의 문제, 자녀의 학교 문제 등을 의논하는 교우도 있었습니다. 저는 차츰 반장으로 성장해 가고 있음에 감사하게 되었습니다. 나를 더 사랑하고 더 잘 가꾸는 반장으로서 건강한 웃음을 나누도록 노력할 수 있다는 자신감이 생겼습니다.

어느 반 반장이 새로 임명되었을 때의 일입니다. 아이가 수험생인데 주님을 위한 봉사라면 무슨 일인들 못 할까만, 반모임 회비라든지 헌미헌금 받기가 걱정된다고 하였습니다. 저는 제가 모아 두었던 편지 몇 장을 주었습니다. 전화나 휴대폰 문자도 편리하지만, 편지를 함께 이용하면 효과적일 것이라고 그 반장도 좋아했습니다.

편지로 하는 효율적인 반장 활동

2009년 8월, 0구역 0반 반기도 모임 안내

✝ 찬미 예수님! 길이요 진리요 생명이신 주님께 감사드립니다.

사랑 많으신 반원들께!

언뜻언뜻 시원한 바람을 맞을 때면 주님의 숨결을 느끼게 되지요? 견디기 힘든 더운 여름 날씨는 결실의 가을을 맞이하기 위해 통과해야 할 길목이었나 봅니다. 주님의 사랑 안에서 잘 지내셨지요? 자연의 변화에서도, 사람의 성장에서도 주님의 모습 놓치지 않았지요.

이번 8월 26일(매월 마지막 수요일) 반모임은 0동 0호 저희 집에서 하기로 하였습니다. 서로 사랑하는 마음으로, 진정한 하느님 나라의 건설을 위해, 노력하는 우리들의 모습을 보고 싶은 마음으로 기다렸지요. 소공동체와 영적 성장을 위한 모임에 참석해 주세요.

〈너희 가운데 두 사람이 이 땅에서 마음을 모아 무엇이든 청하면, 하늘에 계신 내 아버지께서 이루어 주실 것이다. 두 사람이나 세 사람이라도 내 이름으로 모인 곳에는 나도 함께 있기 때문이다(마태 18,19-20).〉하신 성경 말씀을 체험하는 시간으로 만들어 보십시다.

♥ 0호 소화데레사 형님이 분당으로 이사 가신답니다. 우리 모두에게

든든한 형님으로, 인생의 선배로, 주님을 기쁘게 해드리는 자녀로, 그동안 이웃에 계시는 것만으로도 미더웠지요. 반모임 일정을 조절해서 석별의 정을 나누어야 되겠습니다. 형님 이사 가시는 날을 알게 되면 잠시 모였으면 좋겠습니다.

주님의 은총 충만하시길 빕니다.

2009. 8. 18.

장진순 헬레나 올림

대치동 성당 사목회 교육, 둘째 줄 오른쪽 일곱번째 장진순 (2011.12)

편지로 하는 효율적인 반장 활동

소화데레사 형님은 반원의 경조사는 다 동참하셨습니다. 편찮으신 형제님을 돌보느라 최근 반모임에 안 나오셔도 반원들이 특별히 존경하는 마음을 드렸습니다. 이사 가는 날 시원한 음료 등을 가지고 가서 기쁘게 떠나도록 해 드렸습니다. 형님은, 우리가 닮고 싶어 하는 우리 미래의 모습이었습니다. 자녀들 사는 곳 가까이로 이사 가셨으니 주님의 은총으로 건강과 행복을 누리다가 영원한 천상 가정에 들게 해 달라고 기도드렸습니다.

저의 생활신조는 '요청하지 않을 때 해주지 않는다.'였습니다. 아이들이 어렸을 때 밥 달라고 하지 않으면 주지 않으려고 했습니다. 아들 내외에게도 먼저 전화하지 않았습니다. '고기를 잡아 주지 말고 고기 잡는 방법을 가르쳐 주라'는 교육 이론이 있습니다. 요즘 새로운 이론은 '고기 잡는 방법을 가르치려 하지 말고, 고기 잡아야 하는 이유나 목적을 가르쳐 주라'고 합니다. 저는 '목적도 가르치려 하지 않고, 스스로 필요를 느낄 때까지 기다리겠다.'는 마음이었습니다. 그러나 이런 저의 생활신조는, 반장 역할을 하기에는 부족한 자세였습니다.

우리 반원 로사와 크리스티나가 새콤달콤한 여러 가지 반찬을 저에게 해주었을 때, 저는 고마워서 목이 메었습니다. 내가 요청하지 않고도 받으니 이렇게 고마운데, 나는 '요청하지 않으면 해 주지 않으리라.'라고 마음먹었던 것이니 앞으로 어떻게 반장을 할 수 있을까 싶었습니다. 반장은 교우를 찾아가서 만나야 하고, 만나지 못하면 다음에, 또 다음에 찾아가야 한다고 들었습니다. 어떤 반장은 여러 번 방문했다가 밤늦게 교우를 만났는데, 그 교우가 귀찮게 한다고 화를 냈다고 합니다. 그래서 저는 무겁게 닫힌 현관문 벨을 누르는 대신, 편지를 썼습니다. 시간이 없어 나중에 읽어 보려고 잘 두었는데 어디 두었는지 찾을 수 없으니 다시 한 장 달라는 교우도 있었습니다. 뽈리나 형님은 친한 사람한테 보여 주려고 저에게서 받은 편지를 가지고 다닌다고 하였습니다. 한동안은 지난 달 반기도 모임의 주제와 나눔의 내용을 요약하여 전하기도 하였습니다. 그러나 영화 감상처럼, 반모임은 체험이 중요하지 스토리 요약을 듣는 것은 별 의미가 없다는 생각이 들어 '지난 달 모임 요약 안내'는 중지하였습니다.

주일에만 성당에 나가는 신자였을 때는, 구역이 무엇인지, 반모임이 무엇인지, 누가 모이는지, 무엇을 하는지 몰랐습니다. 우리 반 반원들도 제 편지를 받고 우리가 0구역 0반 소속이고, 반모임이 무엇인지 알게 되었다고 하였습니다. 저는 반장을 맡고 이웃과 잘 지내는 일도 중요한 과제였습니다. 이웃 사람도 교우도 잘 모르니, 승강기에서 만나는 사람이면 누구에게나 먼저 인사를 했습니다. 지금은 어린이나 청소년들도 대부분 저에게 먼저 인사를 합니다.

저는 늘 '나 자신을 행복하게 만드는 최고의 방법은, 다른 사람을 행복하게 만드는 것이고, 다른 사람을 행복하게 만드는 최고의 방법은, 나 자신이 행복해지는 것이다.'를 체험합니다. 행복한 반장으로, 자랑스러운 반장으로 일하는 모습이 바로 주님을 섬기며 이웃을 섬기는 그리스도인의 자세라고 하면서 반원들은 저에게 용기를 주었습니다.

대치동성당 미라빌리스 성가대, 왼쪽부터 앞줄 다섯번째 장진순, 뒷줄 첫번째 이조일 (2013)

편지로 하는 효율적인 반장 활동

2010년 11월, 0구역 0반 반기도 모임 안내

+ 찬미 예수님!

우리의 영원한 사랑이신 주님께 우리의 정성을 다해 경배합니다. 하느님의 어머니, 우리의 어머니인 성모님께 감사드립니다.

감사와 나눔으로 모두 하느님을 닮은 풍요로운 마음을 지니며, 11월 반기도 모임의 날을 맞이하게 됩니다. 이번 달 반기도 모임은 24일(매월 마지막 수요일) 0동 0호 뽈리나 형님 댁에서 장소를 제공하셨습니다. 주님의 작은 공동체에서 우리의 삶과 교리에 대해 함께 나누고 실천하는 은혜로운 시간이 되기 바랍니다.

* 준비물 : 성가, 길잡이

소공동체의 영적 성장을 위한 모임에 참석해 주님의 은총 받으시기 바랍니다.

〈예수님께서 그에게 말씀하셨다. "'네 마음을 다하고 네 목숨을 다하고 네 정신을 다하여 주 너의 하느님을 사랑해야 한다.' 이것이 가장 크고 첫째가는 계명이다. 둘째도 이와 같다. '네 이웃을 너 자신처럼 사랑해야 한다.'는 것이다. 온 율법과 예언서의 정신이 이 두 계명에 달려있다.(마태22,37-40)"〉 하신 성경 말씀을 체험하는 시간으로 만들어 보십시다.

좋은 시간은 빨리 가네요. 제가 반장 맡고 4년이 넘었네요. 새 반장과 함께 새해를 새롭게 맞이하면, 내년에 새로 오시는 주임 신부님과 함께 은총이 크겠지요. 새 반장을 자원해 주시거나 추천해 주시면 주님께서 잘 인도하시지요.

우리 대치동 성당에서, 내년에 은퇴하실 몬시뇰님을 위한 영적 예물로, 오늘부터 매일 묵주기도 5단과, 사제를 위한 기도 1번, 주 1회 매일 미사에 참례해 주시면 우리와 몬시뇰님이 더 크신 주님의 사랑을 느끼게 되지요. 대치동 성당 교우들의 영적 스승이신 몬시뇰님께서 하느님 백성의 길잡이가 되고, 일치의 중심이 되도록 정성껏 기도해 주시기 바랍니다.

모든 가족에게 건강과 행복을 기원합니다.

2010. 11. 12.
장진순 헬레나 드림

대치동 성당 11구역 4반 반원, 오른쪽 끝 이조일, 네번째 장진순 (2013)

편지로 하는 효율적인 반장 활동

초보 반장을 보살펴 주는 교우들의 기도와, 주님의 크신 은총에 힘입어 반장 일을 하게 되어 감사드릴 뿐입니다. 반원들은 주님의 은총을 듬뿍 받는 반장을 계속 맡아서 많은 사람에게 기쁨을 주었으면 좋겠다고 했습니다. 주님께서 이런 제 모습을 아름답게 보시고 기뻐하시면 더 바랄 바가 없겠다고 생각하며 반장을 맡기로 하였습니다. 2010년을 갈무리하면서 '길잡이' 〈가정기도〉를 참고로, 사랑 감사 기쁨, 용서 희망 용기, 웃음 꿈과 관련된 신앙과 생활체험을 나누었습니다.

반원 중에는 제 편지를 가지고 다니며 보시는 교우도 있습니다. 저보다 신앙생활의 선배면서 가정생활도 선생님격인 분이 대부분입니다. 그분들을 만날 때마다, 배우며 느끼며 성장하고 있습니다. 행복하고 건강하게, 교우들과 친하게 지낼 수 있는 자리에 있게 해 주신, 주님께 찬미와 영광을 드립니다.

성당에서 반장 임명장을 받았을 때의 일입니다. 남편 요한은 아들, 며느리, 손자 앞에서 저를 칭찬하였습니다. 남편은 우리가 하는 일에 대해 스스로 자랑스럽게 여기는 모습을 가족들에게 보여줄 필요가 있다고 하였습니다. 동생들한테도 '가문의 영광'이라며 자랑하였습니다. 남들이 하지 않겠다는 반장 일을, 제가 맡아 한다고 요한은 저에게 천사라고 하였습니다.

수영을 다 배우고 나서 물속에 들어갈 수 있겠습니까? 수영은 일단 물속에 들어가서 배워야하는 것입니다. 저도 반장이 되고 나서, 반장 역할을 배워가며 반장 활동을 했습니다. 반장 활동 이외에도 ME, 5시 성가대, 호스피스 활동 등을 할 수 있도록 가족들이 협조해 준 것에 대해 이 자리를 빌려 다시 한 번 감사를 전합니다.

* 지면 관계 상 전문을 싣지 못함을 양해 바랍니다. 전문은 사목국 홈페이지

   (http://www.samok.or.kr/) 자료실 296번 강의 자료에서 확인하실 수 있습니다.

* [소공동체와 영적 성장을 위한 길잡이, 2011년 12월호 40~45쪽]

   천주교 서울대교구 사목국

* 가톨릭 굿뉴스 〉 자료실 홈 〉 교회기관/단체 〉 소공동체/구역반 〉112번에 게재되었습

   니다. 소공동체 활성화 우수사례 대상 수상작 〈편지로 하는 효율적인 반장 활동〉

* 구글 '장진순헬레나' 검색창에서 볼 수 있습니다.

성 이시돌 피정의집 피정. 왼쪽부터 장진순 이해인수녀
정호승시인 이조일 (2012)

2010년 말에 천주교 서울대교구 사목국에서는 소공동체 활성화를 위한 체험 사례를 공모한 적이 있었습니다. 2011년 2월에 심사위원 전원 일치로 저는 대상을 수상하였습니다. 3월에는 대치동성당 여성구역장·반장 월례회의에서 사례 발표를 하였습니다. 2월에 새로 부임하신 주임 신부님은 사목회 총회에서도 남성 구역장 회의에서도 편지를 통한 단체 활동의 활성화를 강조하셨습니다. 천주교 서울대교구 사목국 일반교육부에서 복음적 힘을 실어주기 위한 남성 구역 봉사자 피정을 명동성당 꼬스트홀에서 3월 마지막 주일부터 3회에 걸쳐 실시할 때 여성 강사는 저 혼자였습니다. 동서울지구, 서서울지구, 중서울지구로 나눠서 서울대교구 남성 구역 봉사자들이 모인 곳에서 남편이 영상물 보조를 해주어서 더욱 효과가 좋았습니다. 남성 구역 봉사자들은 연례 피정인데 모처럼 신선한 감동에 젖었다고 개인적으로 저와 대면 인사를 청한 분도 있었습니다. 주임 신부님은 2011년 11월 사목협의회를 조직할 때 소공동체 활성화를 강화하겠다고 하였습니다. 저는 소공동체협의회 회장의 부탁으로 소공동체 협의회 간사를 맡게 되었습니다. 소공동체협의회는 여성 구역분과 구역장과 반장, 남성 구역분과 구역장, 연령회와 레지오 마리애 쁘레시디움을 포함한 선교분과 봉사자들이 포함된 단체였습니다. 2년 동안 사목회, 상임위원회, 소공체협의회, 여성구역장회의, 여성구역장·반장 합동 월례회의 등이 주일이나 평일, 낮이나 밤에도 있었습니다. 비정기모임, 야외 모임, 또는 서울을 벗어난 연수, 미라빌리스 성가대 단장을 겸하게 되어 성음악분과 회의, ME 활동으로 정기 월례회의만도 10여 차례 있었습니다. 가정과 직장, 시댁이나 친정, 처가나 본가에도 충실하며 주님의 말씀을 따르는 대치동성당 봉사자뿐만 아니라, 제11강남지구 여성구역 봉사자 연수를 참여해 보고는, 봉사를 전업으로 하는 듯한 봉사자도 많이 보여서, 저는 초보 봉사자로 사명감이 많이 부족했음을 반성하였습니다. 아름다운 생각을 하는 사람들과, 조직의 활성화를 위한 헌신적인 봉사자들에게서 '나를 사랑해주시는 하느님'을 사랑하는 참사랑의 주인공을 만나는 기쁨을 누렸습니다. 봉사자들은 교우들에게 신앙의 거울이며, 일부러 드러내려 하지 않아도 저절로 좋은 표양이 되는 아름다운 믿음의 벗이었습니다. 이분들과 함께 잠시 지낼 수 있고, 이분들로부터 좋은 기운을 받고, 이분들과 함께 주님을 생각할 수 있어 또한 주님의 은총에 감사드릴 뿐입니다.

우리 성당을 떠나신 신부님을 여성구역 단체로 방문한 적이 있었습니다. 제가 드린 편지를 사제관 냉장고에 자석으로 붙여 놓으셨습니다. 마음이 해이해 질 때나 시간이 날 때, 다시 제 편지를 읽으면서 마음을 다잡고 감사하는 마음을 가지면 사제생활에 도움이 된다고 하셨습니다. 교우의 편지를 읽고 보관했다가, 성당을 옮겨 가실 때도 가져가실 줄 알았으면, 정성을 더욱더 기울였을 텐데 하는 생각과 함께 고맙기도 하고 놀라웠습니다.

이시원 첫 영성체 날 (2013.6)

제시카 지휘자님께

　＋ 찬미예수님!

　주님, 저희에게 자비를 베푸시고, 저희가 믿음과 소망과 사랑의 덕을 더욱 열심히 쌓아가며, 언제나 깨어 주님의 계명을 충실히 지키게 하소서. 아멘. 지휘자님을 위하여 기도합니다.

　미라빌리스 성가대가 2012년 대치동성당 사목회 사도직협의회 성음악분과 소속으로 등록단체가 되지요. 잠시 미라빌리스 성가대 6년을 돌이켜봅니다.

　2006년 '미라빌리스 성가대'를 지휘자님이 조직하셨지요. 미라빌리스 성가대석에서 미사 참례하는 경험이 레지오 단원의 활동보고 내용으로 되었지요. 지휘자님은 만나는 사람들마다 성가대 입단을 권하셨지요.

　"노래는 못하고 듣기만 좋아해요." 예의바르게 말했다가 저는 지휘자님께 포섭(?)당했지요. '노래 못하는 건 나한테 맡기고 몸만 오면 된다.'는 지휘자님의 강력한 초대를 거절할 수 없는 교우들 중에, 쉼표도 음표도 모르면서 지휘자님 정성과 실력만 믿고 성가대 단원이 된 교우도 있었지요. 주일 미사 시간의 성가, 미사곡, 특송… 대치동성당 설립 30주년 기념 음악회… 나날이 주님의 사랑을 체험하며 발전하는 성가대로 성장하였지요. 맑고 고운 영혼의 성가를 아름다운 가락으로 주님 대전에 바칠 수 있는 예쁜 마음을 지휘자님이 키워주셨지요. 주님께 찬미와 영광과 감사드리는 마음을 담아, 거룩하게 노래할 수 있도록 지휘자님이 가르쳐 주셨지요. 성모님께 바치는 간절한 기도의 마음으로, 자연스럽게 성가를 부르라고 지휘자님은 기도도 많이 해주셨지요. 지휘자님은 음악교사나 발성코치이기 이전에, 성가 가사로 이뤄진 성경과 전례 혹은 그리스도교 문학의 교사이며 동시에 신앙의 모범이셨지요. 지휘자님이 먼저 감명 받은 성가를 바로 그 마음으로 저희들에게 부르도록 지휘하셨지요.

소성당(성가대 연습실) 문 안에 들어서면서, 기쁨의 문, 희망의 문 안에서, 사랑의 노래, 감사의 노래가 마음속에서 우러나오도록 심혈을 기울이셨지요. 지휘자님을 전적으로 따르는 저희 정성을 갸륵하게 여기시고, 특급 칭찬으로, 격려로, 격려금으로 미라빌리스 성가대를 보살펴 주셨지요. 한편 지휘자님에게도 보람과 행복의 시간이었지요.

이제 '미라빌리스 성가대'를 떠나시니, 멀리서 가까이서 '미라빌리스 성가대'의 발전을 위해 기도하시겠지요. 기도만이 사랑과 평화에 이르는 길임을 늘 체험하셨지요. '대단함, 놀라움'의 뜻에 걸맞은 '미라빌리스 성가대'에 기울인 지휘자님의 열정을, 주님께서도 "참으로 아름답다."하시며 기뻐하시겠지요.

자애로우신 하느님 아버지께서 지휘자님과 함께 하시며, 주님의 풍성한 은총으로 큰 기쁨을 누리게 하소서. 아멘.

2011. 11. 27.
미라빌리스 성가대 단장 장진순 헬레나
(지휘자님께 개인적인 존경과 사랑의 마음을 담아 드립니다)

지휘자님 송별회 때 성가대 단체 이름으로 감사의 마음을 담아 감사패와 선물을 드리고, 저는 개인으로 정성을 다해 선물을 마련하여 편지와 함께 드렸습니다. 저는 눈물을 참을 수가 없어서, 남편(이조일)이 편지에 있는 내용으로 저 대신 송별사를 말했습니다. 보통 회식 때는 이런저런 사정으로 불참한 단원이 있었는데, 전원 참석하여 석별의 정을 나누고, 밤늦게까지 평화와 축복의 시간을 보냈습니다.

제시카 초대 지휘자는 6년 동안 단원을 모집하고, 성가대를 운영하고, 악보를 준비하고, 성가대를 지휘하고, 호흡과 발성법, 음표와 쉼표, 악상 용어와 기호를 가르치고, 성스럽게 노래를 만드는 과정까지 혼자 다 맡았습니다. 단원들이 오는 대로 복습할 수 있도록 연습 시간 전부터 성가를 피아노로 쳐주었습니다. 지휘자에게 개인적으로 초대를 받아 모인 단원들이라 지휘자는 으레 그렇게 하는 줄 알았습니다. 그 후 유급으로 초빙된 지휘자는 최소 시간의 지휘를 맡았습니다. 제시카 지휘자는 주임 사제인 몬시뇰님의 부탁으로, 사목회 비등록 단체로 성가대를 조직하여 운영하면서, 저에게 총무를 맡아 달라고 조심스럽게 부탁하였습니다. 성가대 일은 모르지만 성가대 단원 명단 작성, 출석부를 만들어 출석 확인, 단원에게 연락할 사항을 휴대폰 문자나 전화로 연락하는 등의 사무적인 일을, 지휘자를 돕는다는 생각으로 하였습니다. 지휘자 남편인 단원도 공석에서는 '지휘자님'이라는 호칭을 썼습니다.

2011년 주임 신부님이 새로 부임하시면서, 2012년도부터는 모든 단체는 등록 단체만 인정 한다고 하셨습니다. 성가대 단체 운영의 회칙을 만들고, 활동 계획, 활동 보고, 예산 편성, 결산 보고, 월례 회의록 등을 문서로 사목회에 제출하게 되었습니다. 6년 동안 성가대를 위해 혼신의 힘을 다 쏟았으니, 재충전의 시간, 안식이 필요하다며 지휘자는 쉬기로 하였습니다. 여러 방안을 검토하는 중 저는 단장을 맡고, 새로 유급 지휘자를 초빙하기로 하였습니다. 사목회 회의에 참석해야 하고, 성가대 회의도 해야 하고, 성음악분과(교중미사 성가대, 반주단, 기악단, 선창단 포함)회의를 통해 회의록을 사목회에 보고하게 되어 있습니다. 보고 라인의 계통을 기존 등록 단체도 잘 모르는 경우도 있었습니다. 2012년도 사목협의회 기구표 및 봉사자 명단이 이미 주보에 공지되어, 저는 소공동체 협의회 간사를 맡게 되었다는 것을 지휘자님이 알지만, 지휘자님의 부탁과 단원의 의견 으로 단장도 맡았습니다. 시대도 변하고, 주임 신부님의 사목지향도 달라서 사목 목표나 봉사 활동의 방법과 내용도 변화하고 있습니다.

대치동성당 연합성가대, 오른쪽 맨뒤 두번째 이조일 (2014.10)

숙성되어가는 11구역 4반

11구역 4반은 대치삼성아파트 00동 1,2호 라인과, 역삼동과 경기도에 거주하는 교우 가운데 11구역 4반을 희망한 교우를 포함하여 15세대입니다. 6월10일 주일 교중미사 때 보편지향기도는 70대 두 부부, 공동예물봉헌은 60대 부부가 맡았습니다. 이 날을 '반원의 날'로 정해 11구역장과 함께 부부들이 모여 식사하면서 소중한 이야기를 나누었습니다.

가스 불을 켜놓고 외출했다가 교우한테 현관문 비밀번호 알려주고 가스 불 꺼 달라고 부탁하고는, 밤늦게 집에 돌아올 때까지 편안하게 지냈다는 교우가 있습니다. 이른 아침에 지방에 조문을 가면서, 저녁에 올 손자한테 떡국을 끓여 줄 떡국 떡을 사 달라고 하는 교우도 있습니다. 나만의 새로운 요리법을 익히면 서로 레시피를 공유하여 음식 솜씨가 점점 좋아진다는 교우도 있습니다. 좋은 특산품을 사게 되는 경우 나눠 먹기도 하고, 생산자에게 공동으로 주문하기도 합니다. 특별하지 않은 음식도 나눠 먹고, 특별한 음식도 나눠 먹으면서 반원의 정을 키웁니다. 구역 연도와 장례미사와 장지 수행에 부부 함께 참석하는 70대 반원에게서 모두 큰 힘을 받습니다. 우리 반기도 모임에 처음 초대 받았을 때의 감동과, 빠른 등기로 받은 초대 편지를 일기장에서 보고, 그 날의 감격과 고마움을 되새기면서 활력을 찾는다는 80대 반원을, 우리는 존경합니다.

암 수술 두 번씩 받은 저희 부부를 위해, 주님께 찬미와 감사와 영광을 드릴 수 있도록 기도하는 반원들도 주님의 축복을 받습니다. 사람은 이웃의 얼굴로 다듬어진다(잠언 27, 17)는 말씀에 공감합니다.

포도주가 숙성되듯이 인생 경륜은 반기도 모임에서 아름답게 드러납니다. 6월 반기도모임에서는 자녀들에게 모범이 되는 남편들에게 '표창장'을 드리면 좋겠다는 의견도 있었습니다. 매월 마지막 수요일 반기도 모임에서는 성경을 읽고, 주님 말씀을 나누고, 배우며, 새기고, 실천하는 삶을 살게 하시어 언제나 성령 안에서 평화와 기쁨을 누리게 해주십사고 주님께 기도합니다.

언제나 기뻐하며, 끊임없이 기도하며, 모든 일에 감사하며(1테살 5, 16-18) 사는 이웃을, 주님 대하듯 정성을 다하는 반원들이 많습니다. 아름다운 이웃들을 대치동성당 소공동체 안에 머물게 하시어 아름다움을 더욱 빛나게 하시는 주님께 감사드릴 뿐입니다. 숙성되어가는 반원의 모습에서 주님의 모습을 뵙게 됩니다.

2011년 천주교 서울대교구 사목국 '소공동체 활성화 우수사례' 공모에서, 반원들의 덕택으로 저는 대상을 수상(2011년 12월호 〈길잡이〉 40~45쪽 '편지로 하는 효율적인 반장 활동')한 바 있습니다. 반원들에게 다시 한 번 감사를 전합니다.

대치동 성당 소식지 2012년 9월호 25쪽

성장과 성숙의 단계를 지나 지금 우리는 숙성의 단계에 있다고 합니다. 뮤지컬 배우 최정원씨는 모 일간지 인터뷰(2012.7.5)에서, 73세 된 어머니가 '여자 나이 73세면 최고이다. 이제야 인생을 알 것 같다.'고 말했다고 전했습니다. 최정원씨는 '엄마가 말한 그 나이, 여자가 물오른 나이라는 칠십대가 정말 기대된다.'고 하면서 '크고 환하게 웃어서 멋있는 주름으로 진짜 할머니 같은 배우로 늙어가고 싶다.'고 하였습니다. 박경리 작가는 '늙어서 이렇게 편안한 것을... 버리고 갈 것만 남아서 홀가분하다.'고 하였습니다. 박완서 작가도 '하고 싶지 않은 것을 안 할 수 있는 자유가 있어서 얼마나 좋은지.'라고 노년의 숙성의 단계를 예찬하였습니다. 각 시기마다 만족의 단계가 다르지만 경험해보지 않은 노년에 대한 희망이 곧 힘이 됩니다. 프란치스코 교황님께서 "희망은 하느님이 주신 가장 큰 선물이다."라고 하신 말씀이 생각납니다. 살아있는 동안에는 하느님께서 돌보아 주실 것에 대한 희망을, 죽어서는 하느님이 계신 '고향'으로 우리를 불러주실 것이라는 희망을 가지고, 사는 동안에 행복을 짓고 나누게 해달라고 기도합니다.

호스피스 1년 과정 교육 수료, 앞줄 왼쪽 두번째 장진순 (2007)

다리아 회장님께

　＋ 찬미예수님! 평화를 주시는 주님, 찬미 받으소서. 아멘.

　회장님과 가까이 지낸 지 2년이 지났네요.

　신심이 아주 뛰어나신 분만 사목회에서 봉사하시는 줄로 제가 알고
있을 때, 회장님은 소공동체 협의회 회장을 맡으셨다면서 저에게 소공
동체협의회 간사를 맡아 달라고 하셔서 무척 놀랐지요. 소공동체 활성
화를 위한 구역의 반장 역할을 충실하게 할 수 있도록 함께 봉사하자고
하시는데, 제가 무엇 할 줄 아는 것이 없고, 회장님과 저는 개인적 친분
도 전혀 없는데 난감했지요. 2011년 서울 대교구 사목국에서 공모한 '소
공동체 활성화를 위한 우수 사례'에서 대상을 수상한 적 있어서, 우리 대
치동 성당 구역장·반장 월례회의에서 사례를 발표한 경험밖에 없었지
요. 〈편지로 하는 효율적인 반장 활동〉(길잡이 2011년 12월호 게재)을 반장
들이 함께 적용할 수 있었으면 좋겠다고 하셨지요. 대치동 성당 홈페이
지에, 저는 우리 반원에게 알리는 〈반기도모임 안내 편지〉를 매월 게재
하였지요. 회장님께서는 반기도모임 안내 편지를 많은 교우가 볼 수 있
도록, 댓글로 저에게 힘을 주시곤 하셨지요. 한편 〈반장 활동에 대한 매
뉴얼〉을 만들어 보자고 하셔서 함께 지혜를 모았지요. 〈반장 활동에 대
한 매뉴얼〉을 만들어 놓고 보니, 모든 사람에게 적용되는 방법을 새로
교육하는 것보다, 우리 대치동 성당 구역장·반장들이 실제 활동하는

사례를 발표하면, 새로운 것을 배우기도 하고, 어려운 점을 공감하며 해결하는 계기가 되겠다고 의견을 모았지요. 그래서 매월 '반장의, 반장을 위한, 반장에 의한' 구역장·반장 월례회의 시간으로 운영이 되었지요.

전입자를 돌보기 위해, 선교분과 레지오 단원과 구역장·반장에게, 제가 카카오톡으로 활동 배당을 하면서 전입자 돌봄이 효율적으로 이루어졌지요. 전입 교우에게 주님을 찬미하는 한 가족이 되신 것을 환영한다는 엽서를 저는 매월 발송했지요. 전출 교우에게 함께한 시간을 기억하며 기도드린다는 내용의 엽서를 매월 발송했지요. 받아들이는 예식을 마친 예비자나, 새영세자의 돌봄을 회장님이 직접 카카오톡으로 명단 챙겨 주셔서, 대치동 성당 교우로 빨리 정착하도록 해 주셨지요.

여성구역에서 전 신자 대상으로 잔치 준비를 할 때마다 저는 놀랐습니다. 회장님은 메뉴 정하고, 며칠 전부터 장보기와, 음식 장만하는 일을, 빈틈없이 해내면서 구역장님과 다른 봉사자에게 공을 돌리셨지요. 저녁 시간에 바쁜 봉사자들을 집에 보낸 후, 늦게 앞치마 행주 등 빨래 삶는 일과, 쓰레기 치우는 일까지 직접 하셨지요. 봉사자 구성원 가운데는 한데 어울리기 힘든 사람들도 있었지요. 회장님께서는 주님 안에서 한 공동체를 이루는 모범을 보이셨지요.

교우들의 경조사에 적극 참여하시는 회장님의 모습 또한 감명을 받았습니다. 특히 위령기도나 장례미사를 참례하시면서 교우와 교우의 가족이나 이웃을 돌보는 일도 앞장서 주시니, 새로운 주님의 모습을 뵙는 느낌이었습니다. 회장님이 일상생활을 주님께 봉헌하며 희생하는 삶에 저는 늘 감동하였습니다.

주일 미사만 참례하였던 제가 사목회 활동에 익숙하지 못했지요. 회장님께서는 뮤지컬 초대도 해주시고, 결혼식이나 위령기도에 참여할 때 저를 차 태워주시곤 하여서 감사한 마음으로 회장님과 친근해 질 수 있었지요.

능력 있는 사람이 일을 독단적으로 처리하는 것이 당연하게 여겨지는 현실에서, 회장님은 늘 많은 사람의 의견을 존중하고 다 들어주셨습니다. 구역장 야유회 등에서 저는 회장님과 함께 바닷물이건 계곡물이건 물속에 들어가서 놀기를 좋아하였습니다. 회장님 옆에서 놀면서 큰 행복을 느꼈습니다.

같은 계층끼리 어울리는 모습이 사회의 흐름으로 받아들여지고 있는 사회에서, 회장님은 복음 정신에 맞게 어려운 사람들을 배려하는 모습으로 저에게 새로운 힘을 얻게 하셨습니다. 먼 곳에서라도 회장님을 뵈면 행복 에너지가 충전되곤 하였습니다.

이제 1년 임기와 1년 연임으로 소임을 마치고, 회장님과 멀어지게 되어 서운한 생각이 앞섭니다. 그러나 주님의 크신 축복 받는 회장님의 모습을 그리며, 기도 중에 기뻐할 것입니다.

주님, 회장님에게 은총과 평화를 주소서. 아멘.

건강하시고 행복하십시오. 감사합니다.

2013. 10. 11.

장진순 헬레나

(회장님께 개인적인 존경과 사랑의 마음을 담아 드립니다)

살아오는 동안 가끔 느낄 때가 있습니다. 평소 전혀 계획도 없었는데, 뜻밖에 주어지는 일, 거기엔 분명 하느님의 이끄심이 작용했을 거라는 믿음입니다. 저는 2012년부터 13년까지 사목회 소공동체협의회 간사를 맡았습니다. 소공동체협의회 회장은 여성총구역장을 당연직으로 겸임하였습니다. 성당의 큰 행사를 거의 여성총구역에서 맡았다는 생각이 들었습니다. 부활, 성탄 대축일 잔치, 신부님 영명축일 축하 잔치, 본당 설립기념 나눔 잔치, 성모의 밤, 구역 가정 축복 미사 등….

잔치 때마다 국수, 비빔밥, 떡국 등 주 메뉴 외에도 정성과 실력을 다 모은 예술작품 연출하듯이 모든 음식을 차려 냅니다. 각기 전문가 수준의 실력을 갖추고도 개인 실력은 내세우지 않고, 관현악단 연주처럼 전체의 조화를 중시합니다. 무릇 모든 봉사의 첫 수혜자는 본인이듯, 저의 생애 가운데 황금시기였다는 생각이 들었습니다.

이제 지상의 나그네 생활 다 마치고, 흙에서 났으니 흙으로 돌아가는 그 날 그 시간을 설렘으로 기다리는 현재 생활에 집중하며, 다른 사람을 존중하고 하루하루의 삶을 값진 선물로 받아들이며 살아갈 수 있게 되기를 바랍니다.

천주교 서울대교구 제11강남지구 여성구역장 피정
대치동성당. 맨 왼쪽 장진순 (2013.9)

미라빌리스 성가대 단원에게

† 찬미 예수님!

하늘과 땅의 주님이신 하느님, 찬미 받으소서. 아멘 .

대치동 성당 사목회 등록 단체로 성가대 초대 단장 2년의 소임을 잘 마치게 되어 감사드립니다. 신임 단장 선출 후 축하 분위기를 고조하여, 신임 단장이 힘을 받기를 희망하였습니다. 모든 단원의 기도 덕분에 단장 인계인수는 잘 이루어지게 되어 감사드립니다.

새 단장 선출 전, 저에게 단장 연임을 부탁한 단원이 많았습니다. 제가 너무 힘들었으니 심신의 재충전을 위해 단장을 면하게 해주어야 한다는 단원도 있었습니다. 미라빌리스 성가대와 저를 위하는 마음이었다는 생각에 모두에게 감사할 따름입니다.

10월 6일. 새 단장이 선출되면, 새로운 열정으로, 새로운 분위기 조성으로 미라빌리스 성가대가 더 발전할 수 있다고 제가 강조하였습니다. 단원들은 박수로 세라피나 새 단장을 선출하였습니다. 새 단장은 깜짝 놀랐다고 일주일간 여유를 달라고 하였습니다. 새 단장은 저와 단 둘이만 만나 저에게 단장을 연임해달라고 당부하였습니다. 그리고 걱정이 되어 편두통에 잠도 못 잔다면서 기도 많이 하고, 주님의 뜻을 찾겠다고 하였습니다. 심사숙고와 절실한 기도 끝에 신임 단장을 수락하기로 하였답니다. 다음에 번복하고, 또 고민하고, 수락….

10월 13일. 신임 단장을 수락하고, 27일 신임 단장 선출 축하 회식 날을 정했습니다. 10월 20일. 신임 단장과 미라빌리스 성가대를 사랑하는 마음을 간직하고 저는 성가대를 떠나기로 하였습니다. 성가대 단체 카카오톡 방에서 제가 퇴장한 후 저에게 성가대 떠나지 말라는 당부가 연이었답니다. 성가대 고문으로 추대하니 신임 단장과 성가대를 도와 달라는 부탁이 카카오톡 방을 가득 채웠답니다. 제가 떠나면 성가대 무너질까봐 걱정된다는 사연도 있었답니다. 비운 자리는 주님께서 채워주신다는 믿음을 가지고, 저를 사랑하시는 단원들의 정성을 고이 간직한 채 떠납니다. 11월 주보에 미라빌리스 성가대 단원 모집 안내가 공지되고, 미라빌리스 성가대를 위한 기도가 끊이지 않으리라 기대됩니다.

10월 27일. 신임 단장 취임 축하 겸 단장 이임 회식은 아름다운 자리였습니다. 우리 단원이 기쁜 마음으로 참석하였습니다. 제시카 전(煎)지휘자님도, 스테파노 전전(煎煎) 단장님 부부도 참석하였습니다. 제시카 전지휘자님은 감사 카드와 선물을 저에게 주었습니다. 성가대 일동의 선물과 세라피나 단장님 개인의 선물, 루도비꼬 총무님 부부의 선물 등 융숭한 대접에 부끄럽기까지 하였습니다. 고마운 생각에 저는 눈물이 터질 뻔하였습니다. 성가대를 떠나지 않아야 이렇게 아름다운 마음에 대한 보답을 할 수 있는 것인가 하고 잠시 머뭇거리기도 하였습니다.

미라빌리스 성가대의 발전과, 신임 단장님과 단원의 건강과 행복을 위해 주님께 기도합니다.

행복했습니다. 감사합니다. 사랑합니다. 평화를 빕니다.

2013. 10. 29.
장진순 헬레나 올림

인터넷과 스마트폰 시대의 편리함을 누리고 있습니다. 성가대 전단원에게 이메일로 공적인 또는 사적인 편지를 동시에 보낼 수 있습니다. 카카오톡은 거의 실시간으로 단원 전체와 의견을 주고받을 수 있습니다. 공개적으로 또는 비공개로 의견을 교환할 수 있는 시대에서 서로의 의견과 자유가 최대한 존중 받을 수 있습니다.

2013년 3월에 대치동성당 사크라멘토미노라(Sacramenta Minora〈라틴어로 '작은 성사'의 뜻〉) 소년소녀 합창단이, 맑고 고운 합창을 통하여 하느님을 찬양하고 봉사하여, 선교의 일익을 담당하고자 창단되었습니다. 새로 성음악분과장을 맡은 제시카 전 성가대 지휘자의 노력으로 조직되었습니다. 큰손자(이시원)는 창단 멤버가 되어 합창단 활동을 재미있게 하고 있습니다.

2014년 10월 대치동성당 설립 35주년 기념 자선음악회에서 어린이 성가대는 라틴어 미사곡과 동요를 불렀습니다. 솔로 부분은 큰손자가 불렀습니다. 앞으로 세계 문화 교류와 가톨릭 복음 전파의 작은 성사로서의 역할을 한다는 자긍심을 가지고 있습니다. 둘째인 손녀(이하원)도 주일학교 유치부에서 성당에 머무는 시간을 행복해 하고 있습니다. 2015년 9월부터 어린이 성가대 활동을 하고 있습니다. 제가 성가대 단장 활동을 한 영향도 작용했을 것이라고 생각하여 감사드릴 따름입니다.

남편(이조일)은 대치동성당 설립 35주년 기념 자선 음악회에 연합성가대 단원으로 공연을 마치고(2014년 10월), 손자와 함께 감동과 은총의 시간에 감사와 찬미를 드렸습니다. 아름다운 노래는 사람을 아름답게 합니다. 아름다운 성가는 하느님을 두 배로 찬미합니다.

2015년 11월 20일에는 한국 뿌에리깐또레스 합창연합*의 합창제가 천주교 서울대교구 반포4성당에서 열렸습니다. 한국 뿌에리깐또레스 합창연합은 로마 가톨릭 교회 규정에 따라 구성된, 국제 합창연합입니다. 전 세계 모든 어린이들이 하느님의 평화를 노래하며, 새로운 세계를 형성하는데 도움을 줍니다. 손자(이시원)와 손녀(이하원)가 대치동성당 사크라멘토 미노라 소년소녀합창단의 멤버로 출연하였습니다.

---

*한국 뿌에리깐또레스 합창연합〈National Congress Pueri Cantores of the Republic of Korea〉 (교황청 산하 소년소녀합창연합)

베드로 셋째서방님과 데레사 동서에게

＋ 찬미예수님!

주님의 무한한 사랑을 표현하시는 예수 성심을 공경하고 묵상하며 주님께 찬미와 영광과 감사를 드립니다. 아멘.

오늘 세례성사로 새롭게 태어나, 깨끗한 마음으로 주님을 맞으며, 거룩한 성체성혈을 기쁘게 모시는 윤 데레사와 이 베드로의 모습을 그려봅니다. 지금까지 여러 가지 선택할 기회에 훌륭한 선택을 할 수 있었던 것이 주님의 섭리였음을 깨달을 수 있게 되어 한없이 기뻐할 모습을 그려봅니다. 두 분의 일생에서 최상의 기쁨은, 주님의 선택을 받은 일대의 사건(?)에 감사하게 되고, 주님을 찬미하게 된 역사이겠지요. 행복하게 지낼 수 있는 시간도 주님께 봉헌할 수 있다는 생각은 주님께 더할 수 없는 사랑을 받고 있다는 깨달음이겠지요. 이제 잠을 잘 때도, 밥을 먹을 때도, 옷을 입을 때도, '주님, 주님'하게 되면 주님께서 두 분을 얼마나 사랑하시는지 알 수 있겠지요. 이제 두 분이 주님과 사람을 대하는, 선하고 아름다운 모습에서, 우리는 주님의 모습도 뵙게 될 거예요.

오늘부터 새로운 두 분으로 태어나 새롭게 길을 가니 새롭게 행복하게 되지요.

거듭 축하드립니다. 주님께 충실할수록 아름답게 빛나는 사랑의 약속을 다짐하는 오늘, 자비로우신 주님의 사랑을 위해 기도합니다.

주님, 두 분께 충만한 은총을 베풀어주소서. 아멘.

2013. 12. 22.

큰형과 큰형수

(세례 받는 두 분을 진심으로 축복하는 마음을 담았습니다)

---

* 선물 중 하얀색 성모상은, 신심이 특별한 미술가의 작품으로 주님의 은총을 충만하게 받을 수 있어요.
* 비단으로 된 묵주 주머니 속에 있는 묵주는, 신심이 깊은 수도회 수녀님이 직접 정성을 다해 매듭 하나 맺을 때마다 성모송 기도를 바친 묵주예요.
* 1단짜리 묵주는, 후원금 내고 제주도 서귀성당에서 답례로 받았는데 신부님의 특별한 관심으로 보내 왔어요.
* 작은 십자가 조각품은, 예루살렘 성지 순례 다녀 온 분한테 선물로 받았다가, 두 분 세례 받는 날에 영세 선물로 드리려고 기다리고 있었어요.
* '평화의 기도 고상'은, 대치동성당에서 서품 받으신 새 신부님에게 선물로 받았어요. 새 신부님을 위해 영적예물(기도)과 물적예물(성금)을 바쳤다고 받은 특별한 선물이라 두 분 영세를 기념하는 특별한 의미가 있어요.

왼쪽부터 양재영 백종인 이진호 이진주 윤여옥(데레사) (2015)

셋째시동생(이조성)과 동서(윤여옥)가 강원도 양양성당에서 교리 공부를 하기로 했다고 하여, 양양성당에 들러 베네딕도 신부님과 재미있는 이야기도 나누고 놀다 온 적이 있습니다. 세례식이 있는 교중미사 시간에 맞추어 서울에서 새벽에 출발하여 양양성당에 갔습니다. 새 영세자중에 셋째시동생과 동서가 공동예물 봉헌을 맡았습니다. 베네딕도 신부님은 세례식에 참여한 우리 부부와 축하하는 손님들을, 미사 후에 개별로 다 소개하며 감사하다는 인사를 하였습니다.

2013년 3월 3일에는 큰아들(이정호)과 큰며느리(강유선)가 대치동성당에서 세례를 받았습니다. 아들과 며느리는 세례식 미사에서 공동예물 봉헌을 맡았습니다. 큰며느리 친정 부모 형제 가족과 친척 등 많은 손님의 축하를 받았습니다.

저는 아들과 며느리에게 '내가 해봐서 아는데' 할 만큼 확실한 경험의 세계나 지식을 갖추었다는 자신이 없습니다. 독립된 인격체이니 자유의사로 자발적 결단을 하도록 주님께서 다 잘 인도해 주시리라는 믿음뿐이었습니다. 제가 쌓아온 경험은 저 자신에게는 소중한 자산이지만, 지배적인 판단의 잣대가 되어서는 안 된다는 생각이 들었습니다. 저 자신의 경험도 비판적이고 겸허하게 돌아볼 수 있는 지혜를 주십사고 주님께 기도 올리곤 합니다. 선교가 아주 중요한 사명이지만, 가족과 이웃에게 선교할 만큼 신앙에 대한 자신이 없습니다.

두 아들은 어릴 때 친구들과 주일학교 다닌 적이 있습니다. 그러나 성년이 될 때까지 세례를 받지 못했습니다.

'4형제 신부 어머니' 고 이춘선(마리아,1921~2015) 할머니는 자녀들 신앙 교육만큼은 엄격하게 시켰답니다. 90세가 넘을 때까지 축일이나 기념일에 아드님에게 '신부가 꼭 해야 할 일'을 자상하게 편지로 타일렀다고 합니다. 아들 신부님들은 훌륭한 신부가 되기 위해 어머니의 정성어린 당부를 잊지 않았답니다. 훌륭한 사람들에게는 어머니의 훈육이 어릴 때뿐만 아니라 장성한 후에도 큰 버팀목이 되었다고 들었습니다.

작은아들(이정석)은 2000년 군대에서 세례를 받았습니다. 작은며느리(이명아)는 결혼 후 2005년 대치동성당에서 세례를 받았습니다. 2013년 6월 16일에는 큰손자(이시원)가 세례(첫영성체 예식)를 받았습니다. 2013년 12월에는 상주 청리에 사는 친정 조카며느리(오연숙)가 세례를 받았습니다. 경북 상주에 있는 옥산성당에 가서 축하해 주었습니다.

2012년과 2013년에 견진성사와 세례성사 대모를 여러 번 서게 되었습니다. '하느님 하시는 일은 절대 우연이 없다.'더니 2년간은 저에게 주님의 은총이 비 오듯이 쏟아진 '신앙의 해'가 되었습니다. '살아온 기적 살아갈 기적'(장영희 제)처럼 기적을 만들어 준 주님과 가족과 이웃에게 감사드릴 뿐입니다.

장덕진, 장준수, 오연숙, 장선혜
장민혜, 장지혜 (연령순)

언제나 함께 하고 싶은 선생님께

　각양각색으로 물든 단풍잎들이 요즈음은 더욱 곱네요. 땅을 덮은 낙엽 또한 아름다운 인생의 한 편을 보는 것 같군요. 마른 가지처럼 보였지만 움이 트고, 새싹이 돋고, 성큼 커가고 있는 잎새, 전성기엔 싱싱하고 왕성한 잎들이 싱그럽다가 꽃이 피고 지고, 시들고 탈색되면서 떨어져, 다시 고목처럼 보이는 원래의 자리로 돌아가지요. 어쩌면 우리의 삶도 이와 같지 않을까요? 나의 자리는 지금 어디쯤일까요?

　10여 년 전 어느 날, 무심히 창밖을 보며 불현듯 '내가 어느 사이 이만큼 와 있네. 앞으로 남은 시간을 무얼 하면 좋을까? 누군가에게 무엇이 되어 줄 수 있다면…' 가슴 떨리면서 내가 할 수 있는 일을 찾고 싶었지요. 때마침 가톨릭대학교 간호대학 호스피스 교육연구소에서 주관하는 1년 교육과정을 이수하게 되었지요. 저는 2기이고 계속해서 3기 4기로 이어졌지요. 여기서 교육을 마친 분들은 병원에서 근무, 또는 봉사, 또는 가정호스피스 봉사를 맡았지요.

　이 과정의 동문으로서 여러 가지의 프로그램에 함께 한 이조일 선생님과 장진순 선생님과의 인연은 10년이 지났네요. 가톨릭대학교 간호대학 호스피스연구소 봉사부에서, 가톨릭대학교 의과대학/의학전문대학원생 해부학 연구 및 교육을 위해, 시신을 기증한 영혼과, 남은 가족을 위한 위령미사 봉헌 및 '참사랑가족모임'회지 발행과 나눔에 함께 봉사하게 되었지요. '참사랑가족모임'이라는 명칭은 장진순 선생님의 아이디어가 있었지요. 회지 발행은 이조일 선생님이 담당하셨지요. 이 나눔의 시간에 각종 시, 좋은 글, 유머, 음악 등을 접목시키며, 분위기에 맞도록 장진순 선생님과 이조일 선생님은 준비해 주고, 이선생님은 직접 연주한 색소폰 연주 녹음이나, 걸맞은 음악도 준비하셨지요. 이 자료들을 활용하며, 가족을 잃은 상실감으로 힘들어 하시는 가족들과 이야기를 나누다보면 가족이나 봉사자나 다 힐링을 받았지요. 깊고 슬픈 나의 이야기도 하고, 감동적인 남의 이야기도 들으며, 울고 웃고 하면서 마음의 상처를 조금씩 떨쳐내게 되었지요. 슬픈 자리이긴 하지만 항시 이 자리엔 색다른 감동이 있지요. 나눔의 시간에서 자주 보는 광경은 장선생님의 표정이지요. 감동 공감 슬픔의 눈물로 얼룩진, 진솔하고 순진무구한 장선생님의 얼굴을, 모임에 참석한 우리 모두가 참으로 좋아하지요. 정감이 가고 아름다우며 사랑스럽지요. 글 솜씨가 좋은 장선생님은 진행 상황을 상세히 기록해 주기도 했지요. 무슨 일이든 척척 해결해 주시는 이조일 선생님과, 문학소녀 같은 장진순 선생님과, 각자 특출한 달란트를 가진 여러 선생님들의 협력과 정성으로 이 모임에 참가하는 가족은 모두 수준 높은 힐링을 받지요.

가톨릭 교회에서는 11월을 위령성월로 정하여 세상을 떠난 영혼을 위해 기도하지요. 11월 초 위령의 날에는, 시신을 기증한 분들이 안치되어 있는, 천주교 서울대교구 용인공원묘원 '참사랑가족묘역'에 가족들을 초대해, 신부님과 의대생을 비롯해 가톨릭대학교 관계자들과 함께 위령미사를 봉헌하지요. 우리 봉사부 선생님들 모두는, 이 미사에 참례한 가족들과 함께 주님의 은총을 나누지요. 또한 시신을 기증하고 사별한 아픔을 조금이라도 덜어줄 수 있도록 함께하는 자리이긴 하지만, 실제로는 봉사자들이 더 많은 것을 배우고 성숙해짐을 깨닫게 되지요.

죽음이 슬프고, 아쉽고, 두렵고, 고통스럽기는 해도, 죽음은 남의 이야기가 아닌 실제 우리 모두에게 일어나는 현실이지요. 건강하고 의식이 있을 때 죽음을 이해하고 삶과 죽음을 생각해 적정시기가 되면 죽음을 삶의 지표로 삼으며 죽음의 준비를 통해서 뒷모습을 아름답게 만들고 싶어 하지요. 어떻게 죽느냐는 결국 어떻게 살고 싶으냐는 질문이기도 하지요. 죽음을 잘 맞이하기 위해서는 죽음도 삶과 마찬가지로 연습과 공부가 필요할 테지요. 호스피스와 관련된 일과, 사별한 분들과 마음을 함께 하며, 잘 살고 있다는 생각으로, 우리 봉사부 선생님들은 오늘 하루도 감사한 마음을 가지게 되지요. 우리가 잘 선택한 이 길을, 장진순 선생님과 이조일 선생님과 여러 선생님과 함께 할 수 있어서 커다란 축복이라고 생각되네요. 여건이 되는 한, 삶의 완성의 단계를 만나는 날까지 선생님들과 함께 사랑을 나눈 기억이 가장 아름답게 축적되기를 희망하네요.

결혼 40주년을 맞이하시는 장진순 선생님과 이조일 선생님께 진심으로 축하드리며, 하느님의 축복이 항상 함께하시길 기도드립니다.

2015. 11. 26.
호스피스를 함께 공부한, 영원히 함께하길 희망하는 조영희 드립니다.

조영희 마리아

가톨릭대학교 간호대학 호스피스 연구소 봉사부 시신기증팀에서 '참사랑가족모임' 진행을 맡고 있다. '참사랑가족모임'은 가톨릭대학교 건학이념 구현 방안 중의 하나인 '시신기증자 유가족 돌봄'을 담당한다. 인류를 질병의 고통에서 구하려는 고인의 유지를 받들어, 어려운 결정에 동의해 준 가족이, 새로운 삶의 용기와 희망을 받을 수 있도록 기도한다. 시신 기증은 현대 사회에서 순교자라고 할만한 거룩한 업적임에 자긍심을 가질 수 있도록 위령미사 때마다 교목실장 신부님도 강조하신다. 가톨릭대학교 간호대학 호스피스 연구소 소속 교육간사인 전혜숙 선생님, 교목실장 김우진 신부님과 오은영 수녀님의 영성으로, '시신기증자 유가족 돌봄'은 하느님 사업에 가까이 간다.

맺음말

이 시간까지 돌이켜 보면 지금까지 모두가 감사하고 또 감사드릴 뿐입니다. 주님의 은총에 감사와 찬미를 드리는 시간을 함께 나누고 싶은 마음입니다

저희들이 걸어온 고단한 길에서, 남편이 세상을 떠날 경우, 어린 두 아들과 같이 굶고, 같이 먹으며 살아가야 하는 삶의 무게를, 모성애 하나로는 감당할 자신이 없어, 두 아들을 해외 동생에게 입양시키려고 했습니다. 같은 시대를 사는 저희들의 개인적 아픔이 다른 사람에게 위안이 되고, 공감을 얻으며 희망을 찾을 수 있기를 바랍니다. 남편과 아내가 암 수술 두 번씩 받은 후에, 스스로 찬사를 보내며, 더 행복하게 지내는 이야기 등 저희 가정의 시련과 용기에 박수를 한번 받고 싶습니다.

부작용 없는 웃음과, 무제한의 기도와, 유통기한 없는 상비약인 사랑으로, 행복한 부부의 모습을 가꾸어 가려는 저희들을 위해, 기도 많이 해 주셔서 진심으로 감사드립니다.

눈물 줄기마다 자비하신 주님의 은총이 따르고, 서투른 기도에도 자

애로우신 성모님의 보호에 감사할 따름입니다. 세월은 지금의 저희를 있게 해준 고마운 시간이었습니다. 저희가 감히 청하지도 못했던 은총을 주님께서는 넘치게 주셨습니다. 주님께 감사와 찬미와 영광을 드리며, 주님께 받은 선물을 이웃과 나누는 삶으로 노후(well-aging)를 지내고 싶습니다.

오늘도 행복합니다. 사랑합니다. 감사합니다.

2016년 1월 11일

장진순 이조일

장진순·이조일 혼인 40 주년 기념 편지 글 모음

믿고 존중하고

초판인쇄 2016년 01월 11일 **초판발행** 2016년 01월 15일

지은이 **장진순 · 이조일**
펴낸이 **이혜숙** 펴낸곳 **신세림출판사**
등록일 1991년 12월 24일 제2-1298호

100-015 서울특별시 중구 충무로5가 19-9 부성B/D 702호
전화 02-2264-1972 팩스 02-2264-1973
E-mail : shinselim72@hanmail.net

정가 **15,000원**

ISBN 979-89-5800-164-5, 03810